W0001774

Ralph Dutli
Soutines letzte Fahrt

Ralph Dutli
Soutines letzte Fahrt

Roman

WALLSTEIN VERLAG

Der Autor dankt der Kulturstiftung Pro Helvetia
für die Förderung seiner Arbeit an diesem Buch.

Bibliografische Information der Deutschen Nationalbibliothek
Die Deutsche Nationalbibliothek verzeichnet diese
Publikation in der Deutschen Nationalbibliografie;
detaillierte bibliografische Daten sind im Internet
über http://dnb.d-nb.de abrufbar.

3. Auflage

www.wallstein-verlag.de

Vom Verlag gesetzt aus der Stempel Garamond
Umschlaggestaltung: Susanne Gerhards, Düsseldorf
unter Verwendung des Ölbildes Chaim Soutine:
Der Konditorjunge von Céret, 1919
Druck und Verarbeitung: Friedrich Pustet, Regensburg

ISBN 978-3-8353-1208-1

Wir sehen fast glücklich aus in der Sonne,
während wir verbluten aus Wunden,
von denen wir nicht wissen.

Tomas Tranströmer, *Für Lebende und Tote*

Für Catherine,
Chartres 1989

Chinon, 6. August 1943

Sie werfen mit einer kräftigen Bewegung die beiden schwarzen Flügel der Hintertür zu. Ein scharfes Klicken wie von einer Waffe, ein trockenes Einschnappen ins wartende Schloss. Ein Ruck geht durch das Auto, aufgeschreckte Tauben fliegen voller Panik über das Dach des Krankenhauses ins Blaue hinauf. Es ist, als ob ein kurzes Lachen hereinfahre ins schwarze Ungetüm. Es muss vom Älteren stammen, der Junge, der einen Wollschal um den Hals trägt, erkältet jetzt im August, wie das besetzte Land, hätte es nicht gewagt. Nein, der Maler muss sich getäuscht haben. Es konnte kein Lachen sein. Der Chef schärft es den Angestellten am ersten Tag ein, dass es in diesem Beruf keine Witze über die Toten gebe, nur stille Würde, schlichte Pietät. Das ist man den Hinterbliebenen schuldig und dem guten Ruf der Firma.

Nur ist alles anders an diesem prächtigen Augusttag. Es ist ein lebender Toter, den sie im Leichenwagen, einem schwarzen Citroën, Modell *Corbillard,* nach Paris zu bringen haben. Das Auto hat schon viele alte und junge Leichname zur letzten Ruhestätte begleitet. Es ist ihr großes stilles Tier, das sie hüten und pflegen. Nach jedem Einsatz muss es mit dem Schwamm sauber geputzt und mit dem Leder abgerieben werden. Der Chef kontrollierte selber, und er ist gnadenlos. Ein verschmutzter Leichenwagen ist undenkbar, das Unternehmen legt Wert auf goldene Sauberkeit, auch in Kriegszeiten. Noch nie haben die Fahrer eine lebendige Leiche transportiert.

Irgendein Maler soll es sein, ein Arzt hat das Wort auf dem Flur beiläufig ausgesprochen. Sie müssen ihn zur

Operation nach Paris bringen, es geht nicht anders, die Engel wollen es so. Doch wie ist es möglich, dem Besatzer eine Nase zu drehen, dem gepanzerten Riesenauge, das jeden Schritt kontrollieren will? Ein metallisches kurzes Geräusch, wie ein gepresstes, schmerzhaftes Auflachen der Tür. Wie das Klicken einer Waffe. Es riecht betäubend nach Lindenbäumen. Gibt es welche neben der Klinik? Vielleicht ist es nur die Karbolsäure, die der Maler im zerknitterten Klinikhemd mit sich trägt, das Aroma der Operation.

Der Maler murmelt vor sich hin, er scheint jemanden immer wieder anzusprechen, ein beschwörendes Summen um die Lippen, doch die beiden Bestatter verstehen ihn nicht, er spricht zu leise, und die Laute seiner Sprache sind ihnen unbekannt.

Kommt ihr von der Bruderschaft … habt ihr die Sargenes dabei … Chewra Kaddischa … ins Wasser muss ein Ei geschlagen werden … die neue Leich soll mit Leben gewaschen werden … wenn es nicht zu spät ist … kommt er selber … vergiss das Ei nicht … es muss ins Wasser hinein … das Ei blüht im Wasser …

Die beiden Bestatter sehen sich fragend an und schieben ihn auf der metallenen Bahre hinein in den Bauch des Leichenwagens. Es ist der 6. August 1943. Es ist Sommer und Krieg. Das ist ein besetztes Land. Sie wissen, was geschehen würde, wenn sie den Besatzern vor die schwarzen Läufe gerieten. Die beiden Bestatter, der rundliche ältere und der hustende Junge, hätten getarnte Widerständler und Saboteure sein können, die ihre Werkzeuge im Leichenwagen transportierten. Hin zum Bahndamm, hinauf zu den Schienensträngen, ein paar eingeübte Handgriffe, und die Schienen fliegen in den Himmel.

Von den Kontrollpunkten auf den großen Anfahrtsachsen haben sie sich fernzuhalten. Ein hagerer namenloser Arzt kam plötzlich, als sie schon zum Ausgang gingen, aus einem Zimmer auf den Flur heraus, schlug den Blick nieder und drückte ihnen voller Verlegenheit die gelbe Straßenkarte mit dem blauen Michelin-Männchen in die Hand. Das lachende laufende Männchen, *Bibendum* nannten sie es, dessen Rumpf, Arme und Beine aus Autoreifen bestanden. Es lief manchmal mit drohenden bösen Augen durch die Träume des Malers. Wenn man die lebende Fracht aufspüren sollte, sind die Bestatter selber Leichen. Passagiere eines Leichenwagens haben Tote zu sein, nichts anderes. Keiner würde ihnen die Ausrede glauben, der Maler sei ein Scheintoter, der zu ihrer eigenen Verblüffung gerade von den Toten auferstanden sei. Gewisse Punkte sind unauffällig mit Bleistift verdoppelt.

Und die schwarzen Kerle mit dem Gammazeichen, schwärmen sie schon nördlich der Demarkationslinie aus? Seit Januar 43 sind Darnands Milizen unterwegs. Auf der Suche nach dem Widerstand und den Verweigerern des Obligatorischen Arbeitsdienstes. STO bleibt STO. Auch den Schwarzhändlern ist kein Fahrzeug heilig, nicht einmal ein schwarzer Rabe. Ihre Tricks zeugen von schamlosem Einfallsreichtum. Aber wo sind die fetten Speckseiten, der Cognac, das eingemachte, vom Rotwein violett gebeizte Kaninchenragout?

In Zeitlupe auffliegende Tauben, Geflüster, Karbollinden, ein flatternder Geruch aus Besänftigung und Schärfe.

Am 31. Juli war er mit der Ambulanz eingeliefert worden. Die letzten Tage des Monats waren schrecklich gewesen, ans Malen war nicht mehr zu denken, der Schmerz im Oberbauch war zu bohrend geworden, ließ ihm kaum mehr Pausen, die er vorher noch gnädig, mit einer unvorhersehbaren Lässigkeit gewährt hatte. Ich bin da, ich bin kurz weg, aber ich komme wieder. Nur Geduld, ich bin gleich wieder da, verlass dich auf mich. Glaub nur nicht, ich werde lange ausbleiben. Glaub nicht mehr an mein Verschwinden. Ich verlasse dich nicht mehr.

Ma-Be, hörst du mich, bist du noch da? Ich kann dich nicht sehen.

Der Maler hat die Augen geschlossen, er spürt die Anstrengung, durch die Lider hindurch zu sehen. Er kann sie nicht öffnen.

Am Morgen lag er fiebrig auf der Matratze, wälzte sich wie ein verletztes Tier, stammelte Unverständliches. Keinerlei angelerntes Französisch mehr, es war wie gelöscht, nur irgendwelche Wortfetzen, die Marie-Berthe nicht verstehen konnte. Sie nahm es als schlechtes Zeichen, lief unruhig hin und her wie eine Tigerin im Käfig.

Der Maler dreht sich stöhnend auf der Matratze, von einer Seite auf die andere. Aber keine Seite hilft. Der Vermieter, Monsieur Gérard, bringt einen warmen Umschlag aus Senfmehl herauf, trägt ihn würdevoll wie ein Priester vor sich her und sagt feierlich, als hätte er es sonntags dem Dorfpfarrer abgelauscht: *Prenez ce cataplasme.* Seine Frau kannte sich aus damit, für jede Gelegenheit hatte sie einen Umschlag parat. In den Ohren des Malers, die sich seit seiner Ankunft in Paris dreißig Jahre zuvor zäh und zögerlich an die Sprache gewöhnt haben, die näselte und so völlig anders klang als die singende Sprache seiner Kindheit in Smilowitschi und die Mundbrocken eines tatarischen Russisch, klingt das Wort *cataplasme* einzig wie Katastrophe. Marie-Berthe nimmt es dem Vermieter wortlos ab und legt es dem Maler auf den Bauch.

Er windet sich auf dem Krankenbett, ein kleines frommes Kreuz um den Hals, das Ma-Be ihm umgehängt hat. Sie hatte verbissen gebetet in diesem Juli, längst hatte sie zu ihrem guten französischen Glauben zurückgefunden, die Wut auf die ganze Malerbrut am Montparnasse hatte ihr dabei geholfen. Christus baumelt an seinem Hals, der Messias ist da, soll er ihn stoppen, den wilden Schmerz.

Christus wird dir helfen, glaub nur fest an ihn, Chaim, hatte Marie-Berthe schon öfter gestammelt. Er ist für dich am Kreuz gestorben. Du bist schon erlöst.

Der Maler versteht nichts mehr, der Schmerz ist das Einzige, was er weiß.

Bleib doch liegen, lass den Umschlag wirken, er wird dir guttun.

Nein, ich muss ... ins Atelier hinüber ... muss ... es gibt nichts anderes ... bevor sie kommen ... du weißt es ...

Keiner kann ihn aufhalten. Ma-Be und ihr Gezänk, ihre Drohungen sind wirkungslos, er muss es tun. Er will keine Begleitung, lehnt sie mit einer schroffen Handbewegung ab. Immer war er dabei allein. Er schleppt sich weg zum Atelier, in jenes kleine Häuschen am Eingang zum Großen Park, an der Straße nach Pouant. Auch ins winzige Zimmer bei Monsieur Crochard, dem Schreiner und Bürgermeister von Champigny, will er noch hineinschauen, auch dort müssen noch Leinwände stehen. Halb gelähmt vom Schmerz, sich hochreißend mit dem kleinen hündischen Jaulen, das er längst kennt, die Hand flach an den Bauch gepresst. Es gibt noch etwas zu tun, was wichtiger ist als alles.

Streichhölzer her, mit raschen Handgriffen ein paar Zeitungen zusammengeknüllt, rein in den Kamin damit, wo in diesem heißen Juli noch Asche liegt vom letzten Mal, als die alte Zerstörungswut ihn überkam. Dann hastig die Leinwände hervorgezerrt, nur noch den einen wütenden Blick daraufgeworfen, dann hinein in die Hölle damit. Als seien sie an allem schuld, an diesem Unglück, das nicht mehr aufhören wollte in den letzten Monaten. Nein, seit Kriegsbeginn, dem unglaublichen, aber klar vorausgeahnten Tag des 3. September 1939, als sie im kleinen burgundischen Dorf Civry waren, er und Mademoiselle Garde, und vom Kriegseintritt Frankreichs erfuhren, und der Bürgermeister ihnen, den beiden auffälligen Ausländern mit ihrem verdächtigen deutschen und slawischen Akzent, die Abreise verbot »bis auf weitere Verfügung«. Sie saßen fest. Magdeburg, Smilowitschi. Verdächtige Geburtsorte.

Das alte Ritual, die Wut des Hervorzerrens, das blinde Verfeuern, brachte manchmal eine hämische kleine Erleichterung, sogar der Schmerz im Bauch schien dafür scheinheilig auszusetzen, oder er ließ sich vom Feuer betäuben. Es war ein nach Terpentin stinkendes Sommerfeuer, die Vollstreckung der immergleichen, seit den Jahren in den Pyrenäen geübten Tat.

Und jedesmal hört er die Stimme des Händlers Zborowski, der seit über zehn Jahren tot war, entsetzt in seinen Ohren gellen:

Nein! Hör endlich auf damit! Du bringst dich selber um!

Er antwortete jedesmal mit einer verächtlichen Grimasse, die keiner sehen konnte. Der Maler erinnert sich nicht mehr genau, wann er den Satz zum ersten Mal hervorgestoßen hat:

Ich bin der Mörder meiner Bilder, versteht ihr denn nicht? Ich werde es euch zeigen.

Ich bin … der Mörder … meiner Bilder.

Es musste nicht immer Feuer sein, das die Lösung brachte. Öfter waren es Angriffe mit dem Messer gewesen, ein blindes Aufschlitzen, um die farbigen Geschwüre auf der Leinwand nicht mehr sehen zu müssen. Um sie aus der Welt zu schaffen. Das Messerritual oder Scherenritual war hastiger, unkontrollierter. Unten, tief unten rechts hineinfahren und die Klinge blind und quer nach links oben hochreißen bis zum Rand, dann noch einmal, und noch einmal, bis nichts mehr erkennbar war. Bis die Streifen herabhingen, wie die blutigen Lappen zerfetzter Bäuche. Nein, keine Befriedigung, nie. Nichts als dumpfe Traurigkeit und Leere. Im Feuerritual war mehr wütender Triumph: das Hervorzerren der Leinwände, die Fäuste am Rahmen festgekrallt, das Hineinschleudern in den rauchenden, schlecht ziehenden Kamin, das Auflodern, wenn die Flammen das Öl geleckt hatten. Keiner hat mehr Bilder zerstört als er, keiner.

Ma-Be, hörst du mich? Ist der Wagen aus Chinon schon angekommen? Er soll warten.

Er flüstert. Er flucht.

Es ist an diesem letzten Julitag nur eine der zahllosen Zerstörungsorgien, das ewige blinde Verfeuern eines früheren Lebens. Auf die Wirkung war kein Verlass. Er will es nur loswerden, will die Bilder aus dem Leben fegen, und den Teil von ihm selbst, der in ihnen gefangen ist. Der Selbstauslöscher, Selbstzerfetzer, Selbstverfeuerer. Soutine, Chaim.

Keiner hat das Ritual verstanden. Kein Maler, kein Zborowski, nicht die beiden Frauen der letzten Jahre, weder Mademoiselle Garde noch Marie-Berthe. Und keiner konnte ihn aufhalten. Er selber verstand es nicht. Der ganze Park steht in Flammen vor seinen Augen, wirft Flammen auf seine Pupillen zurück. Er weiß, es muss geschehen, das war alles. Am 31. Juli 43 bringt es keine Erleichterung. Und der Schmerz ist nach dem Ritual sofort wieder da.

Es bleiben ein paar Bilder, die Madame Moulin diskret zusammengerollt nach Paris transportierte, um sie Galeristen anzubieten, was Brot und Eier ermöglichte, denn das Pariser Konto war gesperrt. Und es gab ganz wenige, vorsichtig ausgewählte Besucher, die aus Paris nach Champigny kamen. Die Bilder der letzten Jahre. Zwei sich suhlende Schweine, eines rosa, das andere so feldgrau, so uniformgrün mit Schlamm und Dreck verschmiert, dass ein paar Klugköpfe orakeln werden, er habe Soldaten der Wehrmacht dargestellt. Worauf sie alles kommen. Zweimal Mutter mit Kind, finsterblaue, verletzte Kindheiten, bittere Mütter, Ikonen der Besatzungszeit. Vom Wind gepeitschte Schulkinder auf dem Heimweg, klein und umhergeworfen in der stürmischen Dämmerung, sich panisch bei den Händen haltend. Kinder auf dem gefällten Baumstamm. Wer hat die Bilder gerettet vor ihrem Maler und seinen Besatzern, still beiseite gebracht, in den unauffälligen Schatten gestellt, als der Park in Flammen stand.

Bilder, die er sich und dem Magengeschwür in den letzten Monaten abgerungen hat. Hinein ins Feuer mit allem, was noch übrigblieb. Es bleibt nur wenig Zeit. Und er weiß nicht, ob es nicht seine letzte Verfeuerung war. Brandbestattung, blinde blanke Routine. Das Feuer war gut. Es ließ nur Asche zurück und ein paar unverkohlte Holzstücke, Reste des Rahmens. Letzte Möglichkeit, das Unmögliche zu löschen. Zwar liegen noch beim Metzger, Monsieur Avril, ein paar Gemälde, als Faustpfand, bis zur immer wieder aufgeschobenen Bezahlung, bis die seit Wochen angewachsene Schuld beglichen würde. Sollen sie Geiseln bleiben. Die Schuld ist nicht mehr zu begleichen. Nichts war nie und nirgendwo wiedergutzumachen.

Ma-Be, lauf zum Bauern, versuch es, nur noch einmal.

Die Zeit der Tauschgeschäfte ist abgelaufen, nichts geht mehr, alles ging schief in diesem Juli, die Bauern wollten für Eier und Butter keine dieser Leinwände mehr sehen, auf denen die Welt nicht zu erkennen war vor lauter sich krümmenden Wegen, taumelnden, sich biegenden Bäumen, vor lauter braunem und blauem Schmutz, Schrammen und Striemen. Wo nichts der Welt zu gleichen schien, nicht einmal jetzt im Krieg, es sei denn, sie wäre schon untergegangen in einem letzten Zucken, in blindem Gezerre und Schmerz. Als einziges, tobendes Magengeschwür. Aber Eier und Butter und Milch waren Gold.

Sie verstehen, es ist Krieg. Wir brauchen die Sachen jetzt selber.

Dann geht Ma-Be hinunter und ruft in der Wohnung des Vermieters Doktor Ranvoisé in Chinon an, der zu allem Unglück in den Ferien ist in dieser Leere des Juli-Monats, oder zu Verwandten gefahren, weiter unten an der Loire, zur Nahrungsbeschaffung, jetzt wo keiner mehr von Ferien spricht. Sackmännerdasein. Beutelgut. Sein Vertreter kommt, Doktor Borri, wirft nur einen kurzen Blick auf den Maler, betastet leicht seinen Bauch und ordnet die Hospitalisierung an. Keine Zeit zu verlieren. Sie müssen nach Chinon, in die Klinik Saint-Michel. Die Diagnose kennt der Maler selber gut genug, seit Jahren gab es ihn zweifach: Soutine und das Magengeschwür. Seit Jahren hat er einen Doppelgänger, der ihn verhöhnt und quält.

Einen schwarzen schmerzenden Schatten, der immer wieder über ihn herfällt.

Gegen Ende des Nachmittags war die Ambulanz eingetroffen, der Maler war zurückgehumpelt ins Haus von Monsieur Gérard, der Senfwickel lag zusammengeknüllt neben der Matratze. An die Fahrt nach Chinon kann er sich nicht erinnern, der Schmerz hat wieder das Steuer übernommen, stopft den Körper hinein in eine viel zu enge Hülle, löscht alles, was nicht er selber ist.

Der Fahrer hatte sich vorgestellt: Foucaul, Achille. Doch die Namen besagten nichts mehr. Er hatte das Gesicht von Monsieur Foucaul kaum gesehen, der die Tür taktvoll zuschlug und mit sicheren Händen am erhitzten Steuerrad nach Chinon fuhr in einem dieser alten Peugeots, die hier herumkrochen wie müde Julikäfer.

Ankunft Klinik Saint-Michel. Bei der Aufnahme wurde »Soutine Charles« ins Viereck gesetzt, der richtige Vorname hatte so oft Scherereien und Nachfragen verursacht, lästige Buchstabierungen, Missverständnisse und Wiederholungen. Aber »Charles« war gut, er klang so unumstößlich und ungefragt von hier, der Name selber war ein Ausweispapier. Und er ließ sich verhüllend abkürzen, so dass jeder auf den gebräuchlichsten Vornamen verfiel.

Ch. Ch. Ch.

Aufnahme: Soutine Charles, 50 Jahre, Beruf: Kunstmaler, *artiste-peintre*, starke Schmerzen im ganzen Oberbauch, hinter das Brustbein ausstrahlend, bis in den Rücken, fiebrig. Dringend! *Urgence.* Eilt!

Sie haben ihre falschen Papiere dabei, die Fernand Moulin, Tierarzt und Bürgermeister von Richelieu, bei der Präfektur in Tours hatte abstempeln lassen. Es gab dort einen Beamten, der ihm noch etwas schuldete. Und er hasste die Besatzer, war froh um jeden, den er ihnen mit gefälschten Papieren entreißen konnte. Also steht es jetzt da, unverrückbar, auf dem gelben Papier, das seine Identität bescheinigt: Soutine Charles.

Wie er so mit zugepressten Augenlidern daliegt, die Gesichtszüge angespannt, könnte man ihn für eine ägyptische Mumie halten.

Sein Zustand ist kritisch. Der Arzt will keine Zeit verlieren, die Operation muss sofort vorgenommen werden. Jetzt gleich, nicht bis morgen warten. Ist es nicht bereits viel zu spät? Der Durchbruch der Magenwand ist wahrscheinlich. Die innere Blutung ist nur das eine. Die größte Gefahr bei einer Perforation ist das Austreten von sauren Magensäften in die Bauchhöhle, was zu einer Bauchfellentzündung – Peritonitis, können Sie mir folgen, Madame? – führt, die ohne Therapie in aller Regel tödlich ist. Die innere Blutung ist nicht das Hauptproblem. Aber handeln müssen wir sofort. Resektion des Magens nach Billroth. Zweidrittel-Entfernung, durch Vagotomie ergänzt. Der Anteil des Vagusnervs, der für die Innervation des Magens zuständig ist, wird durchtrennt.

Das Wort »durchtrennt« lässt sie aufschreien. Soutines schwarzer kreischender Engel entscheidet, dass er nicht in diesem Provinzkrankenhaus operiert werden soll, sondern in Paris. In der Stadt, wo es richtige Ärzte gab, nicht diese Kurpfuscher in ihren winzigen klinischen Königreichen, denen die Besatzer kaum das Verbandszeug ließen. Sie schimpft, sie droht, sie stampft auf.

Der Arzt versucht, Sie höflich von der Notwendigkeit zu überzeugen. Er will ihr entgegenkommen, fragt sie respektvoll:

Marie-Berthe Aurenche? Hieß so nicht die Frau von diesem deutschen Maler Max Ernst? Wissen Sie, ich habe in Paris studiert und war damals von den Surrealisten begeistert. Nein, ich war verrückt nach ihnen. Ich schwärmte für Nadja, lief mit Bretons Buch durch die Straßen und phantasierte vom Revolver mit weißem Haar … Die Medizin war das eine, ich war sie meinem Vater schuldig, aber nachts streunte ich in den Cafés am Montparnasse herum, um diese verrückten Tiere zu sehen. Von Ernst liebte ich *Die nahe Pubertät*, die *Taumelnde Frau* …

Er hatte das Falsche gesagt. Und die taumelnde Frau hatte sie sofort auf sich bezogen. Wenigstens hatte er den Takt besessen, nicht Ex-Frau zu sagen. Jeder ihrer Bekannten wusste, dass man in ihrer Gegenwart den Namen Max Ernst nie mehr aussprechen durfte, sonst wurde sie zur Furie.

Der Wahnsinn eines falschen Wortes, eines falschen Namens, taumelnde … Frau … Max … Ernst. Ein Wort braucht das Schicksal, um zu kippen. Es konnten zwei sein.

Ja, Ma-Be war um ihn, ihre Stimme war überall, die plötzlich schrill werden und streiten konnte, er wusste es nur zu gut. Die Befehle erteilte, Vorwürfe machte, auf irgendeiner Sache beharrte, was er nicht hören konnte durch die Wand seines Schmerzes. Diese Handfläche, die mit übermüdeter, aber unerbittlicher Strenge auf den Tisch schlug. Sie war mit den Nerven am Ende. Die rasch sich folgenden Wechsel der Zimmer und Verstecke, das Feilschen mit den Bauern um ein halbes Dutzend Eier, das Gezerre um Brot. Sechsmal haben sie in Champigny die Unterkunft gewechselt. Das gesperrte Geld in Paris, die verbotenen Fahrten in die Hauptstadt, der von seinen Schmerzen aufgeriebene Maler an ihrer Seite. Sie wollte alles rasch beenden, oder zum Scheitern bringen, was nicht längst verloren war. Er hört nur ihr Kreischen und

Drohen durch die Tür, als er auf dem Flur liegt und die weißen Gespenster sieht, die schweigend vorüberhuschen. Ein Rascheln, dann plötzlich Geflüster, das er nicht versteht. Ein Umriss, der auf ihn zutritt, seinen Arm nimmt. Ein kurzer Blitz.

Auf dem Flur, wo er auf einem fahrbaren Krankenhausbett liegt, bis zu den Schultern von einem Laken bedeckt, ist niemand mehr zu sehen. Aber in seinem Ohr klingt eine einzelne Stimme.

Da, nimm das weiße Laken. Deck dich zu. Spiel eine Leiche. Das müsste man malen können.

Wo hat er die Sätze zum ersten Mal gehört? In Minsk, in Wilna? Gewiss nicht in Paris. Wer hat sie gesagt? Kiko oder Krem? Die Erinnerung ist älter als diese Provinzstadt an der Loire. Wo ist er jetzt? Gewiss nicht in Chinon.

Tu so, als ob du tot wärst. Dann wird es leichter. So wird alles leichter. Du bist schon tot, kannst das Leben nicht mehr verlieren. Immer schon verloren, sind wir halb schon frei. Du kannst überhaupt nichts verlieren. Also gehst du leicht hinaus. Das müsste man malen können.

Dann plötzlich Stille. Er schlägt die Augen auf, kneift sie jedoch sofort wieder zusammen. Öffnet sie noch einmal, wie um sicher zu sein, dass er nicht träumt. Am Ende des Flurs steht ein großer weißer Ziegenbock. Es gibt keinen Zweifel. Eindeutig ein Ziegenbock, mit großen, nach hinten geworfenen, aufsteigenden Hörnern, einem auffällig langen, fast bis zum Boden reichenden weißen Bart und üppigen, vom Hals abstehenden, herabhängenden weißen Zotteln. Wie nur war das Tier hereingekommen?

Der Maler erinnert sich, dass er in einer Zeitschrift die Abbildung eines asiatischen Schraubenziegenbocks gesehen hat, mit seinen ungeheuren, V-artig sich in die Luft schraubenden, nah beieinander stehenden Hörnern. Der Bock blickte streng und intelligent aus dem Bild hervor, als sei er ein Gott unter den seinen. Es war ein Sonntag, er war am Seine-Ufer entlanggeschlendert, hatte bei einem der Bouquinisten die Zeitschrift aufgeschlagen und war vor dem Ziegenbock erschrocken, der ihn direkt anblickte. Hastig schlug er die Zeitschrift zu und warf sie auf den Stapel.

Aber er ist es nicht. Nein, hier im Krankenhaus Saint-Michel steht am Ende des wie leergefegten Flurs ein großer, weißer Hausziegenbock, der jetzt langsam, mit hell tickenden Hufen auf den im fahrbaren Bett liegenden Maler zukommt, neugierig, mit kurzen, zunächst zögerlichen, dann beschleunigten Schritten. Die Verwunderung löscht alle Erinnerung. Was sucht er hier?

Und dann ist er auch bereits beim Maler angekommen, dessen linke Hand über den Rand des fahrenden Bettes hinaushängt. Der weiße Ziegenbock schnüffelt leicht in die Luft, sein Kopf ist jetzt auf gleicher Höhe wie der Kopf des Malers. Seine gespaltenen Pupillen schauen dem Patienten geradewegs in die Augen. Ohne Vorwurf. Ohne Zorn. Und mit einer rauhen, kalten Zunge leckt er die herabhängende, salzige Hand, die Soutine nicht zurückzuziehen wagt. Er öffnet wieder sein rechtes Auge und blickt dem Ziegenbock direkt in die seinen. Er ist da. Er ist gekommen. Er ist weiß. Das genügte. Es war kein Traum.

Dann wird eine Tür aufgerissen, der Maler schlägt beide Augen erschrocken auf, und der weiße Ziegenbock ist verschwunden. Der Flur belebt sich wieder, aus der Wand dringen beschwörende Satzfetzen, zornig abgebrochene Sätze, bedrohlich betonte Silben.

Überschuss an Magensäure, chronische Entzündung, tiefe Schädigung der Magenschleimhaut. Das Wort *Perforation* glaubt er zu hören, und das Wort *Resektion* flößt ihm Angst ein. Das alte Geschwür hat die Magenwand durchbrochen, Magensaft tritt in die Bauchhöhle aus. Der Chirurg rät zur Operation, sofort, jetzt gleich, keine Minute Aufschub mehr. Gleich in die Anästhesie. Wir haben hier einen Notfall, Madame. In Paris können sie auch nicht viel mehr tun für Ihren Maler.

Der Kranke will es selber so: Nur gleich, nur dass irgend etwas geschehen soll. Es muss nur endlich dieser Schmerz herausgeschnitten werden, nichts mehr aufschieben, nur jetzt und hier.

Aber nicht hier, das sind doch Provinzscharlatane, Pferdemetzger, sagt Ma-Be, ein Spezialist soll dich operieren, nicht hier, in Paris. Gosset, Guttmann, Abramy, einer von den Ärzten, die dich kennen, wird wissen, wer dich retten kann.

Sie ist der schnarrende, zischende Todesengel, der das Beste will und das Schlimmste verlangt, den Malermagen auf einer endlosen Irrfahrt zur letztmöglichen Operation begleiten wird.

Die Entscheidung ist plötzlich da, gefragt wird er nicht mehr. Marie-Berthe hatte mit irgendwelchen Stimmen telefoniert. Dass es diese Geister noch gab in diesem Kriegsmonat August. In einer Klinik im 16. Stadtbezirk, von richtigen Ärzten soll er operiert werden. Der Name ist lang: *Maison de Santé Lyautey.*

In Chinon bekommt er als gütige Wegzehrung von einer Ärztin eine Morphinspritze, die Dosierung ist riskant, das weiß sie, es muss möglichst lange vorhalten. Lannegrace hieß die Ärztin, sie stellte sich mit einer leisen Stimme vor, und er hörte in ihrem Namen nur *grâce* herüberhallen, die Gnade. Er dachte an Gnadenstoß, und seine Ohren hielten es für ein gutes Zeichen. Das großzügige, den Schmerz dämmende Morphin verspricht rasche Beruhigung, verteilt sich schnell über die Blutbahn im Körper und hüllt ihn in eine wattige Besänftigung.

Am 6. August fährt frühmorgens der *Corbillard* vor, der den Schmerz nach Paris bringen soll. Nur hin in die Hauptstadt des Schmerzes, hatte sie nicht einer dieser verrückten Surrealisten so genannt, mit denen er nichts zu tun haben wollte? Ein streitsüchtiger Engel mit näselnder Stimme treibt das schon taumelnde Schicksal gleichzeitig zur Eile an und zu Umwegen. Um jeden Kontrollpunkt zu vermeiden, aber auch, um Bilder einzusammeln, verstreute Habseligkeiten, um Spuren zu löschen, die verschwinden müssen. Zur Eile und zu Umwegen – beides ist notwendig und beides unmöglich.

Der Kies im Hof des Krankenhauses von Chinon knirscht unter den Reifen, dann kreischt er weiter in seinen Ohren, als sich der Leichenwagen an diesem Morgen in Bewegung setzt. Überhaupt die Geräusche in letzter Zeit. Das Auge war weniger hungrig, das hatte er gemerkt, genug gesehen, es hatte sich abgehetzt auf den schmalen Pfaden in Champigny-sur-Veude, jetzt waren die Geräusche plötzlich klarer, schriller. Das Geräusch verbündet sich gern mit dem Schmerz.

Dem Maler schneidet das Knirschen ins Ohr wie in den Magen, als beginne jetzt gleich die Operation, die er sich herbeiwünscht wie nichts auf der Welt, denn der erst flatternde und benommen kreisende, dann tippende, nur wenig später zustoßende, bohrende und wühlende Schmerz, der seit Jahren zu seinem Körper gehört wie ein zusätzliches Organ, ist so unerträglich geworden, dass ihm schon der Schnitt, irgendein Schnitt in den Bauch wie die Rettung selber vorgekommen wäre. Man müsste sich wie ein Gemälde aus der Welt schaffen können.

Schließlich war es die Idee ihrer Verzweiflung, die das Falsche rät. Lannegrace hatte ihr beim Hinausgehen eine blütenweiße Krankenschwesterkluft in die zitternde Hand gedrückt. Die Muse der Surrealisten als verwirrte Krankenschwester. Im schlimmsten Fall könnte sie sich darauf hinausreden, sie habe als Schwester den kreideweißen, sichtbar geschwächten Patienten nach Paris zu begleiten, wo bereits ein Chirurg auf ihn wartete. Nicht in der Salpêtrière natürlich, die alte Schießpulverfabrik hinter der Gare d'Austerlitz war längst ein deutsches Hospital. Nein, in einer unscheinbaren Klinik im gutbürgerlichen 16. Stadtbezirk, wo auch die Besatzer ihre Dienststellen haben. Unter ihren Augen gleichsam, da ist man am besten versteckt. Es sei gerade kein Ambulanzfahrzeug verfügbar gewesen, würde sie sagen, es habe, jetzt im glühenden August, einen schweren Brand auf einem nahen Bauernhof gegeben und jedes Fahrzeug sei gebraucht worden. Die falschen Papiere würde sie in die Höhe heben wie die Fahrkarten zur Erlösung.

Wenn alles gut geht, kommt ihr unbemerkt durch die Dörfer und Vorstädte hinein nach Paris. Vermeidet um jeden Preis alle wichtigen Einfallstraßen. Der schüchterne Arzt mit der Michelin-Karte und das blaue lachende, laufende Männchen. Sie mischen sich, verschmelzen mit den Pappelalleen.

Ins Wasser für die Leichenwäsche muss ein Ei geschlagen werden. Die Chewra Kaddischa kennt den Weg. Die Bruderschaft ist vor Morgengrauen schon unterwegs. Auf dem Rand des blechernen verbeulten Beckens schlägt die Eischale auf, zögert und bricht. Die schützende Haut reißt ein, der Schleim des Lebens fällt ins Wasser, das Gelb fährt als trübes Glück hinein.

Ma-Be

Es ist schwierig, die Augen zu öffnen. Wenn er es versucht, sieht er blinzelnd im Schattenlicht Marie-Berthe, die zusammengekrümmt auf einem Schemel sitzt, murmelnd, manchmal seufzend, ein Taschentuch vor ihre Lippen pressend. Sie scheint anderswo zu sein, aber das Elend hat sich tief in sie eingenistet. Schläft sie, spricht sie leise mit sich selber? Wie sehr sie sich verändert hat! Das Suchen neuer Verstecke, der Streit mit den Vermietern, die dauernde Angst, wenn Militärfahrzeuge durch den Ort brausen, der auf dem Weg nach Tours liegt, die zunehmende Schwierigkeit, noch die einfachsten Lebensmittel aufzutreiben – alles hatte sich in ihren Körper eingezeichnet, in jede Falte ihrer Haut, ins blaue Dunkel um die Augen.

Es war im Café de Flore. Oktober, vielleicht November 40? Er war seit einem halben Jahr allein. Mademoiselle Garde war am 15. Mai jenes Jahres zur befohlenen Sammelstelle, der Winterradrennbahn, gegangen und nicht mehr wiedergekommen. Am Montparnasse raunt man, dass Tausende deutscher Einwanderer, mochten sie selber glücklose Flüchtlinge sein, als »feindliche Ausländer« in die Pyrenäen verfrachtet werden, ins Lager Gurs im Südwesten Frankreichs. Von einem ruppigen Besen zusammengekehrt wie fliegende, abgefallene Blätter. Fünf Tage zuvor hatte der deutsche Durchstoß in den Ardennen begonnen. Doktor Tennenbaum hatte also recht gehabt, als er es ihnen im *Hôtel de la Paix* am Boulevard Raspail beschwörend zuflüsterte:

Fliehen Sie, solange noch Zeit ist! Hören Sie mir gut zu: Fliehen Sie!

Der Maler kann nicht mehr an Garde denken ohne dieses drückende Schuldgefühl. Er sieht sie immerzu weggehen mit dem winzigen Lederköfferchen, sich noch einmal umdrehen, über die Schulter hinweg ihm zulächeln. Mademoiselle Garde! In einem Traum, der immer wiederkehrt, sieht er sie stumm auf seinem Bettrand sitzen, ohne Vorwurf, aber mit großen, fragenden Augen. Der Maler bleibt allein zurück, irrt wie eine verlorene Flunder durch die Straßen des Montparnasse-Viertels. Delambre, Grande Chaumière, Campagne Première, Passage d'Enfer. Jedesmal zuckt er zusammen, wenn er in die Höllenpassage einbiegt. Viele waren weggefahren.

Er soll die Castaings im Café treffen, um die Lieferung eines Bildes zu besprechen. Maurice Sachs sitzt dort mit einer schwarzhaarigen Schönen, die er schon einmal irgendwo gesehen hat. Blitzende Augen, wie hieß sie nur? Madeleine Castaing selber stellt sie ihm vor: Marie-Berthe Aurenche. Und der amerikanische Maler, der dabeisitzt, raunt ihm ins Ohr:

Du weißt schon, die Verflossene von Max Ernst.

Später erfährt er, dass Maurice Sachs sich zu Madeleine Castaing hinübergeneigt und ihr mit zynischer Ironie Vorwürfe gemacht hat:

Sie haben ihm Marie-Berthe vorgestellt, wie unvorsichtig! Sie haben sein Todesurteil unterzeichnet.

Sie gilt als eine der halbverrückten Musen, nach denen die Surrealisten gierig waren. Jetzt ist sie vierunddreißig, hat dieses schöne traurige, milchige Gesicht und scheint grenzenlos unglücklich ... Er weiß, dass sie neun Jahre mit dem deutschen Maler verheiratet war, am Montparnasse kennt jeder jeden, und was man über den einen oder den anderen nicht weiß, ergänzt das allgegenwärtige Gerücht. Sie sei aus einem Mädchenpensionat, das von strengen Nonnen geführt wurde, nach Paris gekommen, voller Lebenshunger, Lust auf Abenteuer. Rosenkranz und rasende Liebe. Es wird gemunkelt, Man Ray habe sie mit achtzehn nackt photographiert. Und Max entführt sie, tatsächlich, er wird steckbrieflich gesucht, doch die erschrockenen Eltern Aurenche geben schließlich nach und willigen in die Heirat ein, im November 27. Neun Jahre später bleibt ihr nur die wahnsinnige unheilbare Wut, die sie noch mit Max verbindet.

Bis Herbst 36 war sie seine Frau gewesen, als er in London Leonora kennenlernte, dieses schöne kleine Biest, in das sich Max sofort verliebte. Ma-Be hasste sie, noch bevor sie sie sah. Ihren Platz überließ sie nicht leichtfertig einer jungen malenden *bourgeoise* mit dem Namen Carrington, die aufkreuzte, als Max sich gerade nach einer frischen Muse umsah. Er brauchte sie, verbrauchte sie schneller, als er sie malen konnte.

Der Dreckskerl, *le salaud!* hat sie später im Dôme gefaucht, als sie ihm alles erzählte, und Soutine erschrak vor der Wut, mit der sie Max verfluchte. Sie zitterte, es war, als wollte sie gleich die Tassen greifen und an die Wand schleudern. Und sie erzählte hastig, ohne auf ihn zu achten, sie musste es nur hervorwürgen, ihr tiefes, wutgepeitschtes Elend. Max war mit seiner englischen Eroberung in die Ardèche abgehauen, einmal hatte die gedemütigte Marie-Berthe die Liebenden in ihrem Nest in Saint-Martin d'Ardèche aufgespürt, sie kannte die Gegend gut, ihre Familie kam von dort. Sie tauchte bei der Wirtin Fanfan auf, trank in der lauten Kneipe, fauchte, flehte und flennte. Max war noch einmal zurückgekehrt zu ihr, den ganzen Winter 37/38 war er bei Ma-Be in Paris, ließ seine *Anglaise* dort unten in der Ardèche allein. Leonora wälzte sich die Qualen der Eifersucht und der Verlassenheit von der Seele, schrieb halb von Sinnen ihren *Little Francis,* ließ Ma-Be als Amelia auftreten, die ihr, der Schönen, mit einem Hammer den Pferdekopf zertrümmert. Ma-Be hatte sie unter einem Vorwand nach Paris gelockt, wo sich die Rivalinnen in die Haare gerieten, sich schlugen und kratzten wie verrückt gewordene Katzen. Er gehört mir, hast du denn noch immer nicht verstanden? Max ließ es gnädig geschehen und ging im Frühling 38 zu seiner schönen Engländerin zurück in die Ardèche. Ma-Be hatte den Kampf endgültig verloren.

Der Schemel rutscht, ihr fettiges Haar fällt ihr in Strähnen über die Augen, die manchmal zufallen, die Lippen bewegen sich ohne Laut. Soutine sieht es durch den Vorhang der Wimpern, er kann nichts tun für sie, schlummert fort, gewiegt vom wattigen Morphin. Es ist schwierig, die Augen zu öffnen.

Jetzt saß sie so verloren vor ihm, dass er sie hätte malen wollen. Unglückliche Frauen und Kinder ließen ihn zusammenzucken, er erkannte sich in ihnen wieder, da war etwas, was auf ihn übersprang, und war ihr Unglück erst mit dem Daumenballen auf die Leinwand gerieben, war es ungreifbar seins. Aber Ma-Be. Die Surrealen hatten ihre Musen benutzt und weggeworfen wie schmutzige Strümpfe. Unberechenbar, halbverrückt mussten sie sein, Unordnung verbreitend, für ein paar Cocktails zu haben, billige rasende Musen. Er wusste noch, was man sich in den Cafés zuraunte. Bretons Roman mit einer Geistesgestörten fachte alle Phantasien an, seine Nadja, seine schöne Irre! Er faselte laut von ihrer Reinheit, eine Kindfrau, unschuldig und verrucht zugleich, den Papst der Surrealisten elektrisierende Windsbraut. Ma-Be war nur eine aus der Herde, und sie spielte ihre Rolle gern, die flatternde Nähe zum Wahnsinn, die hysterischen Ausbrüche, grellen Kleider, bösen Späße. Sie las ihnen aus der Hand, murmelte Unverständliches, vernebelte den

Dadamaxen den Kopf. Dass sie manchmal verzweifelt war und nicht mehr weiterwusste, dass Momente grenzenloser Traurigkeit sie heimsuchten, interessierte keinen.

Sei schön und halt den Mund, *sois belle et tais-toi!*

Aber Breton ließ seine Nadja fallen, bevor sich das Portal zur Irrenanstalt wieder schloss. Bunte Schmetterlinge des Montparnasse, vom Wahnsinn gerändert.

Und jetzt saß sie ihm gegenüber im Café, ihr Gesicht zuckte nervös, sie log, sie sei fünfundzwanzig, und wusste, dass er wusste, dass sie log. Aber ihre Lüge war schön und voller Verzweiflung. Bleiches Wrack einer gebrochenen, kaputten Muse. Max hatte sie gezwungen, ihr Kind abzutreiben, gestand sie ihm später, es war die reine Metzgerei, *une boucherie,* die die Abtreiberin für ein paar Francs mit Stricknadeln auf dem Küchentisch anrichtete, sie hatte Monate gebraucht, um sich davon zu erholen. Einmal warf sie sich in die Seine, um zu sterben, doch das Wasser war bitterkalt, sie schwamm ans Ufer und wurde zähneklappernd von Passanten herausgezerrt. Sie verkleidete sich wieder, unmögliche jämmerliche Clownskostüme, versuchte die alten Nummern der faselnden Fee aufzuwärmen. Fragende Mädchenaugen und lächerliche Ponyfransen.

Dem Maler gefiel ihr schluchzender Hass auf jene, die sie betrogen hatten, in ihrer Wut erkannte er seine. Die Surrealen hatte er nie gemocht, ihre Jünger in den Cafés palaverten von Befreiung, magischem Diktat, von irgendwelchen magnetischen Feldern, von der Zwangsjacke, die sie sprengen mussten. Welchen Unsinn haben die Rotonde und das Dôme sich anhören müssen! Wenn der rote Filz Ohren hätte, sich alles hätte merken können … Sie wollten nur den Traum und ihre trüben Spielchen.

Er aber hasste Träume seit seiner Kindheit, nie gab es Trost in ihnen, sie ließen ihn am Morgen gekrümmt und zerschlagen zurück. Nie hatte er schöne Träume gehabt, er misstraute ihnen, den scheinheiligen Unglücksboten. Kosakenstiefel, die im Stechschritt durch sein Atelier hämmerten, glatte schwarze Lederhandschuhe, die zerfetzte Leinwände von der Staffelei rissen, laute Fanfaren, aus denen plötzlich geschossen wurde. Spanisch wurde gesprochen, Mussolinisch, *Gitlerdaitsch.* Eine Nacht ohne Träume war eine gute Nacht. Die Surrealen liebten das Chaos, aber ein Pogrom hatten sie nie gesehen, die Namen Berditschew, Schitomir, Nikolajew sagten ihnen nichts, sie genossen die Verachtung der *bourgeois*, aber sie hatten nie in die Wälder fliehen müssen, um die eigene Haut zu retten. Verwöhnte Bürgersöhne, die sich ein paar Portionen Anarchie gönnten. In Deutschland jubelten jetzt dunkle Massen vor einem brüllenden, sich verschluckenden Guignol-Kasper und rissen die Arme hoch. Als er hörte, er sei auch einmal ein Maler gewesen, wollte er ausspucken.

Er musste die Leinwand strafen für die ungewollten Träume. Es war seine Haut, die er abrieb, ritzte, quälte. Rauh und schorfig. Er schlief schlecht, wälzte sich nächtelang wie ein Bär, fiel manchmal in einen groben Tiefschlaf, aus dem er nie wieder aufzutauchen schien. Breton hat er aus der Ferne gesehen, er schien ihm arrogant und überheblich, er wandte ihm den Rücken zu, um ihn nicht sehen zu müssen, starrte in den Aschenbecher. Sie verstanden ihn nicht, was sollten sie mit dem belorussischen Jid, der stumm war wie ein Fisch, verbissen krumme Landschaften malte. Stillleben! Porträts! Das ganze abgelegte Zeug. Max hieß ihr Gott mit den Insekten, Bäumen und Ungeheuern, den gerippten Steinen und grätigen Farnen. Dadamax, Schnabelmax, Loplop. Der Schwätzer, Verführer, Frauenbetörer, den er nicht einmal beneiden konnte. Er wollte nichts mit ihnen zu tun haben.

Dann nahm er Marie-Berthe mit sich nach Hause, sie ließ es geschehen, sagte, sie wolle seine Bilder sehen. Ihre Wut und seine Bedrückung, ihr Elend und seine Verzweiflung über den Krieg und die Besatzer griffen ineinander, sie packten sich bei den Handgelenken. Sollte Mademoiselle Garde aus seinen Schuldträumen zurückkehren, er würde versuchen, es ihr zu erklären. Jetzt war Ma-Be plötzlich da, eine verirrte verrückte Fee, eine furiose Katholikin, wie man es im Milieu ihrer Kindheit war, sie hängte sich goldene Kreuzchen um den Hals, die sie zur ersten Kommunion bekommen hatte, als müsste sie die untreuen Surrealen damit bestrafen, dass sie zum Glauben ihrer Herkunft zurückkehrte, den alle verachtet hatten. Max hatte die Muttergottes gemalt, wie sie das Jesuskind übers Knie legt und mit der Hand ausholt, um seine geröteten Hinterbacken zu klatschen. Breton, Eluard und Max schauen aus der Fensternische zu. Außerdem war ihr Vater irgendein solider französischer Beamter, munkelte man, Verkehrssteuereinnehmer im Ruhestand, und wer weiß, vielleicht könnte man von ihm einmal Hilfe erwarten, warten wir's ab.

Ma-Be wollte vor lauter Unglück ihm seines austreiben, ihn als ihr trauriges Malertier halten. Sie wollte auch ihm die Kreuze um den Hals hängen, sie faselte von der Erlösung, so wie sie früher den Surrealisten aus der Hand gelesen hatte. Und sie wollte die Erinnerung an einen Schutzengel verscheuchen, an seine Mademoiselle Garde mit ihrem hilflosen deutschen Akzent. Lass das Schuldgefühl, du bist ihr nichts mehr schuldig.

Was willst du, so sind die Zeiten.

Ma-Be sagte nur:

Dein Schutzengel ist interniert, er kommt nicht wieder. Und ein paar Monate später: Dein Schutzengel trägt einen gelben Stern, er könnte dir eh nicht helfen. Hier aber ist Paris, und du brauchst eine ohne Stern. Die Pyrenäen sind weit weg, aber ich bin da, und ich kann dich verstecken.

Sie überzeugte ihn, dass man in diesen verfluchten Zeiten immer einen Engel brauchte, dass sein Gesicht wechseln könne, seine Sprache. Ma-Bes Groll auf Max, seine Verzweiflung über die Besatzer und den Schmerz, der durch die Magenwand kam. Zwei Unglückliche, die sich gegenseitig fesseln, sich zu zweit vereint fühlen gegen die Welt. Die sich gegen beide verschworen hat. Das Elend der verlassenen Marie-Berthe verbündet sich rasch mit Soutines Angst und Schuldgefühl, es ist ihr zusammengerührtes Unglück, das stärker verbindet als Glück. Glück ist keine Lösung, und es gibt schon lange keins mehr in einer vom Gebrüll besetzten Stadt. Ein simples Bett gibt es noch und die Katastrophe der ganzen verdammten Welt. Er nimmt Ma-Be, wie er sie der Einfachheit halber nennt, mit in die Villa Seurat, wo es kalt ist, das Atelier ist nicht beheizbar. Sie sprechen nie mehr von Max.

Sie verkriechen sich in eine Höhle und wühlen ineinander, ihre Zungen verschlingen sich, ihre zitternden Beine, ihr trauriges Geschlecht peitscht das seine. Als ob sich damit das Unglück verscheuchen ließe, das sich in der Welt breit macht und höhnisch in ihren beiden Körpern zu nisten scheint. Sie liebten sich wütend und schluchzend. Vom Regal über ihnen löste sich am ersten Abend ein tönerner Topf, als sie auf den zerrupften Laken keuchend in sich vorstießen, in das grenzenlose Land gottverfluchten Elends.

Der Topf schlug neben ihnen auf den Fußboden, sie

erschraken, als sie sich noch liebten, es schien, als ob er sie erschlagen wollte, bevor sie ans Ende kamen. Als sie nachher aufstanden und schweigend die billigen Tonscherben aufsammelten, ahnten beide klar, was es bedeutete. Montparnasse lag kaputt und zerschmettert hinter ihrem Rücken, es gab keine Hauptstadt der Malerei mehr, sie war von der Landkarte gelöscht, wo Dôme und Rotonde und Coupole wie rauchgeschwängerte Kathedralen einmal standen, war jetzt eine Wüste, eine Bombe hatte dort eingeschlagen und die Maler vertrieben. Der Sand rieselte herein in die Trichter und füllte sie mit seiner dumpfen tausendjährigen Unendlichkeit. Es kam ihnen vor, als seien sie die letzten, die den Einschlag überlebt hatten.

Und wie sie streiten konnte. Sie keifte, fauchte, sie schlug ihn, stritt über Geld, nannte ihn einen Geizhals. Sie war unberechenbar, ein rasches Reptil konnte jeden Moment aus ihr hervorbrechen. Er riss seine Augen auf und starrte voller Schreck auf das plötzlich entfesselte Tier.

Nein, er hat sie nicht gemalt. Doch, er hat sie gemalt. Marc Laloë hat das Bild gesehen, Weihnachten 42, als Olga und er das in Champigny versteckte Paar besuchen kamen. Und er stand fassungslos davor und stammelte nur: ein Meisterwerk. Eine Komposition aus Grün und Violett, dunkle Reptilfarben, Chamäleonhaut, auf dem Kleid der funkelnde Glanz von nie gesehenen Juwelen. Doch Ma-Be stritt heftig ab, dass die Figur ihr ähnlich sah. Sie fand sich viel zu sehr gealtert, ihre Züge monströs verzerrt, was hatte Soutine aus ihrem schönen Mund, aus ihrer feinen Nase gemacht? Die reine Verhöhnung verflossener Schönheit. Als er draußen war, nahm sie einen Pinsel und verbesserte ihr Gesicht.

Soutine stieß einen Schrei aus, als er den Schaden entdeckte, beklagte sich bitter bei Laloë:

Schauen Sie, was sie angestellt hat, das ist doch Wahnsinn …

Ohne zu zögern zerstörte er die Leinwand vor Laloës entsetzten Augen mit mehreren Messerhieben, keiner hätte ihn aufhalten können, das dunkelschöne Reptil war nicht zu retten, und Marie-Berthe versuchte danach vergeblich, die Leinwandstreifen zusammenzukleben … Eine Hinrichtung macht man nicht ungeschehen.

Und diesem fauchenden Engel verdankte er die Pariser Verstecke, in der Rue Littré bei ihrem Vater, in der Rue des Plantes bei den Laloës, die sechs verschiedenen Unterkünfte in Champigny. Eine zerstörte Muse schützte ihn und stürzte ihn.

Sie saß auf dem Schemel im voranrollenden Leichenwagen, verrutschte manchmal leicht, ihr Haar war ungeordnet, ein Schaudern lief durch ihren Körper, wenn die suchenden Bestatter abbogen, sie zuckte auf, rückte zurück, schluchzte, seufzte, murmelte Dinge vor sich hin, von denen er schon nichts mehr wusste.

Morphin

Der Leichenwagen gleitet wie ein schwerer schwarzer Schlitten hinaus in die französische Sommerlandschaft, über die unauffälligste Brücke oberhalb von Saumur, die launische Loire Richtung Norden überquerend, von Chinon hinüber in den spärlichen Weizen, der blass daliegt wie Schnee. Das Schilf wird sich nicht mehr erinnern, nicht die winzigen Buchten, nicht das Geschrei der Wasservögel. Hinein in die Pappelalleen, die einsame Departementsstraßen säumen, durch verschlafene Dörfer rollend, über winzige Sträßchen, die zäh an den Reifen hängen, als wollten sie ihn bremsen, den drängenden *Corbillard* aufhalten, der immer nur nach Norden will, aber in zaghaftem Zickzack, alle Städte und größeren Ortschaften umschleichend wie Pestherde, an denen er sich anstecken könnte. Alle großen Achsen und die Kontrollposten der Besatzer meidend auf Abwegen, die sonst nur Heuwagen und rumpelnde, von Pferden gezogene Mistfuhren sehen. Nach Norden, im Rhythmus des Hin und Her, weitab von Tours und Orléans oder Chartres, verzweifelte lautlose Haken schlagend wie ein Hase, dessen einer Lauf gelähmt ist, durch die Sarthe und die Orne und die Eure in die völlig unwahrscheinliche Normandie hinauf, und dann erst ostwärts haltend auf das geheime Ziel Paris zu. Aber wie weit Frankreich plötzlich ist. Nach Norden, nach Osten, aber in furchtbarer Zeitlupe, Zeit verlierend wie Sand, der aus einem angestochenen prallen Sack rieselt, wie Blut, das in den Magen rinnt.

Er ist sein Schmerz in der Mitte des Bauches, in jener ansteigenden oberen Mitte, wo er eingewurzelt sitzt, durch die Magenschleimhaut presst mit seiner Gewalt aus Säure und ausstrahlt in Gegenden, wo er nie gewesen war. Er war jahrelang ein Schmerz gewesen, er ist jetzt ein Rinnsal. Die Magensäfte entleeren sich in die Bauchhöhle. Er leert sich, die Bauchfellentzündung flackert, heftigste Schmerzen brennen im ganzen Bauch. Es kann noch Stunden dauern, aber was sind Stunden? Keiner kennt ihre wirkliche Länge, sie haben kein Maß.

Als hätten sie sich geschworen, die unmöglichsten Umwege zu fahren, um das Schicksal zu täuschen, als hätte der schwarze Leichenwagen gespürt, wo sie saßen, die Kontrollposten des Todes, die rotweißen Schranken, die »Stop« brüllten mit zischendem »Sch«. Wo die Zyklopen mit umgehängten Maschinenpistolen auf Motorrädern mit Seitenwagen saßen, ihre Kautschukbrillen auf dem Helm, ihr metallenes Gehänge über der Brust, auf den Einsatz wartend.

Am Pumpenhäuschen am Dorfeingang ein zerschlissenes Plakat, das zum freiwilligen Arbeitsdienst in Deutschland aufrief: Sie geben ihr Blut, gebt ihnen eure Arbeit, um Europa vor dem Bolschewismus zu retten. Keiner will sich melden, Vichy ordnet den Obligatorischen Arbeitsdienst jenseits des Rheins an. Junge Leute verschwinden plötzlich, setzen sich in den Maquis ab, lösen sich in Wäldern und Ställen auf, auf Heuböden und in abgelegenen Scheunen. Freiwillig? Ein schlechter Witz. Die Plakate werden von einer raschen Bauernhand im Vorbeigehen abgerissen.

Ein Maler rollt durch Dörfer, die nie von ihm gehört haben. Einen runden Tag dauert die Fahrt, vierundzwanzig Stunden heißt die schiere Ewigkeit. Dem Gott der Umwege wird ein endloses Opfer gebracht, bis er vor

Überdruss ablehnt. Sie müssen ins Hauptstadtherz, aber durch die fernsten feinen Äderchen, auf Feldwegen fast, was hat ein Leichenwagen dort zu suchen zwischen Korn und Obstbäumen, jede Arterie meidend, wo sie sitzen konnten.

Niemand kennt den Weg. Keiner wird ihn je erfahren. Und was würde es nützen, die Dörfer und Weiler aufzuzählen, die kleinen Sträßchen, die Kurven und Abwege? Auch der Maler sieht den Weg nicht. Er liegt im halbdunklen Innern des Citroën, von grauen, gewellten Vorhängen geschützt. Nur sein Leben ruft noch einmal aus den flackernden Erinnerungen herauf in den gedämmten Schmerz, in die Fetzen der alten Wünsche, in die Angst weiterwebender Träume. Es war seine letzte Verfeuerung gewesen. Niemand kennt den Weg. Keiner wird ihn je erfahren. Niemand kann wissen, wer der Mann im Leichenwagen ist, der da vorbeirollt. Es gibt nur die Bilder, die wenigen, die er nicht zerfetzt und verfeuert hat. Niemand kennt ihn.

Lannegrace hatte Ma-Be gewarnt, als sie ihr die Handhabung des Morphins erklärte. Die Wirkung ist nicht immer vorhersehbar. Er wird oft nicht wissen, wo er ist, was er ist, welche Zeit es ist. Er wird unzutreffende Erinnerungen haben, Bewusstseinstrübungen, Zerrüttungen des Empfindens, entregelte Halluzinationen. Die Bauchfellentzündung führt in der Regel zu hohem Fieber, es kann zusätzlich zum Morphium-Delir zu Fieberdelirien kommen. Sein Bewusstseinszustand wird abwechseln, er wird wach liegen und dann wieder schläfrig wirken, in tiefen Schlaf abtauchen. Sein Gesicht wird durch das Fieber gerötet sein, er wird glühen, Schweiß wird auf seine Stirn treten. Rasender Puls, raschere Atmung, anfänglich eher hoher Blutdruck aufgrund des Schmerzes und des

Fiebers. Dann wieder wird er komatös wirken, er wird daliegen wie eine lebendige Leiche.

Marie-Berthe starrt stumm und entsetzt auf den Mund der Ärztin. Sie hört die Worte, die daraus hervorquellen, versteht keins von ihnen, nur bei den Lauten »lebendige Leiche« zuckt sie, scheint zu erwachen.

Die Zeit selber rinnt wie die sauren Säfte, die aus der durchgebrochenen Magenwand in die Bauchhöhle rieseln und die Organe umspülen. Der Maler fährt hinein in seine eigenen milchigroten Eingeweide, in das Gewebe-rot, das brennende Rot der Gladiolen, die er in Céret gemalt hat. Wo sie genau lagen, die Kontrollposten des Schmerzes, war nicht auszumachen. Das Morphin, das die gnädige Lannegrace ihm gespritzt hat, baut eine andere Zeit in seinen Körper, nistet da und dort und dehnt die Bahnen, federt die Empfindung und erleichtert den Schlaf wie ein griechischer Bruder.

Eine prächtige Entdeckung, ein reines Geschenk für die Schmerzmenschheit. Göttliche Pflanze. *Papaver somniferum.* Aus dem getrockneten Milchsaft des Schlafmohns steigt der sanfte Stoff, der die Weiterleitung der Schmerzbotschaft an die höheren Stellen behindert. Gesegnetes Opioid, gelobt sei der tüftelnde deutsche Apotheker Sertürner, der das seit Ewigkeiten träumende Alkaloid des Opiums im Provinznest Paderborn isolierte. In Paderborn! Es klingt wie ein abgelegenes Paradies. Gepriesen Séguin und Courtois, alle deutschen und französischen Entdecker, die im Krieg lagen mit dem Schmerz. Und jetzt lagen ihre Länder, die der gemarterten Menschheit das Morphin geschenkt hatten, miteinander im Krieg. Was wäre die unendliche Möglichkeit des Schmerzes ohne das zaubernde Opiat, wie unvollständig, wie unerlöst die Menschheit ohne diesen Messias.

Der Maler versucht sich mühsam zu erinnern, wer ihm die Geschichte der Entdeckung des Morphins erzählt hat. Ach ja, Tennenbaum! Der österreichische Arzt, der in Paris auf Durchreise war, auf dem Absprung nach Amerika. Doktor Tennenbaum, der Wien verließ, nachdem er die vor Begeisterung kreischenden Massen gesehen hatte. Er hatte sofort verstanden, ging nach Hause, wies seine Frau an, die Koffer zu packen. Nur eine kleine Reise nach Paris. Nur ein paar Tage. Nur das Notwendigste.

Mademoiselle Garde war entschlossen, bei ihm Rat zu holen für den vom Schmerz gepeinigten Maler. Sie ging zur österreichischen Familie ins *Hôtel de la Paix* am Boulevard Raspail, in dem sie selber gewohnt hatte. Es war das Zimmer neben ihrem. Auf dem Flur hatte sie gehört, wie sie Deutsch sprachen. Und sie erfuhr von ihren Plänen.

Tennenbaum, der nichts Gutes mehr erwartete, bis er den Fuß auf amerikanischen Boden setzen würde, hatte von der kommenden Epoche des Schmerzes gesprochen und vom Entdecker des Morphin. Sie sprachen lange auf Deutsch miteinander, Gerda Groth, die scheue Frau aus Magdeburg, und der Doktor der blanken Verzweiflung.

Die Welt sorgt dafür, dass der Schwarzseher früher oder später recht bekommt, verstehen Sie?

Er sprach so beschwörend auf Gerda ein, dass sie ganz benommen zum Maler in die Villa Seurat zurückkam. Tennenbaum hatte ihr zugerufen:

Fliehen Sie mit ihm, solange noch Zeit ist! Jetzt, sofort, wenn Sie es nicht tun, werden Sie es immer bereuen. Es wird nichts Gutes mehr kommen, verstehen Sie: Es wird

Krieg geben. Sie werden auch Frankreich besetzen, ganz Europa, Russland, bis nach Asien. Sie werden überall ihr zerhacktes Kreuz aufpflanzen, überall dieselben überlangen rotweißen Fahnen wehen lassen. Sie wollen das tausendjährige Reich des Schmerzes errichten. Gehen Sie fort, solange es nicht zu spät ist!

Und er hatte ihr die Namen von möglichen Medikamenten aufgeschrieben. Papaverin, Laristin, Bismutsalz. Sie merkte sich alles. Ein paar Tage später ging sie mit dem Maler zu ihm. Es sollte eine freundschaftliche Unterhaltung sein, ungezwungen, um Soutine nicht zu verscheuchen. Eine Röntgenaufnahme müsse angefertigt werden. Der Maler willigt ein, Mademoiselle Garde zuliebe. Sie ging wieder hin, diesmal ohne ihn. Tennenbaum hielt den Befund in der Hand, den das neblige Bild ergeben hatte.

Ein sehr tiefes Magengeschwür, verstehen Sie? Zu weit fortgeschritten, um noch geheilt zu werden. Sein Organismus ist schwach und verbraucht.

Sprechen Sie lauter, sprechen Sie deutlich, Doktor Tennenbaum, ich kann Sie hier im Motorengeräusch nicht richtig hören!

Doktor Tennenbaum und seine Litanei vom großen kommenden Schmerz, die ihn jetzt wieder in Fetzen und mit Gerdas Stimme erreicht, im langsam vorwärts kriechenden Leichenwagen, unterwegs in die Hauptstadt des Schmerzes. Beschwörend, hoffnungslos. Es war wie ein großes schreckliches Glaubensbekenntnis. Sie hatte sich alles gemerkt.

Wer dem Menschen nicht die endgültige Schmerzlosigkeit schenkt, der ist kein Gott. Nein, nicht Schmerzlosigkeit. Schmerzfreiheit.

Wer sich verbiegt vor Schmerz, sich krampfhaft krümmt,

den Rücken zum Buckel macht, sich windet auf dem Fußboden unter seinen Tritten, kann keinen andern Gott mehr erkennen als den Morphinmessias. Sertürner ist sein Gott. Die Tüftler aller Schmerzmittel sind die wahren Apostel.

Am unglaubhaftesten ist die Religion, die sich einen gekreuzigten Gott ausdenkt, um den Menschen mit dem Schmerz zu versöhnen. Es gibt keine Versöhnung! Doktor Tennenbaum schrie es fast. Die andauernde Ausstellung seines Martyriums ist eine Verhöhnung des Menschen. Sieh doch, was der Schmerz mit dir anrichten kann. Dein Gott hat den Schmerz erfunden, was für ein genialer Tüftler!

Du glaubst ihn zeitweilig vergessen zu haben, doch die millionenfache Darstellung der Kreuzigung ruft den Schmerz förmlich in den Körper zurück. Grünewald, der Isenheimer Altar, die geschwollenen Adern, das gepeinigte grüne Fleisch. Jedes Folterbild ruft eine andere Folter wach, die unvorstellbaren Möglichkeiten des Schmerzes. Die römischen Nägel, die mit einem schweren Hammer durch Sehnen und Muskelfleisch und Nervenbahnen geschlagen werden, bringen nicht nur den Gottessohn zum Aufjaulen und Winseln vor Schmerz. Der festgenagelte Gesalbte ist ein gigantischer Falschspielertrick. Jesus Christus ist der Sohn des Schmerzes, die physische *Versöhnung* des Schmerzes. Siehe, er ist vor Schmerz gestorben für dich. Zu deiner Erlösung. Wovon? Was kann es für eine Freiheit geben außer der Schmerzfreiheit? Keinerlei Versöhnung mit dem Schmerz! Keine stille Resignation, keine demütige Hinnahme!

Wer sich jahrelang krümmt, wird unversöhnlich. Der Sinn des Schmerzes kommt ihm wie Gott abhanden. Diesen Schmerz zu lindern, zu betäuben, aber physisch, natürlich physisch, nicht seelisch-spirituell – das wäre eine göttliche Aufgabe. Den Schmerz endlich abzuschaffen, wäre die vornehmste Aufgabe eines jeden Gottes, der diesen Namen verdient. Oder nicht verdient.

Tennenbaum war sichtlich erregt von seinem Credo. Es war sein Evangelium, die Frohbotschaft der Schmerzfreiheit nach Sertürner. Er ließ Gerdas Augen nicht aus dem Blick, als würde er nur zu diesen Augen sprechen.

Weil er den Schmerz in den Körpern installiert, fördert dieser Gott die Besatzung aller Länder, die den Schmerz exportiert, über die Grenzen trägt. Über die Schmerzgrenzen der Welt. Das tausendjährige Reich ist das Weltreich des schmerzenden Körpers. Die Gestapo wäre ohne ihn hilflos, stellen Sie sich vor! Die Zangen, mit denen in den Kellern die Fingernägel ausgerissen werden, nur sinnlose Instrumente, die Schläge in die Hoden – eine Zeitverschwendung. Ohne das Schmerzimperium gäbe es keine Diktatur von Gottes Gnaden. Die unendlichen Varianten, Schmerz zuzufügen, bestätigen die Macht der Folterer, verstehen Sie mich?

Der Schöpfergott verdammte sich selbst, indem er zum Körper den Schmerz erfand, aus tiefer Gedankenlosigkeit. Eine Schöpfung ohne Schmerzen, das wäre eine noble, reine Erfindung, sagte Doktor Tennenbaum bitter. Doch er hat sie nicht geleistet. Er hat versagt. Der Schmerz ist da. Nicht aus der Welt zu schaffen, deren Schöpfer sich mit den möglichen Schmerzmitteln aus dem Staub gemacht hat.

Der Einzige, der immer wieder aufersteht, ist der Schmerz. Er ist der dauernd auferstandene Gott, der auf seine Abschaffung wartet. Es gibt keinen Erlöser, es sei denn, in Form wirksamer Schmerzmittel. O heiliges Morphin, gebenedeit seist du unter den Gaben des Mohns!

Und Doktor Tennenbaum hatte einen irren, wahnsinnigen Blick, der Gerda plötzlich erschreckte.

Der im Leichenwagen nach Paris wankende Maler konnte den lallenden Doktor Tennenbaum nicht mehr verstehen. Aber seine Magenwand wollte ihm noch zuhören. Bald sah er nur noch seine Lippenbewegungen, kein Laut war mehr zu hören. Seine Stimme entschwand in ein fernes Amerika.

Soutines Magengeschwür verflucht Gott. Nur die Malerei wird die Schmerzen dieser Fahrt überstehen. Sertürner, der Morphinmessias, hat das Richtige erfunden. Die Schmerzblockade. Die Verhinderung der Weiterleitung an die Hauptstellen und Kontrollinstanzen, sanftes, durchtriebenes Verschweigen des Schmerzes. Ein Zeigefinger, der sich über ein Lippenpaar legt. Nicht weitersagen, nicht weiterleiten. Doch kurz ist seine Macht, sie dauert zwei, vielleicht drei, höchstens vier Stunden, dann muss der Messias wiederkommen. Lannegrace hatte Marie-Berthe das dunkelbraune Fläschchen mit der Tinktur zugesteckt. Es gab in Chinon nur wenig. Die Besatzer hatten noch die Schmerzmittel beschlagnahmt.

Wissen Sie, es fehlt uns an allem. Sie plündern selbst die Krankenhäuser, Verbandszeug, Operationsbesteck, Anästhesiemittel werden zusammengerafft. Wir können noch so betteln, wir bekommen kaum das Nötigste. Die werden die medizinische Beute im Osten brauchen. Haben Sie im Winter kein Radio gehört? *Radio Londres* hat immer wieder von dieser Stadt an der Wolga gesprochen, von einer Einkesselung, sogar von Kapitulation. Sie sind in Russland gestoppt worden, verstehen Sie? Wir haben gejubelt unter den sieben Bettdecken, als wir es hörten.

Der Morphinmessias fährt mit ihm im Leichenwagen, schließt ihm die Augen, flackert mit seinem trüben Licht im Bewusstsein des Malers. Er schickt Träume und den mürben Verlust des Zeitempfindens. Er weiß nicht, wo er ist, weiß nicht, was er ist. Der Maler sieht nicht die

Landschaften, an denen er vorbeigleitet im schwarzen Citroën. Flache Landschaften nördlich der Loire, er brauchte andere, immerzu andere, um zu malen. Um nie wieder zu malen.

Ma-Be, wohin fahren wir? Nach Himbeerstadt? In die Pyrenäen? Wo liegt Paris? Norden ist Süden im Osten. Also doch Pyrenäen. In die Winterradrennbahn? In die Höllen-Passage, wo er 1929 gewohnt hat, zur Zeit des Börsenkrachs? Nie kann er an jene Adresse denken ohne zusammenzuzucken. *Passage d'Enfer.* Wo wird er ankommen? Wie oft ist er schon angekommen, in Minsk, in Wilna, Paris. Es spielt jetzt keine Rolle mehr. Alle kommen irgendwann an. Er muss nach Paris zur Operation, aber er fährt in seinem Kopf ganz klar in die Pyrenäen.

Die Hügel von Céret. Das Städtchen ist berühmt für seine Kirschen, die Korkindustrie, die Herstellung von Fässern und Sandalen. Der Kunsthändler Zborowski hat ihn 1919 nach Céret geschickt. Hinunter in das Mekka der Kubisten unweit der spanischen Grenze, Picasso und Braque haben hier ein paar Jahre vorher ihre Fußabdrücke hinterlassen. Soutine hasst ihre Bilder, aber seine Pinselstriche fühlen plötzlich die Anziehung, sie lenken ihn dorthin, wohin er nicht will, und er kann sich später nur im Verbrennen der Bilder von dieser Kraft befreien. Er hasst Céret, leidet drei Jahre lang Höllenqualen auf den Hügeln, die seine Bilder bannen müssen.

Zbo zahlt fünf Francs pro Tag, die kaum für die Farbtuben vom Kurzwarenhändler Sageloly reichen. Manchmal ein Brot, Roquefort-Käse für fünf Sous. Katalanisch wird gesprochen, er versteht die Einwohner nicht, ist wieder ein Fremder wie sechs Jahre zuvor, als er in Paris ankam. Und der Spitzname, der hinter seinem Rücken geflüstert wird, hat rasch an ihm geklebt: *el pintre brut.* Der schmutzige Maler.

Die Hügel von Céret.

Die Leinwände sind gepeinigte Schwestern der Landschaften. Farbe wie Lava, grün-orange-rot, aufgetragen voller Panik und Wut. Schwankende Häuser in der erschrockenen Landschaft, die Fenster sind Gespensteraugen. Verbogene Bäume wie Kraken mit Tentakeln. Sich aufbäumende Straßen. Einsturzstellen, windgepeitschte, aufgebuckelte, berstende Wege.

Die Erde hat für ihn gebebt in den Pyrenäen. Dort herrscht eine Gefahr, die keiner benennen kann. Landschaft als Erdrutsch, Erdbebenluft leckend, tobende, epileptische Landschaft. Die Kruste, auf der wir leben, ist dünn. Der Magmastrom drängt herauf, die Lava will hervorstoßen. Die Bilder, die er jetzt in Céret malt, sind sein Dekor zum Jüngsten Gericht. Er ist ein brüllender Jeremias, der seine Farben in die Landschaft spuckt. Schleudertrauma. In der allerstillsten Landschaft.

Er braucht sie, um sich abzustoßen von ihr. Aber was er mit ihr anrichtet, wie er sie zurichtet. Landschaftseingeweide, Gedärme, unvorhergesehene Windungen. Ob es einen Rückweg gibt? Natürlich nicht. Nichts ist wiedergutzumachen. Nichts, was ihm zustößt. Es ist immer noch alles da. Die auf immer verfluchte Kindheit. Der Hass auf die Pyrenäen. Die Wut auf die Bilder aus Céret, die ihn zu den Zerstörungsorgien anstachelt. Berichte eines Kampfes, Pinselhiebe, ein ihn schüttelnder, zuckender Krampf. Die Fingerbeeren scheuern durch den Erguss aus der Farbtube.

Die Hügel von Céret.

Wie spät ist es draußen, Marie-Berthe? Er möchte fragen und kann nicht. Nur Paris zählt und die Operation. Um vier Uhr morgens zieht er los, läuft über die Hügel, zwanzig Kilometer weit und mehr. Er sucht seinen Ort, eine bestimmte Stelle, von wo aus er einen Blick auf sein Leben wirft. Und mit der Landschaft streitet. Er ist unnahbar, spricht kein Wort, argwöhnisch, scheu. Lebt in einem verlassenen Schweinestall oder einem Geräteschuppen in den Weinbergen, ohne Licht, die Läden hat er vernagelt, wirft sich aufs zurückgelassene schmutzige Stroh, deckt sich mit seinen Leinwänden zu, rollt sich ein, als läge er schon im Leichenwagen. Er kommt völlig entkräftet zurück, vergisst zu essen, wäscht sich nicht, zieht seine gerippte Hose und das von grünen Schlieren und roten Tupfern fleckige Zeug nicht mehr aus. Der Stapel der Leinwände wird größer, und noch immer hat er keine Wahrheit nicht gefunden. Er muss weiter in der Landschaft wühlen. Drei Jahre Strafe. Keine Geduld, keine Erlösung.

Die Hügel von Céret.

Also trägt er den Orkan von Hügel zu Hügel. Hier war noch keiner. Keiner hat so etwas je gesehen. Nichts wiederzuerkennen. Aber alles noch da. Seine schlimmsten Feinde sind die neugierigen Spaziergänger. Jeder kennt sich aus mit der heiligen Ähnlichkeit. Kaum sieht er einen von ihnen auftauchen, klappt er die Staffelei zusammen, verzieht sich unter die Bäume, bis die Gefahr vorüber ist. Allein mit sich und der Landschaft, weitab von Museen, Moden, Montparnasse. Soutine rennt allein über die Hügel. Einsamer Läufer mit farbigem Gepäck. Und die Hügel lassen es geschehen. Er sieht sich rennen, noch jetzt. Er hat es eilig. Er muss zur Operation. Hier war noch keiner.

Doch, es gibt einen Beobachter. Einen kleinen Neider vom Montparnasse. Emile Bourrachon alias Justin Francœur alias wie immer er heißt, der seine Entdeckung herumreicht. Er stellt ihm nach wie einem seltenen schmutzigen Tier. Er nähert sich dem Stall, blickt sich mehrmals um. Dass Soutine tagsüber dort nicht anzutreffen ist, weiß jeder. Dass er über die Hügel hastet, malt, wieder abbricht, weiterläuft.

Je weiter ich eindrang in die dunkle und feuchte Schwärze, die säuerlich roch von Schweiß und tierischen Ausdünstungen, und mich entfernte vom Lichttrapez, das die Sonne von der Eingangstür ausschnitt und auf den staubigen Boden warf, desto weniger zweifelte ich an meinem ersten Eindruck: Soutine war ein Vieh! Ich machte ein Streichholz an, suchte nach irgendeiner Lampe oder Kerze, die dieses böse Dunkel hätte zurückweichen lassen …

Im zitternden Schein sah ich zwei Stapel aus dem Stroh hervorragen, das auf dem festgetretenen Lehmboden lag. Ein Stapel geordnet mit aufgezogenen Leinwänden in verschiedenen Maßen, deren weggedrehte Vorderseite offenbar bemalt war, der andere ein wirrer Haufen abgeschabter oder jungfräulicher Leinwände, in die der Rohling sich wahrscheinlich einrollte, um zu schlafen. Ich drehte eine Leinwand nach der andern vom ersten Stapel um und besuchte in diesem albtraumhaften Museum die Windungen eines Gehirns, dessen Zeugungstrieb alle Regeln der Kunst umstürzt. Wie soll ich mit Worten diesen Ausfluss von Gewalt beschreiben, der dick wie das Blut war, das aus der Halsschlagader des Stieropfers strömte, um die Waffenbrüder Mithras zu salben? …

Und die Leinwände, die ich aufhob, um sie ans Tageslicht zu tragen, das auf der Schwelle der Tür verblieb, waren schwer von einer wütend ausgebreiteten Materie …

Soutine konnte von einem Augenblick zum andern zurückkommen, und ich wollte um jeden Preis vermeiden, dass er mich hier überraschte; ich setzte dennoch die unheilvolle Ausgrabung fort, entsetzt über die Brutalität seiner Malerei und zugleich fasziniert von dieser schieren Gewalt, die mir für einen Augenblick sogar einflüsterte, dass ich sie verstehen könnte ...

Ich verließ diese obszöne Höhle, nicht ohne einen letzten Blick auf ein grünes Etwas zu werfen, grüne Zypressen, die vom Wind verdreht waren, grüne Kugeln von Sträuchern, die in einen vom Sturm grünen Himmel aufwirbelten, mit Wolken, die jäh von einem Blitz erhellt wurden. Ich fand mit Erleichterung die Welt wieder, dieselben Zypressen, die jetzt so ruhig dastanden auf beiden Seiten der Landstraße. Während des ganzen Heimwegs schob eine erschreckende Vision derselben Natur sich über diese stille Nachmittagslandschaft, die Soutine den entfesselten Elementen ausgesetzt hatte ... Höllenvisionen überblendeten die anmutige Wirklichkeit in diesem zauberhaften Städtchen des Südens ...

Ich bog um eine Hecke und sah plötzlich, in etwa dreißig Metern Abstand, Soutine, den Rücken mir zuwendend, gegen einen Baum urinieren. Ich wich ohne jeden Laut zur Hecke zurück ... Soutine knüpfte sich pfeifend den Hosenschlitz zu und kam in meine Richtung. Er war kurz davor, mich zu entdecken, als er plötzlich anhielt, sich mit beiden Händen an den Bauch fasste, sich krümmte, als würde er in zwei Teile zerbrechen ... und ein langes Stöhnen ausstieß. Von Angst gepackt, rannte ich weg, ohne mich umzudrehen.

Welcher Wahnsinnige hat diese Bilder gemalt, rufen Leopold Zborowskis Kunden im Wohnzimmer an der Rue Joseph-Bara aus, und Paul Guillaume, dem Obergötzen, der die afrikanischen Statuen hortet, ergeht es in der Rue de Miromesnil nicht besser. Die möglichen Käufer flüchten auf die Straße, um nicht vom herabstürzenden, unsichtbar gewordenen Himmel zermalmt zu werden. Modigliani ruft jetzt betrunken aus: Alles tanzt vor meinen Augen wie eine Landschaft von Soutine. Und der Maler hört es noch. Und erschrickt nicht mehr.

Im kleinen Hof des Hotels Garreta in Céret steigt ein schwarzer Rauch auf. Er hat wieder Dutzende von Bildern verbrannt. Er muss sie aus der Welt schaffen. Und der Hass wird bleiben, er wird Händler suchen, die sie horten, kauft die eigenen Bilder aus der Zeit in Céret zurück, um sie mit dem Messer aufzuschlitzen. Verkauft ein neues Bild nur unter der Bedingung, dass man ihm zwei aus Céret herbeischafft, damit er sie zerstören kann. Arme Pyrenäen!

Jetzt liegt er im Leichenwagen, fährt noch einmal in die Pyrenäen von Paris, vorbei an den Landschaften, die sich jagen, durch Schlitze und hintere Luken hereinblitzen im Wettstreit mit seinen Bildern. Das Morphin hilft, die Augen durch das schwarze Blech hinausgleiten zu lassen auf die verwilderten Landschaften. Sie durchdringen seine geschlossenen Augenlider. Tag oder Nacht? Paris oder Pyrenäen? Er weiß es nicht mehr. Die zerstörten Bilder aus Céret, sie laufen neben dem Leichenwagen mit, wollen ihn einholen, sich rächen dafür, dass er sie mit Messer und Scheren zerfetzt hat, wo immer er noch welche aufspüren konnte. Der Morphinmessias fährt mit, und die Asche der Bilder aus Céret.

Milch & Bach

Es war einmal ein besetztes Land, das vorgab, nur halb besetzt zu sein. Der Süden hieß jetzt FREIE ZONE, auch NONO-ZONE, der besetzte Norden war O-ZONE. Die Demarkationslinie zwischen O und NONO konnte man nachts, mit guten Ortskenntnissen und Fluchthelfern überwinden. Aber deutsche BEKANNTMACHUNGEN und VERORDNUNGSBLÄTTER schwirren dort durch die französische Luft, überwacht vom Adler mit den langgestreckten Flügeln und dem zerhackten Kreuz in seinen Krallen. Sie drohen mit drakonischen Strafen für den illegalen Übertritt.

Im Juni 40 ist der zweifach gewellte Verlauf in der Zeitung abgebildet. Soutine fährt mit dem Fingernagel, der von den störrischen, nicht mehr zu beseitigenden Farbresten gerahmt ist, die Linie ab, die sich mit zwei Kamelbuckeln durchs Land zieht, vom Jura bis zu den Pyrenäen, von der Schweizer bis zur spanischen Grenze. Im Unterleib gibt es Vichy und seine Erlasse, Pétains Aufrufe, mit den Besatzern zu kollaborieren. Zum Wohle Frankreichs.

Chana Orloff, seine Nachbarin, trifft ihn auf der Straße. Es muss jetzt Herbst 40 und unweit der Villa Seurat sein, wo sie wohnten, nach dem Waffenstillstand und dem Inkrafttreten der Zweiteilung. Sie fragt:

Chaim, warum gehst du nicht in den Süden, in die freie Zone?

Seine Antwort kommt rasch, als bräuchte er nicht zu überlegen:

Es gibt dort keine Milch.

Hatte Marschall Pétain in Vichy alle Milch getrunken? Waren alle Kühe davongeflogen? Gab es nur welche in der besetzten Zone im Norden? Hatten sie keine Angst vor Panzerraupen und Seitenwagen, schwarzen Knobelbechern?

Er verehrt ihre animalische Wärme, ihren Euterschatz, ihre strömende besänftigende Milch, die gemischt mit Bismutpulver dem Schmerz in seinem Bauch eine Weile Ruhe schenkt. Und er hasst die Kühe, die Chagall damals, kaum angekommen im Bienenstock am Passage de Dantzig, in den Witebsker Himmel pinselte.

Was soll ich dort unten? Es gibt dort keine Milch.

Und Chana wendet sich kopfschüttelnd ab, wünscht ihm Glück, zieht sich Flügel über ihre kräftigen Bildhauerarme, sagt klar und deutlich »Ich werde eine Näherin in Jaffa sein«, schwebt hoch über der Villa Seurat und flüchtet mit ihrem Sohn in die Schweiz. Seine alten Freunde aus Minsk und Wilna haben, kaum waren die Ardennen durchstoßen, den Weg nach Süden angetreten. Kikoïne findet im Mai 40 in Toulouse bei seinem Sohn Yankel Unterschlupf. Krémègne geht in die weltabgeschiedene Corrèze, als wäre es auf den Mond, verdingt sich dort als Landarbeiter, um über den Krieg zu kommen. Soutine bleibt.

Es gibt dort keine Milch.

Am 3. September 1939, dem Tag von Frankreichs Kriegserklärung, waren er und Mademoiselle Garde im burgundischen Dorf Civry, dort ging er in den Dorfladen, suchte mürrisch nach den raschelnden Unglücksboten, die voll waren von schwarzen verschmierten Lettern: LA GUERRE! Doch der Krieg schien seinen Einsatz im Westen zu verschlafen. Sitzkrieg auf der Maginot-Linie, alles bleibt ruhig, auf den Festungswällen wird Karten gespielt, gejauchzt, geraucht. Nichts geschieht. Es gibt keinen Tag, an dem der Maler nicht hastig die Zeitung aufschlägt. Er misstraut der bedrohlichen Ruhe, jeder Ruhe. Der Krieg lässt sich Zeit und gibt sich erst dem FALL WEISS hin, als ob er Maler wäre. In Polen wird die künftige Beute geteilt mit Stalinland. Es gibt dort keine Milch. Der Krieg malt weiter, nach dem FALL WEISS folgt der FALL GELB, der Westfeldzug, am 10. Mai 1940. Jetzt wird aus dem Sitzkrieg Blitzkrieg. Der Sichelschnitt, die Kapitulation der Niederlande und Belgiens, der Vorstoß bis zur Kanalküste. Der Exodus beginnt, sieben Millionen Franzosen verlassen den Norden, flüchten mit ihren Habseligkeiten südwärts.

Es gibt dort keine Milch.

Die Maginot-Linie wird südlich umgangen, die deutschen Armeen fahren in die Lücke von Sedan, der Durchstoß durch die Ardennen am 14. Mai 40, das Heranrollen der Panzer, der Vorstoß ins Herz, das Pochen war von weither zu hören. Einen Monat später dringen die Raupen nach Paris vor, die Stadt wird kampflos besetzt. Schließlich der Waffenstillstand vom 22. Juni in Compiègne, der Beginn der Besatzungszeit.

Ein Glückspilz, wer sich rechtzeitig aus dem Staub gemacht hat. Oder wer noch weiß, wohin er fliehen kann. Das Goldene Pariser Zeitalter ist vorbei. Henry Miller schon im Juni 39:

Das ist das Ende des langen Aufenthalts im französischen Paradies. Ich warte heute abend auf Hitlers berühmte Rede. Die ganze Welt sitzt auf ihrem Arsch und wartet auf Wunder.

Ab nach Griechenland, noch fünf Monate Europa durch die gierigen Nasenflügel einziehen, die Lungen mit Licht füllen, Homer eine Visite abstatten, Korfu grüßen, geharzten griechischen Wein trinken, Lebensstoff einsammeln wie eine Biene für den Koloss von Marussi, und dann ab nach Brooklyn, in die alte Heimat, die ihre gütigen Arme aufhält, um den Versprengten wieder ein sicherer Hafen zu sein. Genug Quinquina geschlürft und die kleinen Marcs, die Stouts und Mandarin-Citrons im Pariser Luxusexil. Genug *Amer Picon.* Genug sich ereifert im Salon der Gertrude Stein. Genug Picasso vor den Augen sprühen sehen. Goldene Jahre. Vorbei. Und mit aufreizender Langsamkeit rollen die Panzer hinein in die Stadt, die einmal Lichterstadt hieß, und löschen das Licht der Jahre.

Milch war alles für ihn. Seine Mahlzeiten bestehen fast nur noch aus Milch und Bismutpulver. Sie sollen die ausströmende Magensäure in Schach halten. Wo es Milch gibt, schöne weiße, schäumende, kann der Schmerz besänftigt werden. Die Ärzte haben ihm alle möglichen Medikamente verschrieben, Papaverin, Laristin und wie sie alle heißen. Mademoiselle Garde holte sie für ihn, doch zunächst warf er sie zornig weg. Er glaubt einzig an die Macht der Milch, mit der göttlichen Zutat, dem Bismutpulver. Himmlische weiße Kuhmilch, das Mondlicht der Sumerer, einziger Saft, der das Leben schenkt. Einziger Strahl vom Himmelseuter.

Er will in derselben besetzten Zone bleiben, in der sich Paris befindet, nur ein paar Kartenabschnitte weiter unten sitzt er jetzt. Die Stadt ist sein Erdmittelpunkt, mochten die Besatzer nun auf ihr herumtrampeln, es gab sie noch. Geschändet, ja. Jeder fühlte es, der einen dieser fröhlichfrechen Trupps in ihren grauen Uniformwülsten auf den Gehsteigen kreuzte oder die Übermenschen auf dem Marsfeld brüllen hörte. In den Schächten und Gängen der Metro widerhallten ihre Geräusche, gewichste Knobelbecher im fühllosen Echo. Am auffallendsten dennoch eine gespenstische Stille. Wenige Wehrmachtsfahrzeuge auf den Straßen der Stadtleiche. Mattes, stumpfes, blindes Licht. Breitbeiniges Stehen auf dem Metroquai, breitärschiges siegerhaftes Sitzen in Vorortszügen. Das spöttische Heruntergleiten des Blicks auf den bleichen schlanken Beinen der jungen Frau gegenüber. Stadtleiche. Schweigen. Spuk. Die Besatzung ist unsichtbar und allgegenwärtig. Die schwarzen Monturen hinter den Türen von Doktor Knochens SIPO-SD in der Avenue Foch, die Gestapo residiert in der Rue Lauriston.

Irgendwann würde sie wieder dastehen, zwar voller Narben noch, gekrümmt von Verlusten, aber immer noch und schon wieder verzweifelt schön. Dann würden die Leinwände aus den Kellern hervorkommen und vom kurzen tausendjährigen Reich erzählen.

Es gibt dort keine Milch.

Und der Maler Chaim Soutine hofft, dass der ganze Spuk eines Morgens verschwinden wird. Vorbeigeht wie die Zeit des Magengeschwürs. Während viele die Mittelmeerhäfen zu erreichen versuchen oder auf allen vieren über die Pyrenäen kriechen, auf ein Visum warten, um in die USA, nach Palästina, Schanghai oder Südamerika zu entkommen, bleibt Soutine im grünvioletten Champigny versteckt, unweit der Loire und der Stadt Chinon. Von dort aus ist Paris auf Schleichwegen zu erreichen, dort gibt es noch Ärzte, die er kennt, es gibt das verwunschene, traurige Reich des Montparnasse, die Ateliers, Cafés, versprengte Maler, Händler, bei denen man Pinsel, Paletten, Tuben finden konnte. Wer fragt, zu welchen Preisen. Dort gibt es seine Farbe, seine Milch. Keinerlei Versuche, die Demarkationslinie nachts zu überschreiten.

Von Buenos Aires oder Chicago aus wäre Paris auf einen anderen Stern gerückt. Warum soll er die Stadt, die 1913 das einzige Ziel seines Lebens war, so schnell wieder aufgeben? Und all die mit Kiko und Krem geteilten Träume in Minsk und Wilna von der Welthauptstadt der Malerei? Die Amerikaner kennen ihn bereits, im Dezember 35 findet im ARTS CLUB OF CHICAGO eine erste Ausstellung statt, PAINTINGS BY HAIM SOUTINE steht auf dem Plakat, vielleicht hätten sie ihn mit offenen Armen empfangen. Und der legendäre Doktor Barnes aus Merion, Pennsylvania, der 1923 wie ein pharmazeutischer grollender Gott in Zborowskis Wohnung getreten war – hatte der nicht mit Soutines Bildern die geheime Auswanderung vorbereitet? Ein Teil von ihm war längst in Philadelphia. War nicht jedes Bild ein farbiger Pass? Der Spuk wird vorbeigehen. Dann muss er da sein, für den Sprung zurück von der Loire an die Seine.

Es gibt dort keine Milch.

Es mangelt jetzt an allem. Die Transportwege sind unterbrochen, die Besatzer requirieren Lokomotiven, Waggons, Lastwagen. Kohle und Strom? Die Heizung ist auf vier Stunden pro Tag beschränkt, und manchmal ganz verboten. Sie leben von nichts. Rationierung ist das Leben, und es gibt nicht mehr, was auf den Lebensmittelkarten steht. Wunschkonzerte, die sie sich gegenseitig vorsingen. Ersatzkaffee aus Rübe und Zichorie. Zucker ist heilig und selten, der Ersatz regiert. Die Warteschlangen, die verkümmerten Öffnungszeiten.

Sie leben von Gemüsen, die sie widerwillig schätzen müssen. Wurzeln und Knollen mit exotischen Namen wie RUTABAGA und TOPINAMBUR quälen mit ihrem groben Geschmack. Schwedenkohl heißt die Knolle, bei der sie an den Nordpol denken. Kohlrübe, Gänsefuß,

Erdbirne, Ersatzgemüse. Ein Bauer in Champigny, den sie in seinem Hof fluchen hören, als Marie-Berthe und er vorübergehen:

Ersticken werden sie uns, die Boches, ich kann es nicht mehr fressen, das Zeug. Ersticken werden sie uns damit.

Und er schleudert eine dieser Knollen wütend zu Boden, wo sie wie eine fleischige Granate zerbirst. Krieg ist Gemüse. Als er die beiden vor dem Hoftor vorbeihuschen sieht, erschrickt er und verstummt. Die zerschlagene Rutabaga riecht nach Sabotage. Tauschgeschäfte, Diebstähle in jedem Dorf. Glücklich, wer einen Kaninchenstall hat. Aber wie er ihn bewachen muss. Tag und Nacht muss er vor dem Kaninchenstall liegen.

Und Soutine denkt an die Hasen, Fasane und Truthähne, die er an der Rue du Saint-Gothard und in Le Blanc gemalt hat, das Drama ihres Todes, ihr abgezogenes Fell, ihre schillernden Federn, Reste von Blut. Der farbige Triumph ihres Todes, die Blautöne im schwarzen Gefieder, Smaragdgrün. Und er denkt an die Hungerjahre im Bienenstock, die Heringe mit den hungrigen Gabeln. Welche üppigen, weit entfernten Mahlzeiten!

Immer wieder die Anfälle, die krümmenden, spuckenden, rasenden. Ein Tagebuch des Schmerzes. Wer zählt die Atemzüge. Der Schmerz hat ein Spiel mit ihm getrieben, ihn verhöhnt. Manchmal dauert er an während Stunden, verschwindet dann ganz plötzlich, und der Maler preist die Milch und das Bismutpulver, streicht sich über den Bauch und dankt ihm. Glaub nicht, dass du mich so schnell loswirst.

Und einmal, es ist schon in Champigny, glaubt er, dass die Besatzer verschwunden seien und mit ihnen der bohrende Schmerz im Bauch. Plötzlich Ruhe, nicht einmal die abziehenden Panzer waren in der Nacht zu hören gewesen, keine rasselnden Raupen, keine aufheulenden Motoren, keine gellenden Befehle, nichts. Die Besatzer hatten sich über Nacht in Luft aufgelöst. Es lag eine ungeheure Stille über der seltsam fremd wirkenden Stadt, die nur Paris sein konnte. Die Wegweiser in deutscher Sprache waren abmontiert, kein ORTSLAZARETT mehr, kein WEHRWIRTSCHAFTS-RÜSTUNGSSTAB, keine Wortungetüme wie INSTANDSETZUNGSWERKSTÄTTEN, keine Gestapo in der Rue Lauriston, kein Doktor Knochen in der Avenue Foch, keine exerzierenden Brüllaffen auf dem Marsfeld, kein deutsches Wort mehr in den Straßen zu hören. Nichts als Stille über der Stadt.

Und Soutine springt auf und aus dem Bett, versteht plötzlich alles, läuft von der Villa Seurat die Rue de la Tombe-Issoire hinunter, links hoch bis zur Kirche bei Alésia, dann Denfert-Rochereau mit dem staunenden Löwen und weiter bis zur Kreuzung bei der *Closerie des Lilas.* Das Laufen fällt ihm unendlich leicht, er wundert sich, wie er so schnell eine solche Distanz überwinden kann, kein Seitenstecher, kein Keuchen, nichts. Dann links ab und hinunter zum Montparnasse, wo alle Cafés voll sind, die Rotonde, das Dôme, die Coupole, bis auf den letzten Platz sind sie gefüllt, aber da ist diese unglaubliche Stille. Keine klirrenden Gläser, keine durcheinanderrufenden Stimmen, keine hastenden Kellner. Sie sind still wie Kirchen. In ihnen sitzen die alten Bekannten, auch Modigliani sitzt da mit einem Glas Gin (auch er? die Träumer wundern sich am meisten), und Kikoïne und Krémègne, Lipchitz, Zadkine, Kisling. Alle sehen Soutine verwundert an, zeigen mit dem Finger auf ihn und rufen:

Wir wissen es schon. Warum hast du dich nicht früher gemeldet?

Und Soutine ist verwirrt. Sollte er der letzte sein, der es erfahren hat? Er greift sich vorsichtig an den Bauch und merkt: Auch der schmerzende Magen war weg. Die Besatzer scheinen ihn mitgenommen zu haben, er war auf dem Rückzug, hatte sich über Nacht aus dem Staub gemacht, der Krieg war gewonnen, und es gab keinen Schmerz mehr. Das Leben konnte endlich beginnen.

Als Soutine aufwacht, schläft Ma-Be noch neben ihm, zart schnarchend im wackeligen Bett, und er ärgert sich über den Traum. Immer hat er schlechte Träume gehabt, Träume voller Vorwürfe, prügelnder Brüder, Träume voller Scham, Ungenügen und Zweifel, von verschwundenem Malzeug und dem Zwang, mit den Fingerbeeren weiterzumalen, Träume von einstürzenden Ateliers, die ganz aus Eisen und Glas waren, von Bränden im Bienenstock.

Und jetzt dieser prächtige leichte Dauerlauf von der Villa Seurat bis zum Montparnasse – albern war er, völlig unglaubhaft, er hätte es ahnen sollen. Er ärgert sich, dass er dem Traum geglaubt hat, ist wütend auf die Maler in den Cafés, die angeblich alles schon wussten, vermutlich auch, dass es ein falscher, trügerischer Traum war.

Und dann, schon völlig im Wachzustand, sieht er die Maler vor sich, wie sie sich die Bäuche halten vor Lachen, mit ihren Fingern auf ihn zeigen und sich zuprosten:

Er hat es geglaubt … Ha, ha, ha … er hat es tatsächlich geglaubt!

Aber an dem Morgen fühlt er tatsächlich keinen Schmerz, er tastet danach, doch da ist nichts. Er weiß nur mit trauriger Bestimmtheit, dass es kein Abschied für immer ist. Er ärgert sich, dass er in letzter Zeit die Besatzung mit seinem Magengeschwür verknüpfte. Als ob die Boches das Geschwür mitgebracht hätten. Er weiß zu genau, dass die Schmerzen im Bauch schon angefangen hatten, als Modigliani noch lebte, er hatte sie immer gespürt, in den Pyrenäen und in der Provence, in Céret und Cagnes und Vence, in den luftigen Sommermonaten in der Nähe von Chartres. Das Magengeschwür hielt ihn schon so lange besetzt, auch damals, als noch keiner von der OCCUPATION etwas ahnte.

Aber die Besatzer sind noch im Land, seit wenigen Wochen sogar überall. Am 8. November 42 landen die Amerikaner in Nordafrika, die Wehrmacht stößt in der Operation Attila bis zum Mittelmeer hinunter, die schwarzen Marionetten in Vichy haben nichts mehr zu melden, es gibt keine Demarkationslinie mehr, die der Maler überschreiten könnte. Das Versteck auf dem Land in der Nähe der Loire ist sein grünes Gefängnis.

Es gibt dort keine Milch.

Sie hatten über *Radio Londres* von der Landung in Nordafrika gehört. Und sie freuen sich nicht allzusehr, der Krieg macht skeptisch. Aber nur ein paar Wochen später, im Januar 43, meldet BBC, die Eingekesselten in Stalingrad hätten kapituliert. War nicht wenigstens das ein Zeichen, dem man vertrauen konnte?

Wird die Zeit der Verstecke ein Ende haben? Die Verwilderung, die alles mitnimmt. Der 21. Januar 42. Auf der Straße herumirrend Marie-Berthe, vor einem Hauseingang des Boulevard Raspail, vollkommen verwahrlost, vor Kälte schlotternd. Sie muss noch schnell bei einer Bekannten ein paar Kartoffeln für Soutine holen. Dann die fünf Treppen hinauf in der Rue Littré, wo Marie-Berthes Vater wohnt, der alte Aurenche. Unbeschreibliche Unordnung. Gebrauchtes Geschirr von mehreren Tagen. Ausgekämmte Haare, Zigarettenstummel auf dem Boden, Asche, Wollflausen, verstreuter Unrat. Das Bett ist nicht gemacht, der verschmutzte Boden seit einer Ewigkeit nicht gekehrt. In einem eisernen Becken glimmen einige Briketts. Aber kaum einen Meter weg ist das Zimmer eisig. Der Mangel überzieht den bürgerlichen Komfort mit einer Eisschicht, verhaucht Bitterkeit.

Soutine taut erst auf, als er mit dankbarer Freude erzählt, dass er beim letzten Mal in jenem Dorf eine Landschaft mit Schweinen gemalt habe. Verzückt von der fabelhaften, unbeengten Unreinheit des Tieres. Ein junger französischer Arzt tritt ein, verabreicht ihm eine Spritze, damit das Magengeschwür eine Weile Ruhe gibt. Er spricht mit ruhiger Stimme von den Verheerungen der Besatzung, die er jeden Tag antrifft, den zerfallenden Körpern, dem Ungeziefer, den Spuren des Mangels. Alles schrumpft.

Dann schlagen plötzlich die Türen. Der alte Aurenche tritt auf. Ein Gewitter entlädt sich, Flüche und Verwünschungen, Tritte gegen die Tür. Was für ein Schweinestall hier, könnt ihr nicht mal euren Dreck wegräumen? Der alte Aurenche hat genug. Er wirft sie hinaus. Sie werden wiederkommen, bettelnd, um Obdach bittend.

Es ist gefährlich geworden, in der Villa Seurat zu wohnen. Die Notwendigkeit, immer wieder die Unterkünfte zu wechseln. Aber es gibt nur wenige. Eines Nachts, im Frühjahr 41, führt Ma-Be ihn zu ihren alten Freunden in die Rue des Plantes, wo sie früher mit Max gewohnt hat, zu Marcel Laloë und seiner Frau, der Sängerin Olga Luchaire. Das abgerissene Paar steht plötzlich vor der Tür, Ma-Be macht ein seltsames Fingerzeichen, bittet stumm um Einlass. Kaum im Innern der Wohnung angekommen, keucht sie:

Ihr müsst ihn verstecken, er wird von der Gestapo gesucht.

Ma-Be braucht nicht viel zu erklären, eine Sprungfedermatratze wird in ein Nebenzimmer geworfen, ein Floß in diesem Strom von Unglück, das nicht mehr aufhören will. Eine Matratze. Sonst nichts. Er malt nicht mehr. Alles reißt ihm den Pinsel aus der Hand, verschwört sich mit der Schmerzfaust, die in seinem Magen wühlt. Alles verbündet sich, um ihn daran zu hindern: Schmerz und Krämpfe, die Besatzer und ihre entwürdigenden Anordnungen. Sie leben drei Monate in der Rue des Plantes, Soutine trinkt Milch mit Bismutpulver und hört Bach, alle Platten, die Olga besitzt, alle. Matthäus-Passion, Kantaten ohne Ende, Goldberg-Variationen, Kunst der Fuge, alles. Ein Glück, bei einer Sängerin unterzukriechen, deren Stolz ihre Sammlung ist. Wenn die schwarze Scheibe bis auf das lästige Kratzgeräusch am Ende nichts mehr von sich gibt, hebt er Arm und Nadel und setzt sie am dicken Rand wieder auf.

Bach und Milch, nichts anderes. Tagelang. Die Musik aus dem Land der Einäugigen und die Milch aus dem Land der Zukunft. Die großen fetten schwarzen Scheiben, immer wieder auf den drehenden Teller gelegt, und die bittere, rationierte Milch. Und wieder war sie da, diese unglaubliche Musik, die mit solcher Bestimmtheit vor sich hinsprach, als ob es nichts anderes gäbe, als könnte sie alles zum Schweigen bringen, jede Panzerraupe, jedes Stiefelgeräusch. Alles, bis auf den Punkt in seinem Magen. Dieser Punkt will keine Musik hören. Aber das Versteck mit den schweren schwarzen Scheiben ist dennoch eine glückliche Fügung.

Jede Kantate ein Pfeil gegen die schwarzen Motorräder und rasselnden Raupen, wirkungslose, abprallende Geschosse, aber sein einziger Trost. Und er stellt sich vor, dass diese Musik noch klingen wird, wenn von dem andern nur ein Haufen rostender Schrott übrigbleiben wird.

Lasst Satan wüten, rasen, krachen.

Aber die Zeile, die dem Satan folgt: Der starke Gott wird uns unüberwindlich machen! Und aus dem Grammophon dringen Worte, von denen er manchmal einige versteht.

Wir waren schon zu tief gesunken, der Abgrund schluckt uns völlig ein!

Nur zu verstehen, dass die brüllenden Besatzer und diese Musik aus demselben Land, von denselben Flüssen kommen, das schafft er nicht. Es sind dieselben Ohren. Die Stimmen kommen aus jenem Land. Hört Doktor Knochen nie Bach?

Seht, seht, wie reißt, wie bricht, wie fällt, was Gottes starker Arm nicht hält!

Und er horcht die Musik auf alles ab, was irgendeinen Funken Leben geben, die Verzweiflung bezwingen könnte. Aber: Wie zweifelhaftig ist mein Hoffen, wie wanket mein geängstigt Herz. Henry Miller, sein Nachbar in der Villa Seurat, wollte ihm vor dem Krieg immer wieder amerikanische Jazz-Platten leihen. Er lässt nicht nach.

Bitte, Monsieur Soutine, sagen Sie mir, was Sie haben möchten, ich habe eine schöne kleine Sammlung oben. Sie können sich alles anhören, wenn Sie möchten. Amerika ist da oben, die schwarzen, schwitzenden Zauberer mit den goldenen Instrumenten.

Soutine lehnt dankend ab. Es gibt für ihn keine andere Musik. Bach. Und Schluss. Bach war wie Milch. Und Bismutpulver.

Und in Clichy bei dem merkwürdigen Arzt, der ihm eine Spritze gab, als er auf dem Gehsteig zusammengebrochen war, sprachen sie auch über Musik. Der Arzt sagt:

Die deutsche Musik finde ich provinziell, schwerfällig, grob!

Und der Maler:

Aber Bach ist wunderbar! Kantate 106, auf dem Klavier gespielt von Wanda Landowska!

Lange Tage ohne Malerei. Nichts als Milch und Bach. Auf die Matratze hingestreckt, den Blick zur Zimmerdecke. Versteckt mit Bach. Wer weiß, wie nahe mir mein Ende. Und manchmal, nach diesen stundenlangen schwarzen Scheiben, summt er etwas aus der fernen Kindheit. Es war das einzige, was er behalten wollte, die paar Lieder, die er trällerte, während er alles vergessen wollte, was mit Smilowitschi verbunden war. Aber das Kälbchen musste bleiben.

Wenn Olga nach Hause kommt, fragt er sie aus über Bach, sie muss ihm alles erzählen, was sie über ihn weiß. Dass er mit neun Jahren die Mutter verlor, mit vierzehn Vollwaise war. Neben ihm starben seine Geschwister weg, eins nach dem andern, und drei der sieben Kinder, die er mit Maria Barbara hatte, starben kurz nach der Geburt, sieben von den dreizehn Kindern, die Anna Magdalena ihm schenkte, musste er mit seiner eigenen Musik zu Grabe tragen, nachdem sie bereits fröhliche, auf einem Bein hüpfende, Himmel und Hölle spielende, den Herrgott rühmende Geschöpfe gewesen waren. Und Gott wollte noch immer gerühmt werden. In Wahrheit saß der Tod immer mit am Tisch, folgte ihm auf die Empore, überallhin, setzte sich mit ihm an die Orgel.

Soutine sträubt sich gegen eine unwillkürliche Erinnerung, er muss an die elf Kinder von Sarah und Solomon denken, von denen er das vorletzte war. Er sah Bachs Kinder immer wieder hochfliegen zu ihrem erbarmungslosen Gott, den der Vater zu preisen hatte. Olga sagte:

Bach war der am engsten vom Tod umzingelte Komponist der Welt. Der Tod betrachtete sich selbstherrlich als Familienmitglied. Bach lebte unter nicht nachlassender Besatzung. Vom Tod seiner ersten Frau Maria Barbara erfuhr er bei der Rückkehr von seiner Dienstreise nach Karlsbad. Sie lag bereits auf dem Friedhof. Er lief weinend hinaus auf den Gottesacker. Er war also wieder dagewesen. Ich habe genug, lässt er singen, und: Ich elender Mensch. Und Soutine kann sich nicht satthören, lauscht mit offenem Mund.

Ach! dieser süße Trost ... erquickt auch nur mein Herz ... das sonst in Ach und Schmerz ... sein ewig Leiden findet ... und sich als wie ein Wurm ... in seinem Blute windet ... ich muss als wie ein Schaf ... bei tausend rauhen Wölfen leben ... ich bin ein recht verlassnes Lamm ... und muss mich ihrer Wut ... und Grausamkeit ergeben ...

Aber die Tage waren endlos für den Versteckten. Ein Matratzengefängnis. Ein Leben unter den tausend Wölfen auf den Pariser Straßen. Peinigend das Gefühl, anderen zur Last zu fallen, Platz einzunehmen, mochten sie noch so geduldig sein. Träge dazuliegen, nicht zu malen. Drei Monate lang konnte er nur nachts manchmal hinaus. Wenn Marc den Hund spazieren führte, glitt er hinter ihm lautlos an der Loge des Concierge vorbei auf die nächtliche Pariser Straße. Endlich Luft, Sperrstundenluft. Niemand zu sehen. Sie gingen nahe an den Toreinfahrten und Eingängen vorbei, immer bereit, einen Schritt hinüber zu tun auf die dunkle Innenseite, falls ihnen jemand auf der Straße entgegenkäme.

Oh, die Macht der Concierges! Ein großes Auge, dem nichts Fremdes entgeht, ein feines Ohr für Echos und Schritte. Alles hörten sie, alles sahen sie, jede Maus, die in die Toreinfahrt trippelte, wurde gestellt. Die Berufsehre verlangte, nichts zu übersehen, was am Hauseingang vor sich ging, den ganzen Verkehr genau im Blick zu haben. Der Hausmeister wird misstrauisch.

Haben Sie einen Gast bei sich, Monsieur Laloë?

Ja, ein Cousin aus dem Norden ist da, er fährt schon morgen weiter.

Seit dem großen Exodus im Mai 40, der von den Stukas gelöcherten Flucht aus dem Norden, als sieben Millionen mit ihren Kocheimern und Matratzen sich auf den Weg machten, mochte es als Ausrede durchgehen. Und alle Himmelsrichtungen führten über Paris. Doch dem Auge entging nichts. Jedesmal, wenn die falschen Cousins spätabends mit dem Hund hinausglitten und wenig später zurückkamen, schlug der Concierge den großen Vorhang an der verglasten Loge mit einem scharfen Schwung zurück und musterte die Rückkehrer. Er wollte sie spüren lassen, dass er Witterung aufgenommen hatte, kein Staubfädchen konnte ins Haus dringen ohne sein Mitwissen. Hausfremde Personen müssen registriert, die Angaben der Polizei überbracht werden, die sie andernorts vorzulegen hatte.

Es kann so nicht weitergehen, der seltsam fremd aussehende Cousin muss verschwinden. In ein Gebiet, wo es Bauern gibt, Korbflechter, Böttcher, Schmiede und Wirte, aber keine Concierges. Im Sommer 41 fahren sie unauffällig ins Tal der Loire. Die Laloës schreiben an einen Freund, Fernand Moulin, den Tierarzt und starrköpfigen Bürgermeister von Richelieu bei Chinon. Der übernimmt es, die beiden Untergetauchten zu verstecken. Er lässt falsche Papiere für sie ausstellen, mit Stempeln der Präfektur in Tours, und empfiehlt ihnen, nach Champigny-sur-Veude zu gehen, ein Dorf in der Nähe, und dort ein Zimmer zu mieten.

Madame Coquerit mustert die Fremden von oben bis unten. Solche kommen jetzt öfter hier an, seit der Norden besetzt ist. Sie mag den Akzent nicht, mit dem der Herr spricht. Sie sind zu schmutzig, ein verlaustes Paar, was haben diese Pariser Clochards hier auf dem Land zu suchen? Und Ma-Be versteht es, Streit anzuzetteln. Sechsmal wechseln sie die Unterkunft.

Er macht sich noch einmal ans Malen, mit Farben, die Marc ihm zukommen lässt. Die verblüfften Bauern sehen morgens ein Gespenst über die Straßen und Feldwege huschen, gekrümmt und mit langen Schritten, als ob es gälte, dem Schmerz zu entkommen. Er drückt sich an den Hauswänden von Champigny vorbei, das schmutzige Hemd nur teilweise eingesteckt in die zerrissene Hose. Er trägt eine mit Reißzwecken auf einem Brett festgemachte Leinwand unter dem Arm, er wird Bäume malen, immerzu Bäume, und einige Kinder aus dem Dorf. Er stöhnt: Das Land ist hier viel zu flach, die Bäume viel zu gerade, ich brauche krumme, verzweigte, zerschrundene. Aufschießende Gassen, Hügel- und Bergstädtchen, wie damals in Céret und Cagnes. Aber wenigstens beginnt er wieder zu malen.

An Weihnachten 42 kommen die Laloës sie besuchen in Champigny, im neuen Versteck, wo es keine Schallplatten von Bach mehr gibt. Er freut sich auf Olga, bittet sie immer wieder, Kantaten für ihn zu singen. Er hört wieder Bach aus ihrer Stimme. Selig ist die Freude des Wiedererkennens. Ein halbes Jahr später wird er losfahren von Chinon, ein gekrümmter Embryo in einem Leichenwagen, langsam fahrende schwarze Gebärmutter, und keiner kennt den Ausgang. Kein Bach mehr, ihn zu begleiten. Nur Sertürners Mohnsaft.

Man kann dort nicht leben, es gibt dort keine Milch.

Buch der Richter

Ist es Ma-Be, die im Dunkel neben ihm sitzt und mit dem weißen Tuch auf seine Stirn tupft? Manchmal verzweifelt einnickend, dann hochfahrend und die Augen weit aufgerissen, als ob man sie aus dem Schlaf herbeigeschrien hätte, als ob Schlaf etwas Ungehöriges sei, wenn man eine lebendige Leiche nach Paris begleitet zur Operation. Ihr weißes Gesicht wird von dunklen Streifen überzogen. Straßenlichter? Tageslicht? Unkenntlich ist das Gesicht in diesem falschen Licht, durchschnitten von dunklen Ästen.

Seine Augen zittern, die Wimpern scheinen die Bewegung der grauen gewellten Vorgänge aufzunehmen, ihm kommt es plötzlich vor, es sei ein anderer Begleiter, der im Leichenwagen neben ihm sitzt, die Arme um die angezogenen Beine geschlungen. Er sitzt leicht erhöht, wie auf einer Holzkiste oder einem Schemel. Der Maler hat das Gesicht schon gesehen, es ist weit weg in der Kindheit. Unmöglich. Kann es sein? Es ist der alte Rebbe, der murmelt, mit der Hand durch das falsche Licht wedelt wie eine bittere Marionette. Sein lückenhaftes Gebiss ist zu sehen, die Kiefer, die sich zuerst stimmlos mehrmals öffnen und wieder schließen, als suche er ein Wort.

Nein, Chaim.

Und er schüttelt missbilligend den Kopf.

Nein, und wieder: Nein.

Soutine kennt alle Vorwürfe, hat sie oft in seinen Träumen gehört in Minsk und in Wilna und sogar noch in Paris, als er dem Dorf längst entflogen war. Überall die gleiche erhobene Stimme, die Vorhaltungen, abgespult wie ein altes Gebet, das längst in Fleisch und Knochen übergegangen war. Aber diesmal wirkt der Alte noch aufgebrachter, alles schien seiner Entrüstung rechtzugeben. Es ist zu spät für Vergebung.

Ich habe es dir immer gesagt. Du wolltest nicht hören, hast dich aus dem Staub gemacht, bist weggerannt von uns. Es wird schlimm enden mit dir, Chaim. Jetzt fährst du zu *seinem* Gericht, der Namenlose wird wissen, dass du nicht auf deinen Vater gehört hast, nicht auf die Mutter und deine Brüder, nicht auf mich. Malen soll nicht sein. Es ist für die Götzenanbeter, die sich berauschen an den bunten Statuen Baals und deren schmutzigen Farben. Es beleidigt das Auge, was schmierst du uns Farben ins Gesicht. ER hat uns aus bloßem Lehm gemacht, nur er, und uns das Leben eingehaucht.

Nur das Wort wollte er zulassen, nur das Wort. Das *Pirke Avot* weiß es, Chaim. Mit zehn Worten wurde die Welt erschaffen. Und dann fragt es uns: Warum zehn, wo es doch möglich gewesen wäre, sie mit *einem* zu schaffen? Einzig das Wort erschafft die Welt, Chaim. Dein Pinsel verschmiert die Welt zu Fratzen und Verhöhnungen *seiner* Schöpfung. Siehst du nicht, wie du alles verkrümmt und verzerrt hast, Landschaften und Menschen, wie alles zittert und wankt, als habe der Schmerz in deinem Bauch gemalt und nicht du? Als habe der Schmerz die Welt geschaffen und nicht das ruhige Auge des Schöpfers und sein Wort. Als habe ein beleidigendes Magengeschwür die Welt erschaffen! Die Schöpfung will nicht gemalt sein, Chaim, wozu denn, die Schöpfung ist am Ende der Woche da, in sechs Tagen geschaffen und mit dem Schabbes gekrönt, mit der Ruhe des Namenlosen, damit er sie mit Wohlgefallen betrachte. Hast du das Gebot vergessen? Das Wichtigste vergessen, alles vergessen?

Du sollst dir kein gegrabenes Bildnis … noch irgend ein Gleichnis machen … weder von dem, was im Himmel droben … noch von dem, was auf Erden hienieden … noch von dem, was in den Wassern unter der Erde ist …

Ist das deinem Ohr so fremd, willst du gar nichts mehr von alledem wissen?

Dass ihr euch nicht verderbet … und euch irgend ein gehauenes … oder gegrabenes Bild machet … irgend ein Gleichnis … es sei eines Mannes oder Weibes … oder Viehes auf Erden … oder geflügelter Vögel … welche unter dem Himmel fliegen … oder des Gewürms auf dem Land … oder der Fische im Wasser unter der Erde …

Und der Alte mahlt mit seinen Kiefern das Korn der Worte, duckt sich und reckt den Kopf empor ins falsche Licht und ist ein einziger Vorwurf. Der Maler aber hört den Rebbe noch eine Weile seufzen und mahnen, doch scheint sich der kleine Körper zu entfernen, er scheint zu schrumpfen, sich mit den Falten der Vorhänge des Leichenwagens zu vereinigen. Aber fast im nächsten Moment kommt er wieder näher, seine Bewegungen werden weicher, fast weiblich, er wird zu einer Frau. Der Maler erkennt sie nicht. Es hätten mehrere Frauen sein können, Garde, Ma-Be, oder wer? Er erkennt sie nicht. Es ist keine von ihnen.

Was suchst du hier im Wagen, wer hat dich hergebracht? Und warum fährst du mit? Ich muss zur Operation, weißt du das nicht.

Er will ein Wort sagen und bringt kein Wort hervor. Aber die Frau bleibt stumm, nickt nur, und wendet ihren Blick ab. Dann streicht sie mit den Fingern über seinen Arm, wie Lannegrace, ein winziger Blitz fährt herein in den Leichenwagen, die Besänftigung tritt ein. Der Maler grummelt vor sich hin, als habe er Brot zwischen den Zähnen, als kaute er mit einem zahnlosen Mund. Sie träufelt ihm den Mohnsaft unter die Zunge. Der Schmerz dämmert weg in seinem Bauch.

Die Vorhaltungen des Rebbe hat er hundertfach gehört in seinen Träumen, hat wirre, unverständliche Ausflüchte gestammelt, Bezalel in der Wüste ins Spiel gebracht, aber nicht ein einziges Mal versucht, von seinen Bildern zu sprechen, kein Wort. Er hat nie auf seine Leinwände gezeigt, nie versucht zu erklären, warum es so kommen musste, warum er nicht anders konnte. Er hat die Bilder umgedreht, gegen die Wand gestellt, ihren Blick weggewandt, damit keiner sie sehen konnte. Nichts erklärt. In keinem Brief. Mit keinem Wort. Es gibt keine Erklärung für solche Bilder, verstehen Sie? Es gilt das Bild und nur das Bild. Und das Wort gilt, aber es muss verschwiegen werden. Moses ist enttäuscht. Soutine der Schweiger, so wird er heißen in der Welt des Montparnasse. *Muet comme une carpe,* stumm wie ein Karpfen.

Er hört jetzt plötzlich Henry Miller sprechen mit seinem amerikanischsten Französisch, der sein Nachbar war in der Villa Seurat.

Ich erinnere mich, dass ich Soutine 1931 zum ersten Mal begegnet bin. Es gab da diesen Typen Louis Atlas, einen New Yorker Geschäftsmann, der mit Pelzen handelte und der mich als Neger und Ghostwriter engagiert hatte, um eine Artikelreihe über berühmte Juden in Paris zu schreiben. Er zahlte mir fünfundzwanzig Francs pro Artikel, der unter seinem Namen in den jüdischen Magazinen New Yorks erschien. Und ich konnte schließlich in einem Café Soutines Bekanntschaft machen. Ich fragte ihn für meinen Artikel aus, seine Freunde antworteten für ihn, er selber sagte während des ganzen Gesprächs nicht ein einziges Wort, saß nur gedankenverloren und in den Qualm seiner Zigarette gehüllt da …

Smilowitschi ist Teer. In der Erinnerung wird immer Teer hergestellt. Die Kindheit ist ein Schtetl mit zerfallenden fauligen Hütten, wackeligen Bretterwegen, stickigem Staub und glucksendem Matsch, je nach Jahreszeit. Hustende Kinder und Hunger. In seiner Erinnerung bleibt es ein grauer Ort, ein schmutziges Loch. Der Himmel bedeckt, grau vor Rauch. Chagall wird es gestikulierend in die Runde rufen:

Die Farben dort sind wie die Schuhe derer, die dort leben. Wir alle sind wegen dieser Farbe weggegangen.

Es hieß Smilowitschi, es lag ein paar Kilometer vor Minsk, und der Maler will nur eins: es vergessen. Als er 1913 im Bienenstock am Passage de Dantzig landet, wo Chagall bereits angekommen ist und von seiner Witebsker Kindheit träumt, gerät er in grobe Wut. Chagall hat sein Schtetl nach Paris mitgeschleppt, alle Häuser, alle Tiere, den Rebbe, den Schojchet und den Brautwerber, den Mohel, das Sägewerk und die Pferdehändler. Alles, was Soutine glaubt zurückgelassen zu haben, findet er an einem grauen Pariser Tag – ja, auch dort konnten die Tage grau sein – in voller Farbenpracht in Chagalls Bienenwabe vor seinen Augen. Der hört das Gebrüll in den nahen Schlachthöfen von Vaugirard und versetzt die Kühe mit dem Pinsel an den Witebsker Himmel. Der Krieg bricht aus, Chagall fährt zurück nach Russland, um am selben Himmel seine Verlobte Bella zu heiraten. Nichts kann Soutine, der ausspucken will auf seiner Bahre, dorthin zurücktreiben. Kein Weltkrieg. Nichts.

Nur den Kindheitsort in sich löschen, kein Krümel, kein Strohhalm, kein Rauch soll auf die Leinwand gerettet werden. Das Nichts der Kindheit aus dem Gedächtnis brennen. Die Leinwand der Kindheit verfeuern. Die Demütigung, überhaupt eine Kindheit zu haben in dieser Verkleinerungsform der Stadt, die keine war. Nur die Städte will er für sich, Minsk und Wilna und die Stadt der Städte, wo sich die Malerei eingenistet hat in allen Falten und Schneisen, auf den Boulevards und in Gässchen. Überall lebende Gemälde, keine Rückkehr ins Niegemalte. Das Dorf war Schmutz und Pogrom, Angst und Zittern. In allen Bildern will er sich von diesem Smilowitschi befreien, jeder Pinselstrich will es wegstreichen aus dem Gedächtnis.

Wo ist er jetzt, warum muss gerade jetzt das Dorf der Kindheit zu ihm herein in den Leichenwagen? Pyrenäen, Paris, und dann der Fluss Wolma, der Landstrich um die Beresina, die sich an die verwesenden Franzosen im Frühlingsschlamm erinnert. Er ist das Prügelkind der Familie, der lebendige Sack, den man schlägt und tritt, das zehnte und vorletzte Kind seiner Mutter Sarah, die müde ist von allen Geburten. Wie abwesend schwebt sie durch die Räume, verrichtet ihre Dinge wie ein Geist. Sie schweigt. Immer voller Sorgen, zu erschöpft, ihnen zärtlich etwas zuzuflüstern, wie er es bei andern Müttern gesehen hat. Er ist das zehnte von elf Kindern, hören Sie, Doktor Bog, der vorletzte von allen. Einer hat uns die Hungermeister genannt. Der Zehnte und Vorletzte. Teilen Sie eine Liebe durch zwölf, guter Rebbe. Sie heißt Sarah. Sie sagt nichts mehr.

Seine erste Erinnerung. Er liegt noch in der Wiege, sieht das Spiel von Licht und Schatten auf der Wand, wie sie zittern und sich abwechseln, auf dem Weiß tanzen. Er schaut, wie das Licht der Sonne und der Schatten sich in den unbewegten staubigen Vorhängen verfangen …

Er will es Ma-Be erzählen, oder Mademoiselle Garde,

oder einer dritten Gestalt, die kurz im Leichenwagen aufgetaucht war, und die er nicht erkennen konnte. Er lallt und winkt sie mit der Hand her ganz nah an seinen Mund. Neig dein kühles Ohr.

Das Haus liegt am Markt, und im unteren Fenster, wenn das Wetter es erlaubt, sitzt sein Vater Solomon, der Flickschneider, wie ein Buddha mit gekreuzten Beinen. Am Fenster, wo es mehr Licht gibt für die Stiche, wo der feine Faden aufsteigt und an den Fingern des Vaters niederstürzt in den Stoff eines Kaftans. Er summt, sticht und zieht, das Leben ist sein Faden. Er näht mit mechanischen Bewegungen, dann hält er ein und dreht eine Seite um, ohne die Augen zu heben … Rabbi Menachem Mendel aus Worki behauptet, ein wahrer Jude müsse drei Dinge können: eine perfekte Kniebeuge, einen stimmlosen Schrei, einen Tanz ohne Bewegung. Die Kunden kommen vom Markt und werfen ihm die Hosen hin. Russen, Polen, Tataren, aus dem Dörfchen am andern Ufer.

Wenn sie von den Pogromen hören, die im Zarenreich aufflammen und rasend durch die Schtetl laufen, wissen sie, dass es nur einen Funken braucht, und die Federbetten werden zerfetzt und durchwühlt, die Schubladen herausgekippt, die Kehlen durchschnitten … Sie sehen das Blut vor sich, das auf die Federn spritzt. Sie zucken zusammen bei Namen wie Kischinjow, Gomel, Schitomir, Berditschew, Nikolajew, Odessa. Nachts rasseln ihre grässlichen Namen durch ihre Träume. Nach 1905 kommen immer mehr Namen hinzu, nach dem Blutsonntag dröhnen die Parolen der Schwarzhunderter:

Bejte schidow! Schlachtet die Jidden!

Chagall irrt, wenn er glaubt, sie seien nur des grauen Rauchs und der schmutzigen Schuhe wegen weggefahren, um die Farben zu suchen. Nur weg, kein Golem mehr, keine Totengeister, die sich einen lebendigen Leib suchen, um ihn und seine Stimme zu bewohnen, keine Dybbuks aus den unheimlichen Geschichten der Kindheit, nur ein paar Lieder summen, aber nur als Beweis, wie weit es schon entfernt ist, wie eine spöttische Mahnung, dass jene Welt verschwunden ist. Doch immer wieder malt er Kinder, das dumpfe Elend der Kindheit, wo alles nichts ist als ein trübes Versprechen, das nie mehr eingehalten wird. Greisengesichter, grobe Riesenhände, die sich ans verrenkte Spielzeug festklammern auf niedrigen Stühlchen.

Niemand kennt den Weg. Keiner wird ihn je erfahren. Niemand kann wissen, wer der Mann im Leichenwagen ist. Es gibt nur die Bilder, nur jene, die er nicht zerfetzt und zu Asche verbrannt hat. Niemand kennt ihn. Keiner kann ihn zum Reden bringen, schon gar nicht über die Kindheit. Sollen die Bilder reden, wenn sie mögen. Niemand kennt ihn. Es gibt nur eine einzige Erinnerung an die Kindheit.

Ich hab einmal gesehen ... wie der Neffe des Rebbe einer Gans ... den Hals durchschnitt ... und das Blut ausfließen ließ ... ich wollte schreien ... aber sein fröhliches Gesicht ... schnürte mir die Kehle zu ... diesen Schrei ... ich spüre ihn noch immer hier ... als ich ein Kind war ... zeichnete ich ein Porträt von meinem Lehrer ... ich versuchte ... mich von diesem Schrei zu befreien ... aber vergeblich ... als ich das Ochsengerippe malte ... war es noch immer derselbe Schrei ... von dem ich mich befreien wollte ... es ist mir bis heute nicht gelungen ...

Er denkt, der Himmel müsse schwarz werden, jetzt gleich, der Namenlose würde Blitze schleudern, um die Klinge aufzuhalten, die durch den Hals der Gans fährt, mit der raschen, lange geübten Bewegung durch das Fleisch, die knackenden Wirbel, die zähen Muskeln. Er wird jetzt gleich in Abrahams Arm fallen, der schon ausgeholt hat, um seinen Sohn Isaak zu töten. Aber nichts geschieht.

Alles bleibt ruhig an jenem hellen Nachmittag in Smilowitschi, und der Schächter sieht ihn nur fröhlich lachend an. Der blinde Schrecken auf dem Kindergesicht bringt ihn zum Lachen. Es ist, als ob der Namenlose selber lacht über die getötete Gans, lacht über alle Klingen, die durch Hälse fahren, und über das warme Blut, das als Sturzbach auf den Boden spritzt und sich himbeerrot mit den Staubkörnern vermischt. Er rennt aus dem Hof und versteckt sich im Keller. Er bleibt lange dort unten aus Angst vor dem Lachen, vor der Klinge, vor dem Blut, das aus dem Hals der Gans jetzt auf ihn niedertropft und regnet und allmählich den Keller füllt wie das Lachen Gottes.

Der Morgen des Versöhnungsfestes Jom Kippur. Das Ritual der Vergebung, das vom Sündenbock kommt, den man verscheuchte, in die Wüste trieb, beladen mit allen Sünden, die in der Gemeinschaft begangen wurden. Ein Hahn muss ausgeblutet werden auf der Schwelle des Hauses, das so von allem Schlechten gereinigt wird. Der Schojchet hält den weißen Hahn in der ausgestreckten Hand, den Kopf nach unten, über der Schwelle. Dann ein scharfer Schnitt, das zuckende letzte Flügelschlagen. Die Kinder stehen mit aufgerissenen Augen daneben. Als er später in Le Blanc einen Fasan im menschengroßen Backsteinkamin aufhängt, um ihn zu malen, ist es immer das Versöhnungsfest, das nicht vergessen werden will. Aber es bringt keine Erleichterung.

Schon früh zeichnet er, jeder Fetzen Papier ist eine neue Versuchung, er macht rasche Skizzen, wenn er allein ist, den Blick immer wieder ängstlich auf die Tür gerichtet, ob nicht plötzlich jemand eintritt, ihm den Fetzen aus der Hand reißt und ihn verprügelt. Er bemalt die Wände der Kellertreppe mit Holzkohle. Auch dafür gibt es Schläge. Die großen Brüder rufen ihm nachts, wenn er schon halb schläft, in die Ohren:

Wir sollen nicht! Verstehst du das nicht? Es darf nicht sein.

Und zerren an seinen Ohren und reißen ihm die Decke herunter. Sie stecken ihm Brennesseln ins Bett, damit er das Zeichnen lässt. Sie wecken ihn und ohrfeigen ihn auch nachts.

Er stiehlt ein Messer aus Sarahs Küche, verkauft es draußen auf dem Markt, gibt das Geld für einen Farbstift her. Er wird für zwei Tage in den Keller gesperrt, ohne Wasser und Brot. Zwei Tage ohne Licht. Um ihm die Farbe auszutreiben. Er läuft in den Wald, um ihren Vorwürfen zu entkommen, versteckt sich, bis ihn der Hunger nach Hause treibt. Wieder setzt es Schläge, wenn er zurückkommt, es ist das alte Prügelritual, Rücken und Hintern schmerzen, aber er sitzt endlich an einem Tisch und bekommt schwarzes Brot, das er liebt, und einen Krug Wasser, den er gierig wie ein Tier ausschlürft. Woher stammt die Narbe, Doktor Bog? Die Narbe auf der Brust stammt von einem Besenstiel, den ihm der älteste Bruder gegen die Brust stieß, so dass er nach hinten fiel.

Er schwänzt oft den Cheder, läuft in den Wald und nimmt einen kurzen Föhrenast, zeichnet mit ihm in den sandigen Waldboden, zeichnet rasch ein Gesicht, streicht es durch, dann das nächste. Er legt sich auf den Boden, liegt stundenlang da, schaut zum Himmel hinauf, die schwarzen Spitzen der Bäume winken von links und von rechts und von oben. Es gibt keine Ordnung an diesem Himmel. Liegst du auf dem Rücken und schaust in den

Himmel, treibt alles hinauf, die Schwerkraft gibt es nicht mehr, alles fährt nach oben, und die windbewegten Äste tanzen dazu. Seine Augen fahren mit nach oben. Sie finden nur schwer einen Rückweg.

Es ist wie ein Gebet für die Brüder, sie glauben, dem Namenlosen zu gefallen, wenn sie ihn schlagen. Du sollst dir kein Bildnis machen! Sie wollen diesen Durst aus ihm herausprügeln. Aber er kann schon nicht mehr aufhören. Der Vater läuft zum Rebbe, was soll ich nur tun mit ihm, er ist krank, will nicht Schuster oder Schneider werden, nur zeichnen und kritzeln. Er läuft weg in den Wald. Er ist eine große Sorge.

Er soll bei Solomons Schwager, der auch Schneider ist, nach Minsk in die Lehre. Aber er stellt sich viel zu ungeschickt an. Nadel und Faden? Ein ganzes Leben an Nadel und Faden? Nicht seins. Er wird zu einem Photographen gesteckt, soll er wenigstens das Retouchieren lernen. Aber auch das ist es nicht. Die Photos wissen nichts von seinem Geheimnis. Aber dort in Minsk gibt es einen Herrn Krüger, der Privatstunden im Zeichnen gibt und Erfolg in drei Monaten verspricht. Es muss das Jahr 1907 sein, er ist sich nicht mehr sicher. Sein Freund Mischa Kikoïne, der aus Gomel, ist auch schon da. Sie wollen zeichnen, zeichnen.

Sein erstes Geld ist Schmerzensgeld. Und sein Reisegeld. Er kommt im Sommer aus Minsk ins Schtetl zurück. Es wird gemunkelt, dass er selbst in der Synagoge noch auf irgendwelche Fetzen kritzle. Er zeichnet den Rebbe im Gebet, dessen Söhne ihm wild und wütend, mit heftigen Handbewegungen drohen. Kaum steht er wieder auf der Straße, ruft einer von ihnen, der Metzger, den Jungen herein zu sich, führt ihn in den Hinterraum seines Ladens. Plötzlich fährt er ihm mit einem Arm um den

Nacken, reißt den Hals herunter, presst ihn, dass er fast erstickt, drückt ihn seitlich gegen seinen Bauch, während er mit dem Lederriemen in der andern Hand auf seinen Rücken schlägt, seinen Hintern, gegen die Beine, das rote Gesicht steckt fest unterm Arm. Er sieht die blutverschmierte Schürze des Schächters und die toten, tropfenden Tiere an den Haken hängen und hält sich für eines von ihnen. Wird der zornige Metzger auch ihn schlachten? Er möchte schreien und kann es nicht:

Ich will nicht in meinem eigenen Blut ertrinken!

Noch jetzt im Leichenwagen spürt er den Würgegriff um den Hals. Dann lässt der Arm ihn plötzlich los, er sinkt auf den Boden. Er stellt sich tot. Er wird es lernen, eine lebendige Leiche zu sein. Der Metzger hebt ihn mit groben Bewegungen auf und wirft ihn in den staubigen Hof hinaus. Seine Brüder finden ihn, tragen ihn wie einen Sack nach Hause. Dann spuckt er tagelang den roten Saft, die blauen Flecke sind nicht zu zählen. Diesmal sind sie zu weit gegangen. Seine Mutter beklagt sich bitter auf dem Kommissariat, oh, Sarah hat plötzlich eine Stimme. Dort schicken sie die Frau weg, der hohe Zar hat damit nichts zu schaffen, irgendeine banale Geschichte unter den Jidden, soll das von ihnen bestimmte Schiedsgericht über die Übeltat entscheiden.

Fünfundzwanzig Rubel Entschädigung und Schmerzensgeld, verstehen Sie? Und hier auf die Hand.

Mit diesem Geld verlässt er noch vor Tagesanbruch Smilowitschi, das er nie wieder sehen wird. Es ist soweit. Kiko und er gehen nach Wilna, schon Minsk ist kein Ausweg mehr. Sie sind sechzehn und wollen nichts anderes. Kein Bilderverbot kann sie abhalten, aber das Gefühl einer uralten Schuld bleibt für immer. Sie wissen, dass sie Unrecht tun. Es ist eine Befreiung, aber nicht von der Scham. Er wird sie noch nach Paris tragen.

Sie nähern sich der Welthauptstadt der Malerei mit jedem kleinen Schritt, den sie 1910 durch Wilnas Gassen tun, als sie die Kunstakademie in der Universitetskaja besuchen. Drei Jahre lang. Dort treffen sie den Dritten im Bund. Er heißt Pinchus Kremen, kommt aus Saludok mit seinem immer traurigen Gesicht. Sie sind stolz auf ihre Studentenuniformen, sie geben ihnen schon jetzt eine ungeheure Bedeutung. Die hinkende Vermieterin, Witwe eines Eisenbahners, nimmt zehn Kopeken das Bett im Zimmer für sechs Studenten. Der Unterricht bei Professor Rybakow ist sterbenslangweilig, nur Ablenkung vom wirklichen Weg, aber sie üben um die Wette für die Stadt, die drei Maler mit offenen Armen empfangen würde. Paris wartet doch schon, sie wissen es. Paris ist ungeduldig, sie endlich zu sehen. Sie malen alles, was sie um sich sehen, Hundekadaver, elende Höfe, Begräbnisse, faltige, zitternde Gesichter und ringende Hände alter Krämerinnen.

Spiel eine Leiche, sagt er selber zu Kiko, der sich auf den Boden legt. Dann deckt er ihn mit einem Laken zu und umgibt ihn mit Kerzen. Tu so, als ob du tot wärst. Aber der Tod lässt sich noch nicht malen, es ist zu früh. Es ist gut, früh mit dem Üben zu beginnen. Den Tod kannst du nicht malen. Er lässt sich nicht, verstehst du. Versuch es später, mit Hasen, Fasanen, Truthähnen. Versuch ihren Tod zu malen, dann wirst du zu ihm finden.

Nachts schleichen sie hinaus und entdecken die von blassem Gaslicht erleuchtete Stadt. Spärliche nächtliche Milch in den Straßen von Wilna. Trotz aller verdreckten Winkel, der tiefen Pfützen, narbigen Straßen und nach Salpeter stinkenden Mauern ein Vorgeschmack der einzigen Stadt, die auf sie wartet. Jede Kopeke sparen sie für die große Fahrt. Sie retouchieren endlos Bilder bei einem Photographen. Kremen ist der erste, der fährt, es ist das Jahr 1912, und sie beneiden ihn, versprechen, bald nachzukommen. Kiko folgt ihm ein paar Monate später. Soutine ist diesmal nicht der Vorletzte.

Ihm scheint, der Leichenwagen habe abgehoben, fliege nun über Wilna, über dem Jerusalem Litauens, und er sehe durch den durchsichtigen Boden hindurch die Nabereschnaja, die Arsenalskaja, die Antokolskaja. Er sieht den Gediminasberg und das Schloss von Sigismund dem Alten tief unter sich, die Annenkirche, Peter-und-Paul und die Kapelle von Ostra Brama, das Spitze Tor, ihn schwindelt nicht, aber er wundert sich, wie gut er das alles sehen kann. Die Moses-Statue in der Kirche des heiligen Stanislaw, zu der sie sich oft geschlichen haben, um stumm vor ihr zu stehen. Und er sieht winzig klein drei Malereistudenten durch die Gassen laufen, Kiko, Krem und Chaim. Oh, der Zusammenfluss von Wilenka und Wilia, der litauischen Neris!

Und schließlich der unvergessliche Moment, als ihm Doktor Rafelkes, bei dem die armen Studenten am Freitagabend essen dürfen, das Reisegeld in die Hand drückt. Sein Töchterchen hat sich für einen Besseren entschieden, sie erwidert seine scheuen Blicke nicht mehr. Der gierige Esser, der keine Manieren kennt und immerzu bedrückend schweigt am Tisch, muss sanft entfernt werden. Sein russischer Pass wird in Wilna ausgestellt, am 20. März 1913, nach dem julianischen Kalender. Später streichelt er ihn immer wieder wie eine schlaue schwarze Katze.

Ma-Be, wohin fahren wir? Nach Himbeerstadt? Paderborn? Nach Smilowitschi? Lass uns umkehren. Nicht dorthin.

Er bewegt sein Handgelenk, schwenkt es in den leeren Raum.

Besser nach Chinon zurück, zu Lannegrace, irgendwohin zurück, nur nicht dorthin. Nicht zum Ort der Geburt. Kein Weg führt dorthin zurück. Es gibt uns dort nicht mehr, nicht einmal in der Erinnerung. Niemand wartet dort auf keinen.

Ein Bienenstock in der Mitte der Welt

Wie gut er alles sehen kann. Er fliegt noch immer, sieht tief unter sich ein Gesicht, das sich an das Zugfenster drückt. Es ist sein Gesicht. Er sieht die Augen, die die unbekannten, vom zurückfliegenden Rauch der Lokomotive geränderten Landschaften gierig einsaugen. Er ist noch einmal zwanzig. Er hat Wilna im Frühjahr 1913 endlich verlassen. Er reist hinab in seinem neunundvierzigjährigen Leben, ist zwei Tage und zwei Nächte unterwegs, starrt auf die Lichter, die draußen vorübertanzen. Niegesehene Landschaften. Die Bänke sind hart, es riecht nach ranzigem Schweiß und scharfem Urin aus dem Abort nebenan, aber die zitternde Erwartung, dass alles neu beginnen würde, dass die Reise endlich dorthin führt, wo ihn die größten Wunder empfangen würden, beschwingt ihn.

Er ist hungrig wie nie zuvor. Die paar Brotkrusten des Proviants, der Hering im Zeitungspapier, die Salzgurken sind rasch verschlungen. Er drückt Krems Brief in seiner Hand, liest ihn wieder und wieder.

Wir leben hier sehr ärmlich, aber viele sprechen Russisch, Jiddisch oder Polnisch, du wirst dich nicht verloren fühlen. Es gibt keine Kosaken hier, sie werden uns in Ruhe lassen. Wir werden malen! Der lottrige Palast, in dem wir wohnen, ist wunderbar und heißt *La Ruche*.

Er kommt noch einmal in Paris an, 1913, er ist wieder zwanzig. Er reist im Bienenstock seiner Erinnerung hinauf in seine Ankunft in der Welthauptstadt der Malerei. Kowno, Berlin, Brüssel, hastiges Umsteigen wie im Halbschlaf, nur das Ziel zählt. Als er im Nordbahnhof ankommt, fällt er aus dem Zug wie aus zwei Hälften einer Eierschale. Um ihn nur die von neuen Wörtern schwirrende Welt, die Paris heißt. Er macht sich sofort auf den Weg, spricht Passanten an und stammelt *La Russe*, zeigt auf Krems Brief und wird unter die Erde geschickt. Dort sind endlose Gänge eines sauer riechenden Labyrinths, und er beschließt, wieder ans Tageslicht hinaufzugehen und den Weg zu Fuß zu machen.

Blind vor Müdigkeit, läuft er durch die Straßen, stammelt *La Russe,* immer wieder *La Russe*. Eine verirrte Biene, die in den Bienenstock will. Zufällig trifft er auf einen Maler, der versteht sofort.

La Russe? Welche Russin suchst du? Du meinst wohl *La Ruche?*

Er zeigt ihm auf seiner Handfläche, wo er hinmuss, nicht nach Norden, ins Bateau-Lavoir, wo Picasso sich eingenistet hat, er streicht den Norden durch. Die Lebenslinie der Hand ist die Seine, sie schneidet die Stadt entzwei, also immer nach Süden, er versteht nur *Momparnass* und *Woschirar,* frag dich von dort aus weiter. Er wundert sich nicht, dass er auf einen Maler trifft, er denkt, hier sind alle Maler, ich bin jetzt im Paradies der Malerei, in schmutzigen, nach Urin stinkenden Straßen voller Pferdekot, aber dort. Er irrt stundenlang durch die Straßen und kommt um zwei Uhr morgens vor das eiserne Gittertor.

In seiner Vorstellung sind Kiko und Krem schon seit einer Ewigkeit in der Stadt, obwohl der Abschied in Wilna nur Monate zurückliegt. Sie haben einen gewaltigen Vorsprung. Wer einen Tag früher im Paradies ankommt, den kann man weniger daraus vertreiben.

Krem und Kiko freuen sich, Wilna ist fern, sie sind am

endgültigen Ziel. Er kann sich kaum noch auf den Beinen halten, wird mitten in der Nacht zu Tisch gebeten, wo fünf oder sechs Kumpane schon Platz genommen haben und den zugereisten Maler mustern. Kaum hat er sich gesetzt, stürzt er sich auf die Schale mit den gekochten Kartoffeln, putzt alles weg und bittet um ein Stück Brot. Die andern haben keine Zeit gehabt zuzugreifen und blicken traurig in die Runde.

Es ist der Bandwurm, stammelt der Neuling.

Er ist niemals satt. Noch nie haben sie einen solchen Hunger gesehen. Er wird an diesem Ort Mahlzeiten malen, mit Brot und Heringen, er wird sie anflehen, ihn satt zu machen. Endlich satt, für einmal satt, für immer satt. Das Hungergefühl bleibt auf der angebettelten Leinwand gefangen. Magere Fische, eine Lauchzwiebel, schrumpelige Äpfel, Suppentopf und eine zerfetzte Artischocke, die er unter einem Marktstand aufgelesen hat. Noch nie haben sie einen solchen Hunger gesehen.

Wo liegt er jetzt, auf welcher alten, fleckigen Matratze, aus der zwei Sprungfedern schräg hervorquellen? Von den Ärmsten des Vaugirard-Viertels auf den Gehsteig gekippt und von den verlausten Malern in den Bienenstock getragen. Oder liegt er auf einem Brett, das abends in Kikos Atelier zwischen zwei Stühle gelegt wird? Auf einer Bahre, in einen Leichenwagen geschoben? Es ist ihm gleichgültig, er ist zwanzig. Er entfernt sich auf einen andern Stern, der Paris heißt. Man erwartet ihn zur Operation.

Der Bienenstock ist eine Welt für sich, er begreift es rasch, als Krem ihm seine Geschichte erzählt. Sie klingt wie ein Märchen. Der gute Bildhauer Alfred Boucher kommt aus einer Wolke hervor in einer Kutsche, die ihm die rumänische Königin geschenkt hat, als Dank für die prachtvolle Büste, die er von ihrer Majestät geformt hat. Er hat von den Künstlerwohnstätten und Ateliergemeinschaften in Paris gehört, und sein Traum weiß, was er will. Sucht sich ein Gelände in den Schmutzpfützen der Vaugirard-Gegend. Ein Ödland aus Unkraut, Gerümpel, Geröll. Keiner will den Dreck haben, der Grund ist billig. Gerade mit dem großen Preis der Weltausstellung von 1900 dekoriert, kauft er, kaum ist sie abgebaut, lauter Bruchstücke von Pavillons zusammen, die verschleudert werden, Balken, Bretter, Eisenschrott, Fensterrahmen. Mit den Resten der Welt, aus dem Pavillon der Frau, aus den Bauten von Peru und Britisch-Indien, baut er sein armseliges Künstlerparadies, das er *La Ruche* nennt, den Bienenstock. Der Pavillon der Bordeaux-Weine, dessen Metallgerüst von Gustave Eiffel konstruiert wurde, ist das Herzstück.

Der Verrückte mit dem riesigen Turm?

Genau der. Das Ganze gleicht einem riesigen Backstein-Bienenstock, die kleinen, auf das zentrale Treppenhaus des Rundbaus zulaufenden Ateliers aber werden von den Malern Särge genannt.

Soutine hört Krem mit offenem Mund zu. Bis er seinen eigenen Sarg bekommt, vergeht die Zeit.

Boucher will sich die Ateliers als Wabenzellen eines Bienenstocks der Künstler vorstellen, die vereint sind in gemeinsamer Arbeit, den goldenen Honig der Kunst hervorzubringen. In seiner Tasche steckt ein Buch, von dem er sich nicht mehr trennen will: Maurice Maeterlinck, DAS LEBEN DER BIENEN. Die Miete ist so gering, dass sie fast zu verschwinden droht. Und die Verschläge ohne Wasser und Gas, zwischen Urin- und Terpentingerüchen, fauligem Holz und Kotze sind seine Idealstadt. Dunkel ist es im Bienenstock, Korridore voller stinkender Müllhaufen. Nur Kerzenlicht und Petroleumfunzeln. Manchmal weht ein Geruch von aufgebrochenem Fleisch und Tod herüber von den nahen Schlachthöfen. Süßliches fransendes tötelndes Aroma.

Das Paradies wird immer armselig sein, wissen Sie. Es liegt neben den Schlachthöfen. Soutine kommt beim einen unter und beim andern.

Einen Monat nach seiner Ankunft in Bouchers bizarrem Bienenstock, im Juli 1913, kommt Kiko ins Atelier gestürzt, es ist schon gegen Mitternacht, außer Atem. Er hebt schwungvoll seinen rechten Arm wie ein Dirigent und verkündet:

Chaim, anziehen, rasch, wir gehen in die Oper!

In die Oper? Du hast wohl getrunken. Wypil, schto li?

Es ist der Vorabend des 14. Juli, des Nationalfeiertags der Franzosen. Kiko hat von irgendwem auf der Straße erfahren, dass es an diesem Ehrentag eine kostenlose Aufführung von Hamlet gebe. Ein gesungener Hamlet, eine Hamlet-Oper. Er weiß noch, wie aufgeregt sie waren. Dass sie es genossen haben wie einen Rausch. Sie fragen nicht, sie rennen hin, er hat nicht einmal sein farbverspritztes Zeug ausgezogen. Stellen sich um vier Uhr morgens für die Freikarten an, albern auf dem Gehsteig, betteln Zigaretten, und einer gibt ihnen einen Schluck aus einer Flasche Rotwein. Sie spüren keine Müdigkeit, als ob das Warten schon Genuss wäre. Die Schlange auf dem Gehsteig scheint endlos, nie würden sie alle in die Opéra passen.

Kiko spricht es aus, das magische Wort. Kremen will selbst die Sprache der Kindheit vergessen, setzt zwei französische Akzente auf seinen Namen und will nur noch Krémègne heißen. Sie stehen plötzlich auf den breiten Aufgangstreppen mit den riesigen Laternen links und rechts, fühlen erregt jede Stufe, die sie der Kasse näherbringt, voller Bangigkeit, dass das Doppelfenster zugeschlagen werden könnte: Alle Karten sind schon ausgegeben, versuchen Sie es nächstes Jahr wieder! Aber nein, sie bekommen die Karten, halten sie in den Händen wie einen kostbaren Schatz, und in der Erinnerung verschmilzt die Nacht davor und das große Spektakel miteinander.

Er erinnert sich jetzt im Leichenwagen nur an ihre blinde Erregung, den grünen und rosa Marmor, den roten Samt, die gewaltigen Lüster. Sie versuchten, von einer Tafel die Geschichte zu entziffern, das Glück des fünfunddreißigjährigen, völlig unbekannten Architekten Garnier, der sich gegen alle Konkurrenten durchsetzte, sie erkennen den Namen von Napoleon III., lesen *Second Empire* und ihnen unverständliche Dinge. Sie bewundern die Arkaden und Statuen außen am Tempel, den Tanz, den sie darstellen.

Als hätte er die Oper nur für uns gebaut, das größte Theater der Welt, tausend Stockwerke hoch, ein neuer Turm von Babel, und wir plötzlich mittendrin.

Als sie ins Innere gelangen, blendet sie der riesige tonnenschwere Lüster in der Mitte, wie Tausende von Sterne hing er über ihnen, bis er endlich verlosch. Hamlet erleben sie in Ohnmacht, sie vergessen zu atmen. Als die Vorstellung vorüber ist, gehen sie langsam in diesem zitternden Menschenstrom hinaus, setzen sich auf den Gehsteig gleich bei der Riesentreppe, erschlagen vor Freude und Erregung, sie können minutenlang kein Wort sprechen. Es ist, als ob Paris sie begrüßt hätte mit diesem Hamlet, von dem sie kein Wort verstanden. Als hätte die Stadt ihnen die Hand gedrückt und sie willkommen geheißen. Er war es, der zu Kiko sagte:

Wenn wir in dieser Stadt nichts zustande bringen, sind wir wirkliche Nichtsnutze, verstehst du. Zu gar nichts zu gebrauchen.

Und Kiko plötzlich ernst:

Die Republik, Chaim, hat uns zu Hamlet eingeladen. Hast du verstanden? Hier gibt es keine Kosaken. Keinen plündernden Mob. Irgendwann werden die Pogrome aus unsern Träumen verschwinden. Aber dieser Abend wird uns für immer gehören. Nie wird es in dieser Stadt Pogrome geben, verstehst du …

Und im Leichenwagen zuckt er zusammen, als er die Prophezeiung hört. Sie sprechen von Minsk und Wilna, sie lachen auf, so weit entfernt scheint ihnen jene Welt, der sie endgültig entkommen sind, sie wissen, dass es eine Rückkehr nie wird geben können. Selbst das ziegelrote Wilna liegt jetzt auf einem andern Stern. Und alles dort kommt ihnen schäbig vor gegen diesen Hamlet. Ein paar Fetzen von Liedern sind geblieben.

Sol sajn, as ich boj in der luft majne schlesser.
Sol sajn, as majn got is in ganzen nischt do.
In trojm wet mir lajchter, in trojm wet mir besser,
In trojm is der himl mir blojer wi blo.

Und Kiko, der Glückspilz, wird mit Rosa zwei Kinder haben, farbige Landschaften malen, prächtige Stillleben, strahlende Blumen und Frauen, Hymnen an die Freude, ans Licht. Er wird jahrelang zwei bizarre verschiedenfarbige Schuhe tragen, einen roten, einen gelben, die er auf dem Flohmarkt fand. Rosa wird russische Wirrköpfe aufnehmen und füttern, Nihilisten, Anarchisten, Umstürzler, die ihr wirre Traktate überreichen, und Kikos Atelier wird von der französischen Polizei überwacht, es gibt auch Spitzel im Bienenstock, die diese osteuropäischen Fremden im Auge behalten. Aber er bekommt einen milden Eintrag in der Kartei: Ungefährlicher Bolschewist.

Und Soutine wird weder dies noch das, nicht Familienbolschewist, kein Botschafter der Freude, sondern der Scham, geboren zu sein, und das Etikett des heillosen Unglücksmalers wird er nicht mehr los. Es geht nicht um Glück oder Unglück. Es geht um Farbe oder Nicht-Farbe. Um das Weiß mit den blauen und roten Schlieren. Um Veronesegrün, Türkis, Scharlachrot und die Farbe des Blutes. Um den Tod der Farbe, die nicht sterben kann, die Auferstehung der Farbe. Um die zu üppig aufgetragene, aufgewellte, geschraffte, borstige, gepeinigte, triumphierende Farbe.

Die Farbe versöhnt nicht mit der Wirklichkeit, nein, wenn Sie glauben, Schwarz und Weiß sei die rauhe Wirklichkeit, die Farbe aber das Paradies – nein, es ist noch einmal alles anders. Die unversöhnliche Farbe beugt sich keinem Gesetz, sie ist selber die Rebellion und die Auferstehung der Materie und des Fleisches. Das Paradies wird weiß sein, keine Farben kennen. Aber um welchen Preis.

Sie waren angekommen, Hamlet hatte ihnen die Plätze angewiesen, und sie waren bereit, ihren Aufenthalt in der Mitte der Welt zu verdienen, dieser Stadt würdig zu sein. Auch wenn sie die Fremden schief ansieht auf der Straße, in der Polizeipräfektur, wo er sich anmelden, seine Aufenthaltsbewilligung beantragen muss, stotternd mit seinen paar Wörtern. Und bei den maulenden Marktfrauen auf der Place de la Convention. Sie lungern dort herum, lauern ungeduldig auf den Marktschluss, um die Gemüseabfälle zusammenzuraffen.

Hände weg, die sind für meine Hasen! Hat euch einer eingeladen?

Zerrissene Kohlblätter, erfrorene Kartoffeln, welke

Krautstiele, aus denen sie auf die Ewigkeit hinaus in einem großen gusseisernen Topf im Bienenstock ihre Suppe kochen. Einer von ihnen geht manchmal zu den Schlachthöfen hinüber, von wo nachts das Brüllen herüberkam, bettelt einen Knochen mit Mark, den sie in die Brühe tauchen, oder einen Klumpen rätselhafter gekräuselter Eingeweide. Bouillonbüchsen gibt es für zwei Sous, und wer eine hat und Geduld bis zum Marktschluss, der kann mehrere Tage überstehen. Chagall lehrt sie, wie man den Hering teilt, den Kopf für den ersten Tag, den Schwanz für den nächsten, und dazu Brotkrusten, ein Glas Tee.

Sie heißen Russenkolonie innerhalb des Bienenstocks. Archipenko, Lipchitz, Zadkine, Chagall, Dobrinsky, Kikoïne, Krémègne, Soutine. Auf das Signal *Dîner russe* kommen sie zum Festmahl zusammen. Auch die Franzosen werden manchmal eingeladen, selbst wenn sie Kubisten sind:

Léger, komm essen rrrrussische Küche.

Was war das merkwürdig zähe, faserige Fleisch, das in einem Topf stundenlang mit starkem, selbstgebranntem Wodkafusel gekocht wurde? Katzenfleisch, in kleinen Teilen, Katzenfrikassee. Göttliches Katzenfleisch. Es stank und es brannte in der Kehle. Keine Katze war sicher vor ihnen, sie fraßen das Viertel von Montparnasse bis zur Südperipherie leer. Und die Ratten und Mäuse, die sich im Bienenstock wohlfühlen, freuen sich über diese russischen *Dîners.* Nur eine Katze war tabu. Am Eingang zum Bienenstock wohnt Madame Segondet, die dicke kurzsichtige Concierge, die gutmütig ist und eine Schale Suppe herausreicht, wenn der Ankömmling ausgehungert aussieht. Ihr Mann nagelt Verschläge aus muffigen Brettern zusammen, aus denen auf dem Ödland von Vaugirard neue Ateliers entstehen. Ihre gescheckte Katze erfreut sich eines ewigen Lebens.

Mit Kiko arbeitet er nachts am Bahnhof Montparnasse, als Lastenträger für ein paar Sous. Sie laden ganze Wagenladungen mit Meeresfrüchten aus der Bretagne aus. Sie stinken nach Fisch, dass die Katze von Madame Segondet ihnen verliebt um die Beine streicht, wenn sie frühmorgens erschöpft in den Bienenstock zurückkommen. Sie malen Schilder für die Automobilausstellung, stellen sich bei Renault in Billancourt ans gefräßige Fließband.

Aber die Welt ist plötzlich gespalten. Generalmobilmachung. Weiße Blätter, die auf Montparnasse herunterregnen. Soutine bekommt am 4. August 1914 eine Aufenthaltsgenehmigung, am Tag der Kriegserklärung. Sie melden sich, um Schützengräben auszuheben, sie wollen etwas tun für Frankreich, das sie aufgenommen hat. Und werden wegen Schwächlichkeit bald nach Hause geschickt.

Niemand kauft ihre Bilder, jahrelang bleibt es so. Sie sind ein Haufen verwahrloster Russen, Polen, Juden, vor den Pogromen geflohen, von der Malerei besessen gegen das eigene Gesetz, nur vom seligen Boucher vor der Obdachlosigkeit bewahrt. Jetzt im Krieg werden sie noch misstrauischer angeglotzt, wenn sie in den billigen Cafés herumsitzen. Die Unsern sind an der Front, stellen Sie sich vor. Aber das Pack da trinkt seinen Café-crème.

Vor ihren Bildern spucken sie aus. Der Engel Boucher hatte geglaubt, hier werde eine neue Akademie entstehen, aber sie wollen keine idealen Idioten und Salonmaler werden. Boucher lässt sie gewähren, wirbt für sie, wenn man ihre Bilder als ekelhafte furchtbare Schwarten heruntermacht. Sie wollen nur eines: überleben, den Hunger und das Bienenelend aushalten, überstehen. Irgendwann wird der Weg hinausführen aus diesem Dreck, und wenn man es bis zur Cité Falguière geschafft hatte, war die erste Etappe überwunden. Wer kann, verlässt den idealen Bienenstock Hals über Kopf und lässt den seligen Boucher traurig zurück. O Springläuse, wer hat euch erfunden?

Da ist Indenbaum, den alle den guten Samariter nennen. Noch jetzt, im Leichenwagen, sieht Soutine sein vorwurfsvolles Gesicht und hört seine klagende Stimme:

Ich wollte auch Soutine helfen, doch er war unausstehlich. Jedesmal, wenn ich ihm ein Bild abgekauft hatte, wollte er es sich unter irgendeinem Vorwand ausleihen und verkaufte es weiter. Sieben Mal hat er diese Komödie gespielt, und ich ließ mich reinlegen. Eines Nachmittags, in der Rotonde, wollte er unbedingt dreißig Francs von mir. Das war viel Geld für mich in jener Zeit. Ich ließ ihn stehen, doch er lief mir hinterher bis zur *Ruche*, wiederholte als stupide Litanei:

Gib mir dreißig Francs, gib mir dreißig Francs, gib mir dreißig Francs, ja-a-a, ja-a-a, ja-a-a!

Bei der Place de la Convention angekommen, kaufte ich zwei Heringe und sagte zu ihm: Du wirst jetzt eine *Nature morte* malen. Er ging in sein Atelier hinauf und brachte mir zwei Stunden später ein kleines Bild, drei Fische auf einem Teller mit einer Gabel. Den dritten hatte er sich nicht ausgedacht, sondern den zweiten nur umgruppiert. Ich gab ihm dreißig Francs und hängte sein Gemälde mit vier Reißzwecken an die Wand. Drei Tage später bat er mich, ihm das Bild zu leihen. Ich sagte noch einmal: also gut, aber dann fand ich es bei einem russischen Emigranten wieder, einem Photographen. Dieser Schurke legte keine Platte in seinen Apparat, und seine Kunden, die im voraus bezahlt hatten, bekamen ihr Porträt nie zu sehen. Delewski versteckte hinter seinem Rücken ein kleines Gemälde.

Willst du es?

Aber es gehört mir schon.

Ich hatte Soutines Heringe erkannt.

Er hat es mir gerade verkauft, wollte fünf dafür, aber ich habe ihm nur drei Francs gegeben!

Diesmal schwor ich mir, Soutine nie wieder etwas abzukaufen.

Indenbaum geht kopfschüttelnd davon. Aber sie hören nicht mehr auf, die Stimmen, sie dringen in ihn, flüstern, schreien ihm ins Ohr, das nur Sertürners Mohnsaft mit seiner Sanftheit dämpft. Er zieht den Kopf noch tiefer zwischen die Schulterblätter, um die wütenden Stimmen nicht zu hören.

Ein russischer Bauer mit seinem flachen Gesicht! Nur die Nase kommt als fleischiger Würfel aus dem Gesicht hervor mit ihren geblähten Flügeln! Seine Lippenwülste! Der Schaum in den Mundwinkeln! Wenn er einmal lächelt, entblößt er seine abstoßenden, grünlichen Zähne! Rohling! Ungewaschener Tolpatsch ohne alle Manieren! Zerlumpte, wandelnde Palette, immer von Farbspritzern verschmutzt! Seine Singsangstimme ist widerlich! Er scheint immer in die Luft zu gucken, wie Hunde es tun! Schlürft das Wasser mit schmatzenden Geräuschen aus der Flasche! Isst mit den Fingern, zerreißt sein Futter mit den gebleckten Zähnen!

Er will die Hände vor die Ohren schlagen und kann sie nicht bewegen. Von wem immer die Stimmen stammen, die im schwarzen Citroën empört flüstern und wütend schreien, sie beschimpfen ihn, überhäufen ihn mit Vorwürfen:

Unwürdiger Freund! Die Treulosigkeit in Person! Schänder deiner eigenen Bilder! Abtrünniger! Verächter des Malverbots! Stummer Lästerer des Gottesgesetzes!

Ja, auch das. Bei den Eigenen und bei den Fremden ein Fremder. Der erschrockene, misstrauische Gesichtsausdruck, die gequälten, dunklen, brennenden Augen. Immer dabei ertappt zu werden, noch am Leben zu sein. Misstrauisch gegen sich selbst und gegen die eigenen Bilder, die ihn immerzu verraten. Ein Gefangener im Körperkerker, der gegen die Wände schlägt und erst im späten Flug über den Friedhof Montparnasse entlassen wird.

Niemand kennt den Weg. Keiner wird ihn je erfahren. Niemand kann wissen, wer der Mann im Leichenwagen ist. Es gibt nur die Bilder und nur jene, die er nicht zerfetzt und zu Asche verbrannt hat. Niemand kennt ihn. Den Heißhungrigen, der den andern keinen Krümel lässt. Den Klotz mit den delikaten weißen Fingern, die Spitzen sacht in die Mundwinkel geführt. Den ewig Undankbaren, der alle Freunde zur Verbitterung treibt. Der alles in desolater Unordnung zurücklässt und nicht mehr wiederkommt. Keiner versteht ihn, keiner. Aufrecht stehender Rochen, verirrtes Knorpeltier, toter Fasan, Ochsengerippe!

Es gibt nur die furchtbare Einzigkeit des Lebens. Aber die Vielzahl der Stimmen, die sich in diesem Bienenstock kreuzen, die Scham der Träume, die unzutreffenden Erinnerungen. Lest das, liebe Söhne! Das Leben ist einzig. Die Hälfte ist erfunden, die andere Hälfte dazugedacht. Die panische Angst, zu fehlen, plötzlich zu verschwinden. Wann wird er mit Doktor Bog Gespräche führen? Wann wird ihm Doktor Livorno das ganze Buch Hiob rezitieren? Wo ist sie hingekommen, die zweimal verkaufte Ikone des Hungers?

Er ist dem Bienenstock schon entkommen, ist schon in der Cité Falguière, im Atelier mit den zerfetzten Tapeten.

Die Wut auf die Wände, auch sie will er aufschlitzen, irgend etwas musste sich doch dahinter verstecken, das letzte Geheimnis der Malerei, das absolute Bild, das sich auch durch Messerklingen nicht mehr zerstören lässt.

Eine Besucherin erschrickt, als er sich als den Mörder seiner Bilder bezeichnet.

Alles was ihr hier seht, ist gar nichts wert, es ist nur Dreck, aber es ist immer noch besser als die Bilder von Modigliani, Chagall und Krémègne. Ich werde eines Tages meine Bilder ermorden, aber die sind zu feige, dasselbe zu tun.

Alles raunt der lebendigen Malerleiche im langsam nach Paris rollenden Citroën ins Ohr:

Verräter! Schänder deiner eigenen Bilder!

Der Rebbe und Zbo, die enttäuschten Freunde – alle machen ihm Vorwürfe. Noch nie haben sie einen solchen Hunger gesehen. Und Soutine läuft wütend aus dem Haus.

Das weiße Paradies

Plötzlich hält der Leichenwagen an. Der Maler schlägt die Augen auf. Trübes Licht, die Vorhänge bewegen sich, da muss ein Luftzug sein. Wo ist Marie-Berthe? Sie hat eben noch mit dem feuchten Tuch seine Stirn gestreift, das Fläschchen mit Sertürners Tinktur geöffnet, ihm ein paar weiche Tropfen auf die Zunge geträufelt, so wie Lannegrace sie angewiesen hat.

Marie-Berthe ist verschwunden. Er liegt auf der Pritsche noch immer im Leichenwagen. Die beiden Wagenführer sind noch da. Er dreht sich ganz leicht zu ihnen nach vorne um. Jetzt erkennt er, dass es zwei andere sind, die ihn lächelnd ansehen. Wo sind die beiden richtigen, die Bestatter, der jüngere und der rundliche? Sind Sie von der Chewra Kaddischa, gehören Sie zur Bruderschaft? Sie lächeln nur.

Der Leichenwagen hat angehalten. Sein Ohr lauscht angestrengt auf die Geräusche. Sie sind umstellt. Da draußen rattern Motorräder, Hunde bellen wütend. Haben sie uns aufgespürt, sind wir ihnen auf den verlorenen, winzigen Landstraßen vor die Maschinengewehre gelaufen?

Die Hintertür wird aufgerissen. Ein schwarzledrig eingepackter Häuptling schaut blitzend und stumm herein, dann schlägt er triumphierend die Tür zu. Der Maler hat, als die Tür aufgeschlagen wurde, in der Mitte eine Gürtelschnalle gesehen. Sie zeigte einen Adler. In einer deutlichen Prägung, von einem metallischen Siegel fixiert: GOTT MIT UNS.

Er ist es! Wir haben ihn!

Und ein Geheul geht durchs das Rudel. Ob die Eindringlinge Besatzerdeutsch oder Milizenfranzösisch sprechen, versucht der Leichnam des Malers mühevoll zu verstehen. Er reckt sein Ohr, um ein paar Brocken zu erhaschen, doch da ist nur Gezische und ein kehliges Rollen, krächzendes Stottern und ein Befehlston, Jaulen und Winseln, Gerassel, Geklicke. Es war kein Deutsch, er hatte in Wilna genug davon gehört, um es zu wissen. Waren es *Gitlerowzy*, Darnands Milizen, russische Schwarzhunderter, die bis hierher gefunden hatten?

Er glaubt, ein »marsch, marsch!« zu hören, aber nein, das war es nicht. Dann scharfes Hundegebell, Geheul, langgezogen und wütend, wie wenn man Jagdhunden einen Teil der Beute zum Fraß hinwirft, und die Hunde können sich nicht entscheiden, ob sie sich über die Almosen jaulend freuen oder das Ende der Jagd beklagen sollen. Es roch jedenfalls nach nassem Hundefell, nach dem Schweiß von tausend Hunden.

Eine Horde hochgewachsener Männer in schwarzem Leder, der Maler kann es durch die glasig gewordenen Fahrzeugwände deutlich sehen. Hat der Mohnsaft sie hergespült? Nein, da waren wirkliche Geräusche und wirre Sprechlaute, der Leichenwagen war voll von ihnen. Die Ledermänner fletschen die Zähne, brüllen auf den Leichenwagen ein.

So leicht kommst du uns nicht davon!

Ihre Gesichter sind voller Narben und Schnitte. Sie tragen seltsame, in die Haut getriebene Metallteile im Gesicht, durchbrochene Augenbrauenwülste, Lippen, Nasenflügel. Grässliche Tätowierungen steigen bis zu ihren Hälsen auf.

Wikinger, Normannen! fährt es dem Maler durch den Kopf, und er erinnert sich an einen Sonntag, als er bei den

Bouquinisten am Seine-Ufer auf ein Buch mit Abbildungen stieß, die ihn schaudern machten. So also sahen sie aus, dachte er an jenem Sonntag. Sie waren die Seine heraufgesegelt und hatten alles in Schutt und Asche gelegt, Kirchen geschändet, die Bauern massakriert. Nein, es sind keine Wikinger, aber sie sehen, so scheint ihm, nach Norden aus und Kälte, sie haben grässlich klaffende Kiefer, die von ihrer Sprache auseinandergerissen werden, sie müssen metallische Gelenke haben, ihre Bewegungen sind schroff und eckig. Ihre Stimmen gellen, das sind keine menschlichen Laute mehr.

Die Motorräder heulen auf, Tritte von Stiefeln gegen den Asphalt, schon gleitet der schwarze Citroën weiter, umzingelt von mehreren Motoren. Die Kornfelder werden schwarz, die Krähen verdecken das goldene Stroh, die Stoppeln, wo es nichts mehr aufzupicken gibt. Kein verständliches Wort war gefallen.

Wie lange dauert die Fahrt? Er kann es nicht wissen. Sie gelangen nach Minutenstunden an ein schwarzes Gitter, das in einer Schiene läuft, hastig aufgeschoben wird von wimmelnden Wachmännern. Er wird erwartet. Der schwarze Rabe rollt über die Schiene, es gibt einen Ruck. Die Wölfe in ihren Ledermänteln wollen hinein, doch sie werden zurückgestoßen, die Kolben fahren gegen ihre Knie. Aus einem weißen langen Gebäude, das wie ein Hangar aussieht oder eine Fabrik, kommen jetzt weißvermummte Männer herausgelaufen mit einer Bahre. Er muss an die Michelin-Männchen denken, die aus lauter Autoreifen bestehen. Sie laufen zum Leichenwagen, greifen nach dem Maler, schieben ihn von seiner Pritsche auf die Bahre. Sie tragen ihn auf den weißen Hangar zu.

Die schwarze Meute muss vor dem Schiebegitter zurückbleiben, heult auf in geiferndem Zorn, die Wolfszähne fletschend, mit Fäusten drohend. Der Maler sieht von der Bahre noch, wie einer das Bein hebt und an die Eisenstangen uriniert, er sieht den scharfen Strahl, dann wird er von den schnell rennenden weißen Tauchern durch mehrere weiße Schiebetüren getragen, immer weiter ins Innere des Hangars, dessen Decke immer niedriger wird. Was ist das, eine Klinik, eine Flugzeughalle, Fabrik? Alles ist weiß hier, die hastenden Männer mit ihrer Bahre, vorbeihuschende stumme Wesen mit weißen Hauben. Die schwarzledrigen Gehilfen bleiben vor dem Schiebetor ausgesperrt.

Weiß, endlich Weiß!

Wo ist er hingeraten? Er liegt in einem sauberen weißen Bett, ein weißes Laken ist auf der Höhe der Brust zurückgeschlagen. Seine Hände ruhen auf einer makellos weißen Decke. Weiß um ihn her, nur Weiß. Weißes Licht, das von einer blendenden Glühbirne von der Decke kommt. Kein anderer Patient neben ihm, nur weiße Wände. Waren Tage vergangen, Wochen, Sekunden?

Er versucht sich zu erinnern, aber er ist nicht dort, wo seine Erinnerung ist. Wo ist er? Wo er ist.

O Musik der Zapfen und Rezeptoren! Die Mischung gleicher Intensitäten in den Rot-, Grün- und Blauzapfen lenkt sein entzücktes Auge geradewegs ins weiße Paradies. O Farbe der Unsterblichkeit und Unendlichkeit, die Farbe der Erleuchtung und der Heiligkeit! Doktor Bog wird es ihm erklären.

Der Maler hatte sie gesucht, die Allesfarbe, hatte sie gehätschelt, aber nie in der Reinform, nie als unbunte Farbe. Reinheit hat ihn nie gereizt. Er vervielfacht die Einmischungen, zaubert blutige feine Striemchen und Fasern hinein, Schlaufen und zarte Loopings, winzige lila Flüsse, blaue Äderchen, als sei jedes weiße Kleid eine herrliche Haut. Es erinnert ihn sacht an die geliebte Farbe der Milch.

Der Kragen, die Ärmelaufschläge des Dorftrottels? Der Überwurf des Messdieners, die Arbeitskittel der Zuckerbäcker von Céret und Cagnes, das Festtagskleidchen der kleinen Kommunikantin? Seine Badende Frau, die hochgerafften weißen Unterröcke, die allen Widerschein des Wassers und alle Farben in sich aufgenommen haben? Die bunteste der unbunten Allesfarbe! Gibt es nicht ein Bild von Rembrandt, das er besonders liebt, dem er neidisch nacheifert? Hendrickje, in einem Fluss badend. Eine Frau, die ins Wasser steigt und ihr weißes Kleid hochrafft, ihre Schenkel entblößend.

Lauter himmlische unreine Rinnsale in der Farbe der Reinheit. Lauter gefeierte Unreinheit der Allesfarbe. Seine dunklen Bilder jubeln insgeheim vom versehrten Weiß.

Was ist Schwarz? Die Nichtfarbe, dunkelste Farbe, die alle Lichtstrahlen absorbiert, kein Licht reflektiert. Die schwarze, schlingende Nichtfarbe, wo wir hinmüssen. Die Farbe, die im dunklen Magen herrscht.

Was ist Weiß? Die hellste Farbe, alle sichtbaren Farben, die meisten Lichtstrahlen reflektierend. Die umfassende Farbe, die unbunte Allesfarbe, in der alle andern aufgehoben sind. Die Farbe des Himmels vor dem Blau. Des Himmels, der nur ein großer geblähter weißer Magen ist.

Doch hier im Hangar? in der Klinik? ist alles anders. Pures blendendes kaltes Weiß ist alles um ihn her, was ihn nur verwundert. Er war hineingeglitten in eine weiße Schuhschachtel.

BELYJ RAJ! BELYJ RAJ! gellt es in seinen Ohren.

Er war in ein Zimmer getragen worden, viele Hände griffen unter seinen Körper, hoben ihn von der Bahre hoch und ließen ihn sanft auf ein weißes Klinikbett niederschweben. Er ließ es geschehen und fiel in einen tiefen Schlaf. Die Erinnerung sagt, dass sie kein Schlaf sei, nur eine Vergeltung, eine sanfte Rache.

Und er sieht jenen Ort am Creuse-Fluss, das Haus, das Zborowski 1926 und 1927 für den Sommer gemietet hat, um seine Maler dorthin zu locken. Der Ort hieß *Le Blanc.* Er staunt über den Namen. Das Weiße ist also ein Ort, es hat sich hierher zurückgezogen. Er fühlt sich jetzt wohl dort, malt in einem Schuppen seine an einer Schnur aufgehängten Fasane, Truthähne, Perlhühner. Paulette Jourdain, Zbos Gehilfin, muss bei den Bauern die schönsten Exemplare auftreiben, sie begleitet ihn auf Märkte und Höfe. Die blauen Federn am Hals versetzen ihn in freudige Erregung.

Ein außerordentlich schönes Huhn!

Die Bauern wenden sich ab und wedeln mit der flachen Hand vor den Augen, um den andern Marktverkäufern den Geisteszustand des Kunden mitzuteilen. Der Maler hat nur Augen für das prächtige Huhn mit den bläulichen Federn am Hals.

Der Ort, der das Weiß in seinem Namen trägt, war für ihn ein Vorgeschmack des Paradieses gewesen. Es war vollgehängt mit toten Fasanen, die er wie besessen auf die Leinwände bannt. Ihren prachtvollen farbigen federnden Tod. Ihren letzten Triumph, ihr tödliches Gefieder, den raschen Aufschein ihrer überwältigenden Farbenpracht.

Ein Russe, der aus Berlin nach Paris gereist kam, hat ihm in der Rotonde einen Zettel herübergeschoben, als sie ins Gespräch gekommen waren. Eigentlich sprach nur der Russe, Soutine schwieg beharrlich wie immer oder grummelte, murrte und schmatzte seine Einwände aus dem Zigarettenrauch hervor. Der Maler hätte über die Unmöglichkeit der reinen weißen Farbe sprechen wollen. Weiß ist nicht weiß, wollte er sagen, aber er bringt es nicht hervor. Er will kein Weiß je weiß lassen, verstehen Sie? Die Reinheit mit der Unreinheit markieren und besudeln, verlebendigen. Das pure Weiß ist zerstörerisch, es ist lebensfeindlich, es ist das letzte Nichts. Die Schliere ist der Aufstand.

Der Russe gab nicht nach, er schob ihm das Gedicht über den Cafétisch, Soutine sollte es endlich lesen, um zu begreifen.

Das Paradies … ein weites leeres … tiefverschneites Land … Phantom eines weißen Himmels … Stille und Weiße … dort überm flaumigen See … süße Kälte atmend … leuchtet die weiße Seele … des jungen Waldes … dort werde ich selig sein … im Funkeln des vereisten Netzes … vorangleiten berauscht … von der ewigen Weiße … und wie ein Pfeil unter den Zweigen hervor … hinausfliegen in den Raum … auf strahlenden leichten Skiern … von weißen Bergen hinunterschweben …

Der Russe stand brüsk auf, schrie den Maler fast an und verließ mit einem lauten Ausruf das Café:

BELYJ RAJ! BELYJ RAJ!

Er liegt da und versucht nachzudenken, kann aber keinen klaren Gedanken fassen. Ist er in *Le Blanc*? Das Paradies ist ein weites, leeres Land. Auch die Pyrenäen seiner Erinnerung sind jetzt eine tiefverschneite biblische Landschaft. Hüfthoher Schnee, hoch wie Sommerweizen.

Gibt es hier Tage? Jedenfalls vergehen sie, ohne dass er einen Wechsel des Lichts wahrnimmt. Keiner zeigt sich, kein Arzt, kein Verhörbeamter. Nur eine blasse Krankenschwester huscht herein, bringt ihm Essen. Sein Hunger ist noch da, aber es ist nicht mehr das gierige Schlingen wie einst im Bienenstock. Er nimmt das Essen dankbar an und ist zu schüchtern, um sie anzusprechen, sie auszufragen.

Er hat es nie verstanden, mit Frauen zu reden, Komplimente zu machen, zu schmeicheln. Er schluckt leer, verhaspelt sich, schweigt beharrlich. Einem Zimmermädchen in Clamart hat er einmal ins verblüffte Gesicht gestammelt:

Ihre Hände sind so zart … wie Teller.

Und er wundert sich über die Mahlzeiten. Blasse Nudeln, weiße Sahnesauce, Schneeflocken aus Käse darübergestreut, weiße Krautstiele, weiße Hechtknödel, Blumenkohl, weißer Spargel, Sauce Béchamel, weißes Kalbfleisch, Frischkäse, wolkenhafte Milchsuppen, Milchreis. Weiße Erbsen. Und keine Karotte. Beim Ei hatten sie das Gelb entfernt.

Aber nein, das ist noch nicht alles. Eines Tages gibt es – aber gibt es hier Tage? – weiße Erdbeeren, diese zarte kleine Frucht, deren winzige Närbchen auf der weißen Fruchthaut er ungläubig betrachtet.

Ob er von seinem Bett aufstehen darf? Wohl nicht.

Er ist noch einmal in der Mitte der Welt, aber an deren Rand, in jener Welt, die er aus einem stillen Winkel der Rotonde beobachtet und in der er auf den spendablen Gast lauert, der ihm einen Café-crème spendieren wird. Das restliche Universum war bedeutungslos, die Welt war hier, es gab nur noch ein paar Straßenzüge und drei Cafés, wo sich das Allerwichtigste abspielte. Drei Tempel in diesem heiligen Bezirk, sie hießen Dôme und Rotonde und Coupole. Ein verzückter Chronist oder angetrunkener Evangelist lässt seine dröhnende Wahrheit hören, und Soutine spitzt die Ohren:

Wer einmal den Fuß in unser Café gesetzt hat, der ist für immer mit dem infiziert, was wir Maler die Pest von Montparnasse nennen. Nicht Syphilis oder sonst eine Krankheit, viel schlimmer: eine nicht zu bekämpfende seuchenartige Sehnsucht nach diesem Ort, der im Moment der interessanteste auf dem Erdball ist.

Ist kein Spender aufzutreiben, ist das nicht das Ende der Seligkeit. Er sieht jetzt Libion vor sich, den stumm gestikulierenden Wirt der Rotonde, der mit bebendem Schnurrbart hinter der Theke sitzt. Auch während des Ersten Krieges simulierte dieser Tempel kaffeeduftende Normalität. Soutine saugt ein paarmal rasch die Luft durch die Nasenlöcher ein. Ah, die Paradiese des Café-crème! Mochten die andern von Chinarindenlikören, Mandarinen-Zitronen-Cocktails, von *Amer Picon,* Curaçao und Gin-Fizz schwärmen, Soutines Magen verlangt nur einen: den besänftigenden, schäumenden Milchkaffee. Man kann dort morgenlang hinter einer Tasse sitzen, die Leere umrühren, sich am Ofen wärmen. Libion, Libion! Zwar kommt manchmal ein halbes Dutzend Polizisten auf Fahrrädern her, sie umzingeln den Tempel und brüllen:

Razzia!

Die Rotonde ist die Hochburg der russischen Revolutionäre, kleines bolschewistisches Eiland, schmales Eldorado für Deserteure und Pazifisten, die nicht in den Schützengräben verröcheln wollen. Kriegsgegner sind als Defätisten gebrandmarkt, hier dürfen sie fluchen über den Krieg. Libion klebt ein paar patriotische Plakate auf die Wände, gleichsam als Impfung.

Doch es ist schon der nächste Krieg in der langen Reihe. Der Maler sieht sich noch einmal am Rand der Mitte der Welt, er ist irgendwohin unterwegs im Jahr 1943. Die große Zeit ist längst um, selbst diese Mitte ist voller Trauer, selbst die Mitte ist ein besetzter Ort in einem besetzten Land, und jeder Zweite, jeder weiß das, ist ein Spitzel oder ein nur nachlässig getarnter Gestapo-Mann. Paris scheint ihre bevorzugte Brutstätte zu sein.

Die Mitte ist nur noch ein Traum, in dem der Maler fehlt. Er ist unsichtbar geworden, die Gestapo-Leute können noch so lange in alle Winkel der Rotonde spähen. Soutine liegt jetzt im weißen Paradies und auch dort am Rand wie an seinem angestammten Ort in der Welt des Montparnasse.

Wie viele Gesichter sind in diesen Cafés aufgetaucht, wie viele merkwürdige Gestalten aus Chile, Japan oder Litauen in diesen kleinen, lärmigen Tempeln, angezogen von Kaffeeduftschwaden und bitteren Säften, von Anis und Wermut. Wie viele Gespräche, wie viel Eifersucht und Racheschwüre hat er schweigend mitangehört.

An eines hat er sich immer erinnert. Er sitzt wie immer in einer Ecke, lauernd auf den spendablen Wundergast. Die Ecke bedeutet Sicherheit, keinen im Rücken zu haben, beruhigt ihn. Ein Dichter, dessen Namen er vergessen hat oder der erst noch geboren wird, empfiehlt, mit dem Kopf im Winkel zu schlafen, denn dort sei es schwieriger, mit der Axt auszuholen und den Schlafenden in Stücke zu hacken. Deshalb: Schreib den Kreis ins Quadrat. Die Federbetten- und Kehlenaufschlitzer, die auf Pferdefuhrwerken aus Minsk herüberkamen, haben bei ihren Opfern erstaunliche Reflexe hervorgerufen. Tierische Fluchtinstinkte, blitzend rasche Blicke aus eingekniffenen Augenwinkeln, Sprungkraft (spring aus dem Fenster, so hast du eine Chance!), Wendigkeit, Hakenschlagen, die göttliche Kunst der Hasen.

Der Schweigsame hört mehr, weil seine Stimme keinen übertönen muss. Der Schweiger ist ganz Ohr. Sein Ort ist der Rand der Mitte der Welt. Plötzlich kamen drei herein, sahen sich um, suchten einen Augenblick lang nach dem richtigen Platz und setzten sich an den Nebentisch.

Der Maler versucht zu verstehen, worüber sie sprechen. Sie sprechen einmal Französisch, dann wieder Deutsch. Sein Jiddisch reicht manchmal, um ein paar Wörter zu verstehen. Hatte nicht in Wilna ein Spaßvogel gesagt, das Deutsche stamme in Wahrheit vom Jiddischen ab? Einer muss ein Franzose sein, die andern beiden kommen vielleicht aus dem untergegangenen österreich-ungarischen Kaiserreich, aus Galizien, aus der Bukowina?

Die Kellner flattern heran und vorbei wie Schmetterlinge, klirren mit ihren Gläsern und Tassen, rufen über die Köpfe hinweg ihre herrischen Befehle, die der Mann hinter der Theke schweigend und gehorsam aufnimmt. Der Maler hat nur Ohren für das Gespräch am Nebentisch, aus dem er das wiederkehrende Wort »Farben« aufschnappt. Es geht um irgendeinen Zusammenhang von Farben und Schmerzen. Der Mann mit dem einheimischen Akzent ruft aus: Wunderbar! Im Französischen liegen Farbe und Schmerz so nahe beieinander. Und mehrmals dreht er sein Fundstück im Mund.

Hören Sie nur: *couleur* und *douleur*.

Es geht um irgendeinen Brief, der wohl auf Deutsch geschrieben ist, und den der Einheimische ins Französische übersetzen soll. Den Brief eines Exilanten oder eines Rückkehrers. Offenbar dreht sich der Brief um einen bestimmten Maler, und gern hätte er erfahren, um welchen. Maler sind neugierige und eifersüchtige Lebewesen, weil es für sie nur einen in jeder Generation gibt. Vor den Alten darf man sich verneigen, Rembrandt oder

Courbet oder Chardin darf man anbeten, aber unter den Lebenden ist jedes Wort über einen andern zu viel.

Weder den Autor des Briefes kann er heraushören, nur irgendein »Tal« war da, narrt ihn immer wieder, noch den Maler, dessen Name vielleicht gar nicht fiel. Einer der Deutschsprechenden liest einen Satz vor:

Warum sollten nicht die Farben Brüder der Schmerzen sein, da diese wie jene uns ins Ewige ziehen?

Der Mann mit dem französischen Akzent schlägt vor, aus den Brüdern Schwestern zu machen:

Et pourquoi les couleurs ne seraient-elles pas les sœurs des douleurs, puisque l'une et l'autre nous attirent dans l'éternel ?

Dann fällt ein Glas scheppernd zu Boden, ein heftiger Fluch läuft durch die plötzliche sekundenlange Stille, der Gesprächsfaden reißt kurz ab, und der Maler muss sich konzentrieren, um noch irgend etwas aus dem leiser werdenden Gespräch aufzuschnappen. So sprecht doch lauter! will Soutine noch jetzt in den weißen Laken rufen, doch seine Zunge ist nicht da.

Wenn im Französischen *couleur* und *douleur,* Farbe und Schmerz, so nah beieinander liegen, wirft einer von den dreien ein, was meinen Sie zur merkwürdigen Nachbarschaft von *Farben* und *Narben* im Deutschen? Sind die farbigen Wunden in der einen Sprache schmerzhaft offenbar und gegenwärtig, durchpulsen die Haut und das sprachliche Gewebe, so zeugen sie in der andern von gewesenen Verletzungen, von geschlossenen Wunden, von der späten Erinnerung an den Schmerz.

Der Maler zuckt auf. Denn in seiner Sprache reimen sich die Farben noch mit einem andern Wort.

Wi an ofene wund … Los mich nit asoj fil mol *schtarbn* wi der harbsst in tojsnt *farbn.*

Soutine murmelt etwas, was sich wie ein Schmatzen der Lippen am Tassenrand anhört. Er befindet sich lauschend im stummen Selbstgespräch. Schweigen ist Milchkaffee. Es beruhigt die Magengeschwüre. Er hat kaum die Hälfte verstanden. Aber *couleur* und *douleur* kapiert er sofort, als seien es Signale nur für ihn. Farben und Schmerzen sind Schwestern, ja gewiss. Sie sind unheilbar, selbst wenn aus Farben schließlich Narben werden.

Nein, die Farbe hatte beides zugleich zu verkörpern, den pochenden Schmerz und die bleibende Narbe. Und zuletzt das Sterben. Alles hinterlässt Narben, verstehen Sie, sichtbare Spuren. Alles. Den makellosen Körper mag es bei griechischen Statuen geben, im alten Ägypten oder bei Modigliani. Für Soutine gibt es keinen makellosen Körper, nur versehrte, knotige, geschundene Leiber. Nichts im Leben ist heil geblieben, nichts ist wiedergutzumachen. Das sind die einzigen Prinzipien, die er akzeptieren will. Er lässt die Farben sich aneinander reiben, schürfen, sich verehren, verdammen und verfluchen, erhöhen und niederstrecken, bis sie stammelnd ihr vernarbtes Glück hergeben.

Der Maler will sich jetzt endlich, gegen seine Gewohnheit verbissenen Schweigens, nach rechts drehen und sich den dreien mit einem erstaunten Zuruf zuwenden, doch es ist schon zu spät. Plötzlich ist das Gespräch aufgelöst, der Brief des Rückkehrers eingesteckt, die drei Männer erheben sich und setzen ihre Hüte auf.

Wo mögen sie jetzt sein? Er hat keine Ahnung. Wie kann er das wissen. Er legt schmerzhaft langsam den Kopf in den Nacken, glaubt für einen Augenblick, noch immer im Leichenwagen dahinzurollen, und will den beiden Fahrern zuraunen:

Könnt ihr die drei nicht zurückrufen? Können sie sich

nicht noch einmal setzen? Ich habe nicht einmal die Hälfte verstanden. Zuviel Lärm hier, zuviel Gläserklirren.

Doch seine Zunge ist nicht an ihrem Ort, sie ist nicht zu heben, nicht zu senken. Wenn es überhaupt noch eine Zunge gibt. Kein Flüstern dringt mehr aus der Mitte der Welt hierher. Montparnasse ist verstummt. Und auch an ihrem Rand bleibt es stumm und still und fährt zur Operation nach Paris.

Soutine murmelt im Selbstgespräch vor sich hin. Er ist soeben in der Mitte der Welt gewesen. Er liegt unter seinem weißen Laken und merkt nicht, dass er beobachtet wird. Es gibt eine Luke in der weißen Tür und eine Klappe, die von außen hochgeschoben werden kann. Dort wartet ein Augenpaar, beobachtet ihn schon eine ganze Weile. Leise wird die Klappe heruntergelassen, und die Öffnung in der Tür schließt sich. Er ist wieder ganz und gar allein in seinem weißen Paradies.

Der unsichtbare Maler

Bei einer von seinen Fahrten in die Hauptstadt, als seine Füße ihn fast automatisch zur Kreuzung von Boulevard Raspail und Boulevard Montparnasse lenken, gleich gegenüber der Rotonde, läuft ihm einer entgegen, erkennt ihn und zischt ihm zu:

A mentsch on glick is a tojter mentsch!

Soutine, was machst du hier noch, bist du verrückt geworden? Verschwinde, die Gestapo hat schon Dutzende Maler eingepackt. Hier wimmelt es von Spitzeln. Wie kannst du noch herkommen?

A glick ahf dir!

Und er spuckt auf den Gehsteig, es ist wie ein verschlüsselter Gruß. Und Soutine dreht sich auf dem Absatz, geht ohne zu hasten davon, den großen, dunkelblauen Hut noch tiefer ins Gesicht gezogen, den Kopf zwischen die Schultern gedrückt. Nur Seitenstraßen benutzen.

Die Hüte von Barclay! Soutine liebt sie, seit der Pharmazeut Barnes mit seinen Dollars Zbo und ihn vom Hungerleiden kuriert hat. Der vornehme blaue Hut ist eine Tarnkappe, er ist überzeugt, dass er ihn unsichtbar macht. Früher war alles anders. Als Zbo dem abgerissenen Maler nahelegte, einen Hut zu tragen, um vor der Kundschaft seriöser aufzutreten, brummte er:

Ich kann nicht jeden Tag herumgehen wie der Zar!

Er weiß, dass er unsichtbar ist bei diesen gefährlichen Fahrten nach Paris. Der Untergetauchte geht zügig zum Arzt, presst seine falschen Papiere in der Manteltasche, und dann ab zur geheimen Unterkunft. Abergläubisch meidet er fortan die großen Kreuzungen, wo die Besatzer ihre Wegweisermasten aufgestellt haben und die Stadt mit deutschen Wortungetümen vollpflanzen, um das Territorium der Hauptstadt mit ihrer Sprache zu besetzen. Die Schilder versprühen die herrische Phonetik einer konsonantischen Macht, einen schwarzen, einschüchternden Fluch.

Und um den 16. Stadtbezirk macht er einen Bogen, dort haben die Besatzer viele Gebäude requiriert, das Hôtel Majestic in der Avenue Kléber, Sitz des Militärbefehlshabers, und die prächtigen Haussmann-Burgen an der Avenue Foch, wo SIPO und SD residieren, und an der Rue Lauriston die Gestapo. Die Pariser bekommen es rasch zu spüren, wer sich wo einquartiert hat. In der Avenue Foch sitzen die SS-Häuptlinge, Oberg, der Schlächter von Paris, zuständig für Geiselerschießungen und Deportationen, Lischka, SS-Obersturmbannführer und Kommandeur SIPO-SD, und Doktor Knochen. Doktor Knochen? Ja. Befehlshaber Sicherheitspolizei und Sicherheitsdienst. Doktor Knochen? Ja, zuständig für …

Er geht nicht mehr zu den Laloës, um sie nicht zu gefährden. Der misstrauische Concierge schaut ihm noch in den Träumen unverwandt ins Gesicht. Der Hut war jetzt eine Notwendigkeit. Er geht zu Marie-Berthes Vater in die Rue Littré im sechsten Bezirk, eine Nebenstraße der Rue de Rennes, aber über Umwege, ohne sich den Cafés zu nähern, wo ihn jemand hätte erkennen, ihn mit einem Zuruf hätte verraten können.

Der alte Aurenche, Steuerbeamter im Ruhestand, ist unauffälliger als die Maler. Er öffnet leise die Tür, sagt nichts, nickt und weist dem Maler mürrisch das Sofa an.

Sie sprechen kein Wort miteinander. Die Bekanntschaften seiner Tochter waren ihm schon immer suspekt. Kaum hat der Unsichtbare den Arztbesuch hinter sich gebracht, schleicht er am nächsten Morgen zum Bahnhof Montparnasse und besteigt den Zug Richtung Tours. Paris war nichts als Arztbesuch und Nachschub an Papaverin und Bismutpulver.

Seit dem 20. Oktober 40 ist auch er in der Tulard-Kartei als *Juif* registriert. Er trägt die Nummer 35702. Als er mit seiner Karte aus der Unterpräfektur seines Bezirks herauskommt, macht er sich lustig über den verrutschten Stempel auf seinem Lichtbild und sagt zu Chana Orloff:

Sie haben mir meinen Juden beschädigt.

Den gelben Stern trägt er nie. Oder ist auch sein Stern unsichtbar? Ab dem 7. Juni 42 muss das Abzeichen fest aufgenäht und sichtbar getragen werden, bei Unterlassung droht die Inhaftierung. Die Empfänger müssen dafür einen Punkt von ihrer Kleiderkarte abliefern. Im Reich hatten die Juden für ihren Stern keinen Punkt der Kleiderkarte abzuführen. Sie hatten keine Kleiderkarte. Und bald beginnt das Einsammeln der Sterne, die Razzien folgen sich in immer kürzeren Abständen. Dann die Überführung nach Drancy oder Pithiviers, Compiègne oder Beaune-la-Rolande, die Transitlager um Paris. Das Befestigen mit einer Sicherheitsnadel oder Druckknöpfen ist verboten. Annähen, unabreißbar, einnähen, womöglich in die Haut.

Er war von allem Anfang an entschlossen, ihn nicht zu tragen. Der Maler Chaim Soutine ist für immer unsichtbar unter seinem Hut. Und sein Stern ebenso.

Einmal erschrickt er, als eine Frau taumelnd aus einer Toreinfahrt auf die Straße läuft, ihr Gesicht in ein großes weißes Taschentuch gepresst. Es muss nach Juli 42 gewesen sein, in der Kaskade der Massendeportationen, die »Ausländischen« kamen zuerst dran, wenig später wurden auch noch deren Kinder deportiert. Er hält auf dem Gehsteig abrupt an, die Frau steht ihm genau gegenüber, mitten auf der Straße. Er erstarrt vor Schreck, als sie sich umwendet und ihn mit »Monsieur Epstein« anspricht.

Sie schluchzt, sie spricht abgehackt, drückt immer wieder ihre Augen ins weiße Tuch. Sie ist so offensichtlich verzweifelt, dass sie nicht mehr weiß, mit wem sie spricht, oder sie ist vor Schmerz verrückt geworden. Sie hat nicht einmal auf seine linke Brust geblickt, wo nichts Aufgenähtes ist, sie hat ihn einfach angesprochen. Sie kann sich nicht zurückhalten, es bricht aus ihr hervor.

Monsieur Epstein ... Was werden sie mit den Kindern tun? Wenn sie die Leute zum Arbeiten deportieren, wozu dann die Kleinen? Bitte, Monsieur Epstein, antworten Sie doch ... das ist doch eine entsetzliche Unlogik, was sollen Zwei- oder Fünfjährige im Arbeitslager? Ist es nicht eine ungeheure Dummheit für ein Land, das sich im Krieg befindet, so etwas zu tun? Was bringt das für einen Nutzen? Alles ist so sinnlos, wozu soll es gut sein, Frauen und Kinder zu verhaften ... Es ist unbegreiflich, Monsieur Epstein, so sagen Sie doch ... ein entsetzliches Räderwerk, das uns zermahlen will, so antworten Sie doch ...

Und der stumme Maler Chaim Soutine steht da wie erstarrt und blickt unter seinem dunkelblauen eleganten Hut hervor in das entsetzte, schluchzende Gesicht. Er bringt kein Wort hervor, macht einen langsamen Schritt rückwärts, um seine Flucht anzutreten.

Wenn die Frau ihn als einen erkannte, der eigentlich auf seiner linken Brust das gezackte Abzeichen tragen sollte, wie konnte er dann an irgendeinem Besatzer vorübergehen? Seine Unsichtbarkeit hatte die Frau plötzlich in Frage gestellt. Er ist auf dem Gehsteig unvermutet sichtbar geworden, als Monsieur Epstein zwar, doch immerhin sichtbar. Erschütternd sichtbar.

Am Ende der Schwanenallee, stromaufwärts, auf dem linken Seine-Ufer, ragte das *Vélodrome d'Hiver* auf, am Boulevard de Grenelle, unweit des Eiffelturms. Früher hatte er hier zu seinem Sonntagsvergnügen Catch- und Boxkämpfe gesehen. Jetzt war die Winterradrennbahn zum Stadtpferch für die Opfer der Massenverhaftungen verkommen, zu einem riesigen dunklen Strudel, in den sie wahllos geworfen wurden, um in einem unaussprechbaren Ort in Polen mehr tot als lebendig aus dem Waggon zu fallen. In der Razzia vom 16. und 17. Juli 42 trieb die Pariser Polizei, beordert durch Leguay, den Delegierten des Vichy-Polizeichefs Bousquet, die verhafteten Juden wie Vieh zusammen.

Der Maler muss an Kikos begeisterten Ausruf denken, es war 1913, er war gerade erst angekommen in der Stadt seiner Träume:

Hier gibt es keine Kosaken. Keinen plündernden Mob. Irgendwann werden die Pogrome aus unsern Träumen verschwinden. Aber dieser Abend wird uns für immer gehören. Nie wird es in dieser Stadt Pogrome geben, verstehst du …

Diesmal sprachen die Kosaken französisch, durch das Zirkular Nr. 173-43 der Polizeipräfektur wurde die Verhaftung der ausländischen Juden angeordnet. Allein aus Paris über dreizehntausend Menschen. Die Hälfte wird mit requirierten städtischen Bussen sofort ins Lager Drancy nördlich von Paris verfrachtet, die andern werden in die Radrennbahn gepfercht. Viele aber blieben bei der großen Razzia unauffindbar. Unter ihnen ein unsichtbarer Maler. Seitdem Mademoiselle Garde zwei Jahre zuvor dorthin gegangen war und nie mehr wiederkam, wollte er keinerlei Anordnungen mehr befolgen, nirgendwo seine Registrierung von Oktober 40 erneuern lassen. Im Stadion mit dem winterlichen Namen verschwand man ins Nichts, in einen ewigen Winter. Aus dem Pferch führte ein direkter Weg in den Tod.

Untertauchen, keucht er im Leichenwagen, sich ein Schlupfloch suchen. Untertauchen, jetzt, sofort. Die Schwarzhunderter sind unterwegs, hört ihr, Kinder, rasch in den Wald, nichts mitnehmen, versteckt euch, lasst alles liegen, sie kommen auf Pferdefuhrwerken aus Minsk herüber … lauft, so schnell ihr könnt … Kiko … die Kosaken … hörst du …

Er weiß nicht mehr, wann er zuletzt das Velodrom gesehen hat. Hat er nach dem 17. Juli 42 tatsächlich noch auf der Grenelle-Brücke gestanden, hat auf die Radrennbahn und die Schwanenallee, die nadelartige Insel in der Seine, hinübergeblickt? Oder hat er nur sein Auge hingeschickt, also seine Seele? Die Gerüchte liefen rasend durch die Stadt. Und er hasste sich dafür, dass er sich das furchtbare Geschehen in der Winterradrennbahn nicht vorstellen konnte. Nie würde er es malen können. Es überstieg seine Kraft.

Siebentausend Menschen drängen sich auf den Rängen der Rennbahn zusammen, schreiend, herumirrend, viele in Panik um sich schlagend, andere apathisch vor Hunger und Durst. Unten, in der Mitte des Velodroms, ein Rotkreuzzelt, ein einziger Arzt und zwei Schwestern. Gebärende, Sterbende, Fiebernde. Fünf Tage ohne Nahrung, ein einziger Wasserschlauch wird hart umdrängt. Die

Sanitäranlage ist verstopft und unbenutzbar, von den Rängen rinnt Kot und Urin auf die Liegenden. Die scharfen Befehle der Wachmannschaft, die diesmal französisch spricht. Ein zitternder Greis erhebt sich, ruft mit letzter Kraft:

Das ist ein großes Missverständnis! *Vive la République!*

Und sackt zusammen. Keine Luftzufuhr, ein Ort zum Ersticken, voller Stroh, Angst und Stöhnen. Die Juli-Hitze, der Schweiß der Eingepferchten. Beißender Geruch. Herzen stehen plötzlich still, es werden bis zum Abend des 17. Juli hundert Selbstmorde gezählt. Und sie sollten recht behalten – von dort führte nur *ein* Weg hinaus. Ja, er hasste sich dafür, dass er es sich nicht vorstellen konnte. Er hatte von Familien gehört, die sich aus dem Fenster stürzten, um der Deportation zu entgehen. Und eine Frau, wahnsinnig vor Kummer, warf ihre vier Kinder aus dem Fenster. In Smilowitschi lebt schon keine Seele mehr.

Die Eingepferchten standen oft in seinen Träumen vor ihm, schauten ihn fragend an, schienen von ihm etwas zu erwarten. Er war für sie nicht unsichtbar. Aber er blieb außerhalb, der Strudel hatte ihn nicht verschluckt. Jetzt, wo er im *Corbillard* nach Paris unterwegs war, flüsterte ihm das Morphin ein, er sei tatsächlich dort gewesen, ja, ganz gewiss, er hatte alles gesehen, er könnte es beschwören.

Die Brücke schien zu schwimmen, die Schwanenallee, alles war in Bewegung geraten. Schwäne sind keine mehr zu sehen, sie sind in der besetzten Stadt längst eingefangen und aufgefressen worden. Alle Schwäne haben die Stadt auf diesem Weg verlassen. Aber einmal sah er dort schwarze, verkohlte Vögel. Schwirrende Flügel, die besetzte Luft über der Seine aufwühlend. Als er sie zum Himmel aufsteigen sah, wurde vor seinen Augen das Velodrom in die Luft gesprengt. Es war wenige Jahre vor seiner Ankunft gebaut worden, die Pariser Arbeiter waren verrückt nach den Radrennen, strömten massenhaft dorthin.

Sein Auge sah es jetzt in die Luft gehen, es war in der Zukunft, lange nach seinem Tod, weggesprengt mit allen Balken und Bohlen, die Blut und Urin getrunken hatten. Die Trümmerteile werden durch die Luft gewirbelt, die Eisenarmierungen ragen auf wie das zerfetzte Skelett eines riesigen Untiers. Weggesprengt. In diesem Moment hätte er es malen können. Eine geborstene Landschaft.

Er ist mit Ma-Be untergetaucht. Er hat sich unsichtbar gemacht. Er ist in Champigny. Er ist in den Pyrenäen mit seinem Mohnsaft. Er ist unter seinem blauen Hut. In Himbeerstadt, nicht fern von Smilowitschi. Am Passage d'Enfer. In Kremenkikominsk.

A glick hot dir getrofen! A leben ahf dir!

Kaum beginnt der Mohnsaft zu wirken, fühlt er sich anschwellen, sich dehnen wie auf dem grotesken Selbstporträt von 1922, auf dem er nichts war als riesenhafte Lippen, ein gewaltig verformtes Ohr und ein aufgebauschtes Schulterstück. Er war auch jetzt unsichtbar unter seinem unsichtbaren blauen Hut.

In der deutschen Botschaft an der Rue de Lille, wo Abetz residiert, hat es derweil Neuigkeiten gegeben. Die Personalien der Verhafteten sind anhand der Tulard-Kartei überprüft worden. Der Maler Chaim Soutine ist nicht unter der Beute des 16. und 17. Juli 42. Zwei Wochen nach den Massenverhaftungen und dem Inferno in der Radrennbahn ist er noch immer unauffindbar. Es wird

Zeit für eine besondere Operation, Monsieur Soutine. Ein Suchbefehl verlässt die Rue de Lille.

Deutsche Botschaft Paris. 30. Juli 42. Nr. 305/43 g. GEHEIM. An den Befehlshaber der Sicherheitspolizei und des SD z.Hd. von Obersturmführer RÖTHKE Paris 72, Avenue Foch. Betr. Maßnahmen im Falle des jüdischen Künstlers Soutine. In der oben bezeichneten Angelegenheit möchte ich unser Ferngespräch vom Dienstag den 28. bestätigen. Wie Sie wissen kommen die Anweisungen direkt vom pers. Adjudant des Herrn Reichsmarschall H. Göring. Erstens sind die französischen Stellen zu benachrichtigen, d.h. der Commissaire aux questions juives und der Polizeipräfekt. Es wird um aktive Mitarbeit gebeten. Aufgrund höchster Geheimhaltung sollen jedoch die Einzelheiten mit den franz. Behörden nicht besprochen werden. Zweitens sind alle Werke des Juden Soutine, die während der Untersuchungen gefunden werden zu beschlagnahmen und sofort nach Berlin zu versenden. Für eine baldige Erledigung wäre ich dankbar.
Im Auftrag Achenbach

Eine silberne Uniform beugt sich über die Schulter der Schreibkraft und erklärt barsch: Mit T bitte, kein D. Einer erinnert sich an seine glänzenden Lateinstunden daheim im Reich. Adiuvare. Adiuvo, adiuvi, adiutum. Verdammt nochmal, ich weiß es noch. Helfen, unterstützen, beistehen. Adiutor, also Adjutant. Und er bläht seine Brust.

Der Sekretär hat so viele einschlägige Anordnungen niedergeschrieben, dass sich die Gejagten heimtückisch noch in seine Schreibung einschleichen: »Adjudant« steht da, tatsächlich, mit dem Juden in der Mitte, in die Zange genommen von Ad und Ant. Nicht einmal ihre Schreiberei können sie in Ruhe lassen, sie schleichen sich in die Wörter ein und zersetzen sie von innen. Der persönliche Adjudant beschattet den Reichsmarschall Göring. Dann kommt ein dringender Anruf angeschellt, und das D bleibt, wo es ist.

Und genau dieser Jude mit D in der Mitte, der sich in die Wörter schleicht und von dort aus mithorcht, hat einen Informanten bei der französischen Polizei. Nennen wir ihn Armand Merle. Warum nicht? Merle ist die Amsel, und die singt so schön. Denn nun beginnen die französischen Stellen zu rätseln. Nach Berlin zu versenden – alle Werke des Juden Soutine? Hat der oberste Kunsträuber plötzlich seinen Geschmack geändert? Mit Verlaub: zweitoberster. Hitler selber hat für seinen Sonderauftrag Linz gewaltige Beschlagnahmungen von Kunstwerken befohlen. Rosenberg kontrolliert die Beute aus den westlichen und östlichen Besatzungsgebieten. Göring aber versucht, durch Zusammenarbeit mit ihm sich ein paar Rosinen herauszuklauben. Denn der passionierte Kunsträuber plant die »Norddeutsche Galerie« in seinem Landsitz Carinhall in der Schorfheide bei Berlin.

Elenis helle, erregte Stimme erklingt im Hörer. Wie hatte sie das Schreiben aus der deutschen Botschaft auffinden können? Welchen Draht hatte sie zu welchen Archiven? Sie will es nicht verraten.

Du hast deine Geheimnisse und ich meine. Aber das Schriftstück liegt vor.

Sie ist den Rätseln auf der Spur, hat ein Puzzlestück zum andern gefügt und ist ungeduldig, den verblüfften Empfänger der Nachricht das Bild endlich sehen zu lassen. Sie ist ihm immer um eine Nasenlänge voraus.

Der Polizeipräfekt Leguay beauftragt also einen Kommissar mit den Ermittlungen und fordert die Einrichtung eines vertraulichen Dossiers über den gesuchten Maler, vielleicht um dem rätselhaften Interesse der Deutschen an Soutine auf die Spur zu kommen. Wieso wollten sie seine Bilder haben? Wozu brauchten sie die?

Nein, keine Gefahr. In der »Norddeutschen Galerie« wird er nicht vorkommen, in Carinhall ist kein Platz für entartete Kunst. Hier werden die Alten Meister hängen.

Er lässt sie hängen?

Eleni lacht auf im Telefonhörer. In Hitlers Linzer Sammlung wohl auch nicht. Keine Geschmacksänderung. Er will tausend Jahre alt werden und von den gleichen Bildern umstellt sein.

Umstellt sein?

Wollen sie die Bilder erst transportieren und dann verbrennen? Dem Maler Konkurrenz machen, dem der Ruf anhängt, er verbrenne seine eigenen Bilder?

Es gibt tatsächlich einen Vermerk auf der Rückseite des Kleinen Mädchens in Blau: ZU VERBRENNEN. Dann der Stempel eines deutschen Museums. Leserlich, unleserlich? Zu verbrennen. Haben die Kunsträuber für einmal denselben Plan wie der Maler? Ich werde eines Tages meine Bilder ermorden ... sagte er seiner Besucherin in der Cité Falguière zwischen den Wänden mit den zerschlissenen Tapeten.

Der Reichsmarschall Göring benutzt seine zahlreichen Besuche in Paris, um Kunstwerke zusammenzuraffen. Aber Soutines entartete Gemälde? Kein Bedarf.

Doch, doch, wirft Eleni ein, als Devisenbeschaffungsmaßnahme. Wozu Bilder verbrennen, die auf dem amerikanischen Markt fette Devisen bringen können? Warum verbrennen, wenn die Wehrmacht in Russlands Eingeweide vorrückt und jede Panzerraupe kostbar ist? Mit Barnes' Sammlung in Merion und der Ausstellung 1935 im *Chicago Arts Club* steigt Soutines Marktwert beständig, verstehst du? Sollen die Amerikaner und seine Glaubensbrüder ihn kaufen und die Ostfront rollen machen. Kunstmarkt ist Kunstmarkt, er floriert in Kriegszeiten. Vergiss nicht, Ende Juli 42, als der Suchbefehl für den Maler ergeht, ist die deutsche 6. Armee im Anmarsch auf Stalingrad. Warum mit wertlosen Gemälden die Luft heizen, wenn sie Artilleriegeschütze befeuern konnten? Heizmaterial – ja. Aber alles für den Krieg. Also nach Berlin mit seinen gepeinigten Leinwänden.

Ich liebte Elenis Stimme, ich hätte ihr stundenlang zuhören können. Lies aus dem Telefonbuch vor, und ich werde deiner Stimme lauschen. Es gibt Stimmen, die deine Gehörknöchelchen verändern. Deinen jubelnden Steigbügel, deinen Amboss, deinen Hammer. Dein Labyrinth, dein sentimentales Gleichgewichtsorgan. Und ihre süße kleine Cochlea. Sie war den Geheimnissen auf der Spur, und ihre dunklen Mittelmeer-Augen hatten Dinge gesehen, die keiner von uns vorausgeahnt hatte. Sie war die Fee der geheimen Archive.

In der milchigen Zukunft werden die unsichtbaren Spürhunde und Besessenen mit ihren Antennen auftauchen und sie werden ihre Einfallsstraßen benutzen, um zur Operation zu fahren. Sie werden höfliche unterwürfige Anfragen an Archive richten, um kleine Auskünfte betteln. Sie träumen davon, sich selber nächtelang in die Archive einsperren zu lassen, in Ausländerbehörden und Polizeipräfekturen, jedes Zettelchen zweimal umzudrehen, Bleistifte und andere selige Schreibwerkzeuge abzunutzen, in Kellern und Aktenverliesen kalten Tee zu schlürfen. Jawohl, es gibt sogar ein Polizeimuseum, das Museum der Pariser Polizeipräfektur, in der Rue de la Montagne Sainte-Geneviève Nummer 4.

Tausende von Bewegungen werden unnütz sein, viele Notizen von vornherein unbrauchbar, aber irgendwann wird so ein Zettelchen herausfallen, das nur auf sie gewartet zu haben scheint, sich heuchlerisch lange versteckt gehalten hatte. Es kann ein Spitzelbrief sein, eine Aufenthaltsgenehmigung, die säuberlich hinterlassene Spur einer simplen bürokratischen Maßnahme. Oder ein Suchbefehl aus der deutschen Botschaft an der Rue de Lille.

Soutine ahnt nichts von den Umtrieben, aber Sertürners Mohnsaft weiß, wer Armand Merle ist. Der Maler hört von einem Nachbarn aus der Villa Seurat, den er zufällig beim Verlassen des Zuges im Bahnhof Montparnasse kreuzt, dass mehrmals französische Beamte in Zivil aufgetaucht waren.

Donnerstag 10. Dezember 1942, 16 Uhr 30. Ermittlung über die gesuchte Person Soutine Chaim, *artiste-peintre*, wohnhaft 18 rue Villa Seurat, Paris 14. Wir haben uns am 2. Dezember im Laufe des Nachmittags an die oben erwähnte Adresse begeben. Laut Aussagen der Nachbarn, die wir befragt haben, ist Monsieur Soutine seit Ende Frühjahr oder Sommer vorigen Jahres an dieser Adresse nicht wieder aufgetaucht. Die aufgenommenen Aussagen ergeben keine neuen Anhaltspunkte bezüglich des aktuellen Aufenthaltsortes von Monsieur Soutine.

In der Villa Seurat hatte nur Henry Miller ein paar Packen Papier hinterlassen und ein paar Briefe. Sollen die Nazis sich den Arsch damit abwischen, hatte er seinem Nachbarn Delteil zugeraunt, bevor er sich noch vor Kriegsausbruch aus dem Staub machte.

Alle suchen einen Maler.

Zeugenvernehmung in der Gestapo-Dienststelle in Chartres, 21. April 1943. Zweite Vernehmung der Madeleine Castaing, wohnhaft in Lèves bei Chartres im Falle des Verfahrens gegen Chaim Soutine. In Anwesenheit des SS-Hauptsturmführers Uwe Lorenz, Kommandeur des Sicherheitspolizei-SD-Kommandos Chartres, des Dolmetschers Jean-Yves Meyer und der Typistin Frau Ingrid Elster. Über die Konsequenzen einer Falschaussage wurde mit ihr gesprochen.

Er wohnt noch immer in der Villa Seurat, im Winter aber, da das Atelier nicht beheizbar ist, in einem kleinen Hotelzimmer in der Avenue d'Orléans, wo er seine Tage verbringt, bei geschlossenen Vorhängen, schwitzend unter einem Regenmantel, auf dem Bett liegend, den Blick zur Decke. Er setzt keinen Fuß mehr vor die Tür. Sein Magengeschwür lässt ihn nicht mehr schlafen. Er spricht abgehackt, vom Schmerz gekrümmt …

Können Sie uns den Namen des Hotels nennen, die genaue Adresse?

Aber nein, es gibt da so viele kleine Hotels, wissen Sie.

Er wechselte dauernd seinen Schlafort. Seine Freunde rieten ihm, in die Freie Zone zu gehen, aber er lehnte ab. Er hat einige Zeit bei Freunden gewohnt und Paris im Juni 41 verlassen. Ich habe ihn seither nicht wiedergesehen.

Nicht einmal bei Ihnen zu Hause?

Mein Haus wurde von der Wehrmacht requiriert. Wie sollte ich Gäste bei mir aufnehmen können?

Geschlossen: um 13.30 Uhr. SS-Hauptsturmführer Uwe Lorenz.

Selbst gelesen, genehmigt und unterschrieben: Madeleine Castaing.

Sie log und musste lügen. Ein Maler macht sich unsichtbar, sie können noch so lange suchen, sie finden ihn nicht. Nicht die Besatzer, nicht ihre Gehilfen. Sie lassen Nachbarn und Bekannte verhören, Kommissar Merle trägt die Aussagen wie winzige Krümel zusammen, nichts Brauchbares darunter. Soutine hat sich in Luft aufgelöst, er ist endgültig unsichtbar geworden. Wer ihn jetzt noch sehen kann, muss gute Augen haben.

Soutine fährt im Leichenwagen versteckt Richtung Paris, sein ganzes Leben führt dorthin, immer dorthin. Von Minsk und Wilna dorthin. Von Céret und den Pyrenäen dorthin. Von Cagnes und Vence – immer zurück nach Paris, als sei die Stadt der ewige Magnet, dessen Anziehungskraft er nicht mehr entrinnen kann. Als Merkmal der Bilder aus Cagnes taucht ein winzig kleiner Fußgänger auf, kaum erkennbar, der auf verdrehten Wegen schwankend seinem Unheil entgegenläuft, immer hinauf ans Ziel, auf der ewigen ansteigenden Straße dorthin, wo das Nichts oder Gott und das weiße Paradies warten. Die rote Treppe in Cagnes! Auch sie führt bereits *dort* hinauf.

Er fährt in einem schwarzen Leichenwagen, Marke Citroën, Modell Corbillard, nach Paris. Fährt er zum Sterben? Aber nein, der Mohnsaft verscheucht den Gedanken. Er fährt in das Land der Milch. Er fährt in die Zukunft, die nicht eintreten wird. Er fährt ins weiße Paradies. Er soll noch nicht aufwachen, solange die von Sertürner erfundene Mohnschrift voranläuft, der Mohnsaft der Literatur … Er soll betäubt bleiben, keinen Schmerz empfinden.

Bing! Die erste nur ihm gewidmete Ausstellung von Juni 27 blitzt auf vor seinen Augen, er sieht die Bilder hängen, in der Galerie Bing. Ja, bei Bing. Die erste. Seit Barnes' Auftauchen 1923, als der Pharmazeut seine Bilder in einem Rausch zusammenraffte und die Dollarnoten ins Atelier streute, weiß der Montparnasse alias die Welt, was der Name Soutine bedeutet. Er gilt als gemachter Mann, unwiderruflich am Ziel. Was für ein Triumph. Endlich angekommen.

Angekommen – wo? Die Leute in der Galerie werden nervös. Der Maler ist unsichtbar. Ein Mensch tänzelt durch die Menge, die ihm verwundert nachblickt. Er geht hinaus auf den Gehsteig, hält verzweifelt Ausschau in alle Richtungen.

Wo ist Soutine? Die Vernissage fängt gleich an, aber er ist nicht da? Die Leute dicht gedrängt, kaum ein Blick auf die Bilder zu erhaschen. Und er kommt nicht? Versteckt sich irgendwo. Oder streunt er durchs Viertel, schaut sich von fern die Menschengrüppchen an, die zu Bing hineindrängen? Einer läuft in Panik in sein Atelier, hinunter zum Parc Montsouris nahe der Peripherie. Kein Soutine weit und breit. Er ist nicht da. Er kommt nicht. Er ist unsichtbar.

Auch jetzt will der auf die Pritsche hingekrümmte Maler nicht auftauchen. Der Tod hält Vernissage, der Maler wird erwartet. Doch Soutine will nicht erscheinen. Bing geht leer aus. Den eigenen Tod schwänzen, boykottieren. Die Morphintinktur flüstert es ihm ein: Du bleibst versteckt, du rollst unbekannt weiter. Nur nicht aufwachen. Soll die Betäubung ewig dauern. Soll der Tod seine eigenen Bilder anglotzen. Vernissage hin oder her – ein Maler verschwindet. Und will unsichtbar bleiben.

Er liegt im Hotel an der Avenue d'Orléans 25. Die abgelebten Vorhänge sind gezogen. Er liegt schwitzend in seinem Regenmantel auf dem Bett, zieht ihn nicht mehr aus. Er trägt seinen blauen Hut. Liegt auf dem Bett und starrt an die Decke. Tagelang. Die Villa Seurat ist zu gefährlich geworden. Er setzt keinen Fuß mehr vor die Tür. Untertauchen. Er liegt im düsteren Hotelzimmer an der Avenue d'Orléans. Er fährt unerkannt im Leichenwagen zur Operation nach Paris. Er liegt auf einer weißen Bahre in der Klinik des Doktor Bog. Er ist zurück im weißen Paradies.

Doktor Bog

Sind Tage vergangen, Stunden, Minuten? Sekundentage? Wochenminuten? Die Zeit spielt schon lange keine Rolle mehr. Er liegt ganz ruhig, atmet regelmäßig, die Hände auf das weiße Laken gelegt. Das Licht im Zimmer ist blendend weiß, er hat seit seiner Ankunft keinen Wechsel von Tag und Nacht wahrgenommen. Die Klappe an der weißen Tür wird leise hochgeschoben, wieder beobachtet ihn ein Augenpaar aufmerksam. Ein rundes, regloses Gesicht. Doch dann wird die Klinke sanft gedrückt, und ein weißgekleideter, untersetzter Mann tritt ein.

Der Maler hat die Augen geschlossen, doch ihm scheint, er könne durch die Augenlider hindurch das Gesicht sehen, wie vordem durch das schwarze Blech des Citroën die Landschaften nördlich der Loire. Sein Blick hatte sich selbständig gemacht und war nach draußen geglitten. Wie damals, als er auf der Grenelle-Brücke stand und zur Winterradrennbahn hinüberblickte, die in der Zukunft vor seinen Augen in die Luft flog.

Es muss ein Arzt sein, so ganz in Weiß gekleidet. Bestimmt ist es der Chef. Gut genährt, rundlich, jetzt in Kriegszeiten. Er rückt das feine, weiß verblendete Gestell seiner Brille zurecht und stellt sich mit leiser, nicht unfreundlicher Stimme vor, wobei ein melancholisches, einsames Zucken aus seinen Lippenwinkeln huscht:

Bog. Mein Name ist Doktor Bog. Lieber Subin, ich darf Sie doch so nennen?

Ich heiße Soutine, Chaim … nein, Charles. Hier sind meine Papiere, wo sind sie, hier … bitte …

Und er beginnt, mit den Händen zu beiden Seiten seines Körpers unter dem weißen Laken nach den falschen Ausweispapieren zu suchen, die ihm Fernand Moulin, Tierarzt und Bürgermeister von Richelieu, bei der Präfektur in Tours hat abstempeln lassen. Sie bleiben unauffindbar, und der Maler ist zum ersten Mal verwirrt.

Wir wollen es hier nicht auf einen winzig kleinen Buchstaben ankommen lassen. Namen spielen an diesem Ort keine Rolle. Wir haben hier nur Fälle. Nicht einmal ich habe einen, auch wenn sie mich im Notfall Doktor Bog nennen. Also, lieber Sutinchaim. Bleiben Sie ruhig hier im Bett liegen. Entspannen Sie sich. Ganz ruhig …

Der Maler murmelt missmutig etwas über die verschwundenen Papiere vor sich hin und blickt dem selbstzufrieden lächelnden Gott in Weiß auf die Ohren.

Sie brauchen Ihre Papiere nicht mehr. Wir haben eine Karteikarte über Sie.

Hinter dem rundlichen Medizinmann steht plötzlich, als der Maler aufblickt, eine schneeweiße Leinwand für lehrreiche medizinische Erklärungen auf weißen metallischen Füßen. Der Maler Sutinchaim überlegt, wie er den weißen Gott auf diese Leinwand gemalt hätte, wie den Mondkopf mit der Glatze und die wulstigen Lippen, und wie die Glupschaugen hinter der übergroßen weißen Brille und das Knäuel der Hände. Er erinnert sich an Fouquets Porträt von Charles VII., das er so oft im Louvre besucht hat, an den Moment, wo er die zusammengerollte Reproduktion dieses Lieblingsbildes als seine Sonntagstrophäe stolz nach Hause trug. So hätte er Doktor Bog gemalt, aber natürlich ganz in Weiß, in nichts als Weiß. Wo sind wir denn hier.

Der Arzt setzt sich auf einen Stuhl und richtet seinen bescheidenen Blick unverwandt auf den Patienten.

Wissen Sie, es gibt hier an diesem Ort keine misslungenen Operationen. Wir haben einen wunderbaren Helfer im Haus. Doktor Kno.

Der Maler zuckt zusammen bei den beiden Anfangskonsonanten, die ihn an irgendeinen Namen erinnern in ihrer schroffen militärischen Einsilbigkeit. Kno. Die unheilvolle Verbindung von K und N und O war ihm schon einmal begegnet. Wo das hätte sein können, fällt ihm nicht mehr ein. Bog und Kno waren also Kollegen, oder zumindest Chef und Untergebener. Doktor Bog setzt jovial seinen Monolog fort.

Eigentlich operieren wir hier in den seltensten Fällen. In ihrem Fall wird es nicht mehr nötig sein. Betrachten Sie sich vorsichtshalber als geheilt.

Und der Gott in Weiß streichelt versonnen das große runde Einmachglas voller Flüssigkeit, das auf einem weißen Beistelltischchen neben ihm steht.

Geheilt, ich? Ohne Operation?

Ganz ohne, wir brauchen die nicht mehr. Früher hätten wir uns einen Magen wie den Ihren nicht entgehen lassen. Wissen Sie, was ich hier in diesem schönen Glas habe?

Nein, antwortet der Maler.

Es ist nicht Ihr Magen, Sutinchaim, der ist noch in Ihnen drin, aber es ist ein Magen. Vielmehr ein schönes kleines Gebirge von Schleimhautfalten, aufgeschnitten, damit man die vielen kleinen dunstigen Täler sehen kann, die zusammengehalten werden von einem Mäntelchen aus Muskelbindegewebe. Das kleine Magenschleimhautgebirge kommt aus Chicago und wird auch dorthin zurückkehren. Sie wissen doch: *The Arts Club of Chicago*, 1935, Ihre erste Ausstellung auf dem amerikanischen Kontinent?

Der Maler ist verdutzt, er weiß beim besten Willen nicht, was er hätte antworten sollen.

Nun werden Sie staunen, Monsieur Sutinchaim. Es ist der erste von Billroth resezierte Magen, 1880 wundervoll eingelegt in duftendes Formalin. Die partielle Magenentfernung war doch ein Geniestreich. Die Zweidrittel-Resektion, verstehen Sie? Die beiden Varianten der Resektion nach Billroth gehören hier noch immer zu den beliebtesten Prüfungsfragen.

Und was hat dieser Magen mit meinem …?

Wissen Sie, lieber Sutinchaim, und er zwinkert ihm mit dem rechten Auge schelmisch zu, jeder Magen hat irgendetwas mit allen andern Mägen zu tun. Und was wir hier besonders lieben, ist die Zukunftsmedizin.

Zukunfts…, wollte der Maler wiederholen, aber er erinnert sich, dass ihm in der Vergangenheit von dorther nichts Gutes kommen wollte. Also erschrickt er auch bei diesem Wort.

Sicher, und jetzt schauen Sie einmal auf dieses schöne weiße Gerät. Sieht recht kompliziert aus, nicht? Das ist etwas Besonderes. Allerdings ein kleineres seiner Art, aber immer noch so groß wie ein größerer Schreibtisch. Nur Geduld, wir schieben es auf den zarten Räderchen nahe zu Ihnen ans Bett. Es ist ein Raster…elektronen… mikro…skop… Ersparen Sie sich die Frage! Es enthüllt Ihnen im Nu die Spiralform von Helicobacter pylori.

Von Helico…?

Er ist ein prächtiges gramnegatives, mikroaerophiles Stäbchenbakterium, nennen Sie es zur Vereinfachung und ein wenig vertraulich Ihren Helicobacter. Denn sein bevorzugtes Siedlungsgebiet, wenn Sie so wollen, war Ihre Magenschleimhaut. Er ist ein spiralig gekrümmter Keim, der sich mit Geißeln fortbewegt.

Mit Geißeln?

Der Maler versucht sich ein Stäbchen vorzustellen, das sich selber vorwärtspeitscht, aber es gelingt ihm nicht. Er rutscht unruhig in seinem weißen Bett hin und her. Die weiße Leinwand hinter dem lächelnden Gott lässt ihn noch immer nicht los. Schließlich reckt er den Hals hoch und starrt auf ein merkwürdiges Viereck, das der Apparat ihm vorhält, schaut und schreckt zurück. Mit dem linken Ellenbogen reißt er einen ganzen Behälter weißer Schreibstifte mit, die mit einem zischelnden Geräusch zu Boden fallen.

Lange dachte man, fährt Doktor Bog fort, dass kein Bakterium in der Magensäure – tausendmal saurer als Zitronensäure! – überleben könne. Und jetzt werden Sie staunen: Dieser kleine Kerl aus dem Ghetto hat es geschafft. Ein schraubenförmiges, helikal gewundenes Bakterium, etwa sechs tausendstel Millimeter lang und einen halben tausendstel Millimeter dick, mit zwei bis sieben Geißelfäden an einem Ende. Man nimmt an, dass die Spiralform samt Geißeln einen Überlebensvorteil bietet, damit er sich rasch – stellen Sie sich eine Art Außenbordmotor vor – durch die für ihn tödliche Magensäure bewegen kann, um sich in der Magenschleimschicht und in den Magenzellen aufzuhalten, wo er das Enzym Urease bildet.

Enzym Urease? Der Maler denkt an das merkwürdige Russisch, das die Bewohner des Tatarendörfchens auf dem Smilowitschi gegenüber liegenden Ufer der Wolma sprachen. Die letzten versprengten Abkömmlinge der Goldenen Horde.

Dieses wiederum spaltet Harnstoff, wobei Ammoniak entsteht, das im Gegensatz zur Säure stark basisch ist. Der Helicobacter pylori umgibt sich quasi mit einer basischen Wolke, die ihn gegen die Säurezersetzung schützt. Ziemlich raffiniert, nicht wahr, Monsieur Sutinchaim?

Der Maler sieht noch immer entgeistert das Stäbchen mit den Geißeln vor sich.

Gleichzeitig bildet er ein Toxin, einen Giftstoff, der zusammen mit dem Ammoniak die Magenzellen so schädigt und verändert, dass sie vermehrt Säure produzieren. Die Magenschleimhaut entzündet sich durch dieses Mehr an Säure und ist dadurch zusätzlich in Gefahr, wiederum von Säure angegriffen zu werden. Der Magen produziert also etwas, was ihm selber zum Verhängnis wird. Genau wie Ihre Künstlerfreunde am Montparnasse. So entstand Ihr famoses Ulcus ventriculi, lieber Herr Maler. Vergessen Sie nicht: dank Spiralform und Geißeln!

Und was ist … mit meinem … besonderen … Magengeschwür? möchte der Maler scheu fragen.

Nichts Besonderes, antwortet Doktor Bog schon fast gelangweilt. Wissen Sie, wir haben hier lieber ganz seltene Krankheiten, sie interessieren uns einfach mehr. Epidermolysis bullosa, Systemischer Lupus erythematodes, Porphyria cutanea tarda, Tako Tsubo Kardiomyopathie – solche Dinge bringen uns in Ekstase. Lieber Sutinchaim, Sie haben doch nur ein banales Magengeschwür, nichts Exquisites. Seit sechzigtausend Jahren lebt unser Helicobacter in den Mägen der Menschen, und doch hat er sich so lange so gut versteckt. Man hat ihn nämlich erst 1983 entdeckt, stellen Sie sich das vor. Die Mägen der Hälfte der Menschheit bieten dem Bakterium Asyl, die Hälfte der Krone der Schöpfung ist längst infiziert! In Ländern mit mangelhaften hygienischen Verhältnissen sogar neunzig Prozent! Neunzig Prozent!

Der Maler ist verwirrt. Seit sechzigtausend Jahren? Und dann 1983? Eine verrückte Jahreszahl.

Sagen Ihnen die Namen Barry Marshall und John Robin Warren etwas?

Nein, sagt der Patient, ich kenne El Greco, Tintoretto, Rembrandt. Oder sind die beiden auch Maler?

Doktor Bog überhört die Frage.

Jetzt zur Übertragung, werter Sutinchaim. Wir wissen es nicht so genau. Fäkal-oral, oral-oral oder gar gastrooral.

Der orgelnde Gott in Weiß genießt die Reihung dieser Laute, er kann nicht genug davon bekommen, wiederholt sie gern noch einmal und stößt seinen Zeigefinger in drei verschiedene Richtungen.

Also via Ausscheidungen und Wiederaufnahme über verschmutztes Wasser oder Essen. Denkbar auch durch infizierten Magenschleim bei Erbrechen – verstehen Sie? Sogar Schmeißfliegen werden in Betracht gezogen.

Jetzt sieht der Maler Schwärme von schwarzgrünen Schmeißfliegen, ganz Europa war voll davon, von Norwegen bis nach Italien.

Sie hatten oft ein Völlegefühl wie nach einem zu üppigen Essen, was für eine prächtige Ironie Ihnen das Schicksal da beschert hat! Dass Sie im Leben oft gehungert haben, wissen wir genau, es steht in Ihrer Karteikarte. Das Druckgefühl im Oberbauch, Übelkeit bis zum Erbrechen, Appetitlosigkeit, Gewichtsverlust, saures Aufstoßen. Und dann natürlich der bohrende und brennende Schmerz, den Sie gewiss zur Genüge kennen, in der Mitte Ihres Oberbauches. Wie oft haben Sie den Finger in die Bauchdecke gestoßen, um ihn zu grüßen und zu verdammen …

Der Arzt redet versonnen und zufrieden mit sich und seiner Medizin drauflos:

Der Schmerz kommt rasch nach der Nahrungsaufnahme, weil die Magenwand, und damit auch das Geschwür, gespannt und gedehnt wird. Neben diesen Bauchsymptomen gab es bei Ihnen bestimmt auch Hinweise auf wiederholte kleinere Blutungen und damit auf Blutarmut, Anämie, nicht wahr?

Der Maler ist jetzt wirklich bleich im Gesicht, ihm

wird schwindelig von all den unerwarteten Ereignissen seines Bauches.

Ein direkter Hinweis auf kleinere Blutungen ist Teerstuhl, schwarz und klebrig, wenn das Blut mit Magensäure in Kontakt kommt und durch sie zersetzt wird. Sie denken jetzt wohl an die Teergerüche in Smilowitschi, habe ich recht? Verehrter Monsieur Sutinchaim, sprechen wir lieber ein wenig von Farben, ja?

Die Farben sind Schwestern der Schmerzen, sagt der Maler, und will Doktor Bog vom damals belauschten Gespräch in der Rotonde berichten. Doch der Häuptling spricht drauflos, ohne zuzuhören.

Das Ulkus zeigt sich in der Gastroskopie in der Regel als rötlicher Defekt in der Schleimhaut, der meist mit weißen Fibrinfäden belegt ist. Zelltrümmer, fibrinoide Nekrose. Markantes ROT und schlieriges WEISS, das müsste Ihnen doch etwas bedeuten? Soweit also das floride Geschwür. Nach Abheilung des Ulkus bleibt zunächst eine gefäßreiche rote Narbe zurück, die dann in eine bindegewebige, weiße Narbe umgebaut wird – als ob das abheilende Magengeschwür für sein Porträt Ihre Lieblingsfarben gewählt hätte, nicht wahr? Den Rock des Messdieners, die Uniformjacke des Grooms, das Taschentuch Ihres Konditorjungen. Als ob das Magengeschwür Ihnen noch im Verschwinden hätte schmeicheln wollen. Sie wären wohl der beste Maler, Monsieur Sutinchaim, der das Magengeschwür zu malen wüsste. Und schließlich folgt wie nach allen wichtigen Dingen auf dieser Welt: Weiß. Es ist die Farbe des abgeheilten Magengeschwürs. Und als Triumph – das Einwachsen eines einreihigen Regeneratepithels!

Der Maler schneidet Grimassen, wischt sich mit dem Ärmel einen Tropfen unter der Nase weg und zieht hörbar die Luft ein.

Dann hat all die Milch … die ich in meinem Leben … getrunken habe … gar nichts geholfen?

In Soutines Gesicht spiegelt sich das Elend aller Vergeblichkeit.

Wissen Sie, verehrter Herr Maler, die Geschichte der medizinischen Irrtümer amüsiert uns hier am meisten. Wir lachen uns hier manchmal halbtot, wenn wir nichts anderes zu tun haben. Sie haben jahrzehntelang Milch getrunken und Ihr Bismutpülverchen hineingeschüttet, umgerührt und gehofft. Die Säure aber floss immer weiter aus, ergoss sich in Ihren Magen, machte Sie krumm vor Schmerzen. Das stechende Brennen im Oberbauch, die Anfälle von Erbrechen, der Teerstuhl – wir wissen doch, wie Ihnen zumute war. Die Ärzte haben von zerrütteten Nerven und schlechter Ernährung gefaselt, haben Ihnen Papaverin, Laristin und irgendwelche Terpentinpräparate, Bismutsalz und andere säurebindende Mittel, Antazida verschrieben und Sie wieder weggeschickt. In Ihrem Magengeschwür haben Sie selber die Quittung gesehen für die Trinkgelage mit Ihren Malerkumpanen, für Ihre Fehltaten vor Gott und ihre schlechtgenährte Kindheit, das verschmutzte Essen. Und wissen Sie was? Dieses kleine spiralige Würstchen war schuld. Helicobacter pylori.

Dann hat die ganze Milch also nichts geholfen? fragt der Maler noch einmal, schüchtern-beharrlich.

Bitte unterschätzen Sie unsere Kühe nicht, antwortet Doktor Bog. Milch puffert die Magensäure. Sie linderte ihre Beschwerden. Danken Sie den Kühen. Danken Sie, danken Sie, Sutinchaim. Ohne sie – was wäre Ihr Leben gewesen? Noch mehr Schmerz, als ob Sie nicht genug davon bekommen hätten. Ihnen war in gewissem Sinne nicht zu helfen. Niemandem ist zu helfen. Aber jetzt kümmern wir uns um Sie.

Also gibt es eine Heilung?

O ja, es gibt immer so etwas wie eine Heilung. Von allem. Und wenn sie Exitus heißt.

Der Maler erschrickt über das spitzig vorragende Wort.

Seien Sie beruhigt. Sie kommen hier nicht einmal unter unser glückliches Messer, Sie bekommen eine Triple-Therapie. Gleich kommt mein Assistent, Doktor Livorno, und stellt Ihnen ein paar kleine Fragen. Übrigens: Er hatte Tuberkulose, Morbus Koch, die Motten eben, hoch ansteckend und zu seiner Zeit unheilbar, und fühlt sich heute wunderbar. Vielleicht amüsiert es Sie, dass mit den Bakterien infizierte Milch eine Ursache war. Und wann wurde der BCG-Impfstoff erstmals angewendet? Auch das wird Sie erstaunen. Ziemlich genau ein Jahr nach Livornos Ableben!

Der Maler starrt verdutzt auf Doktor Bog. Ableben? Und er fühlt sich heute wunderbar? Aber ja doch, solche Dinge sind hier nicht unvereinbar.

Doktor Livorno tritt schüchtern und linkisch in das Untersuchungszimmer ein, wendet jedoch sein Gesicht ab und fragt nur kurz:

Triple?

Ja, French Triple. Die Kombination von einem Protonenpumpenhemmer mit zwei Antibiotika. Nichts schöner als das. Pantoprazol, Clarithromycin, Amoxicillin.

Der Maler will diesen Wortgewittern etwas entgegnen, doch was ihm einfällt, sind nur die Namen der schrecklichen Pogrome, die die Nächte seiner Kindheit heimgesucht haben. Kischinjow, Gomel, Schitomir, Berditschew, Nikolajew, Odessa. Aber er hält sich zurück und erwidert dem leicht verächtlich lächelnden Doktor Bog:

Terra di Siena, Veronesegrün, Karmesin, Inkarnat.

Doktor Bog entfernt sich auf Zehenspitzen, verschwindet aus dem Raum, und schon tritt milde lächelnd der einst schwarzhaarige, nun völlig ergraute, von der Milch des Alters gezeichnete Assistent des Doktor Bog auf ihn zu und zückt ein schneeweißes Blatt Papier.

Der Maler traut seinen Augen nicht. Das Gesicht, diese Augen, die Lippen – das kann nicht wahr sein.

Modi, du hier, was tust du in dieser Klinik?

Doktor Livorno tut so, als würde er die Frage großzügig überhören. Der weißgekleidete Assistent mit den Zügen Modiglianis und der verblüffenden Leidenschaftslosigkeit, die nie und nimmer von dem italienischen Maler Amedeo Modigliani stammen konnte, stellt keine Fragen, legt das weiße Papier beiseite und beginnt psalmodierend und seltsam gleichgültig entrückt zu rezitieren:

Als deine Rinder pflügten und die Eselinnen bei ihnen zur Weide gingen … Das Feuer Gottes ist vom Himmel herabgefallen und hat Schafe und Knechte verbrannt und sie verzehret …

Der Maler rutscht wieder unruhig auf seinem weißen Laken hin und her. Sein Bauch ist bretthart. Nur der Schmerz ist nicht mehr da, der Schmerz fehlt. Nicht dass er ihn vermisst, aber ein fehlender Schmerz ist immer ungewöhnlich. Der jahrzehntelange Schmerz, die Krämpfe, das Zucken, das Brennen, Erbrechen. Das Wühlen in ihm, das Packen der Schmerzfaust, ihr langsames Drehen in seinem Innern.

Er sieht dem fromm gewordenen Modi direkt ins Gesicht. Der nimmt einen feierlichen Ausdruck an und will wieder etwas rezitieren, doch der Maler fragt ihn rasch:

Ist es Lautréamont, den du immer geliebt hast? Weißt du noch, die Passage mit der Laus?

Doch sein Gegenüber überhört die zweite Hälfte auch dieser Frage und antwortet schroff:

Konzentrieren Sie sich. Keine Ablenkung, *Jungermantschik!*

Und der matte Modi fängt wieder an zu psalmodieren, aber nicht wie damals, als er seinen Dante hervorschmetterte, sondern mit wattiger, wie von dämpfenden bromhaltigen Medikamenten belegter Stimme:

Die Chaldäer haben drei Haufen gebildet ... und haben sich über die Kamele hergemacht ... und sie hinweggetrieben ... die Knaben aber ... haben sie mit der Schärfe des Schwerts erschlagen ...

Doktor Livornos Gesichtsausdruck nimmt einen fragenden Ausdruck an, als wolle er wissen, ob der Patient das alles wiedererkenne, ob es in ihm Echos gebe?

Als deine Söhne und deine Töchter aßen ... und Wein tranken ... in dem Hause ihres erstgeborenen Bruders ... siehe, da ist ein großer starker Wind ... von der Wüste her eingefallen ... der hat die vier Ecken am Hause ergriffen ... und ist das Haus auf die jungen Leute gefallen ...

Sie müssen sich doch daran erinnern, sagt Livorno mit vorwurfsvoller Grimasse.

Nichts, nein, nichts.

Er lächelt jetzt diesen Pseudo-Modi nur an und fragt ihn:

Soll ich dir das Kälbchen singen?

Doch Doktor Livorno lässt sich nicht ablenken und psalmodiert weiter.

Nackend bin ich aus meiner Mutter Leib gegangen … nackend werde ich wieder dahingehen … wenn er mit der Geißel eilends tötet … so lachet er der Prüfung der Unschuldigen … um die Zelte der Räuber stehet es wohl … und die frevelhaft wider Gott handeln … wohnen sicher … denen ihre Faust ihr Gott ist …

Der Maler schließt die Augen und stellt sich schlafend. Er weiß nicht, wie viel Zeit vergangen ist. Die Operation sei gelungen oder gar nicht notwendig, hat Doktor Bog gesagt. Er hat keine Schmerzen mehr. Er wundert sich, dass alles keine Schmerzen hinterlässt. Und keine Naht. Keine Narbe. Wie waren sie in ihn eingedrungen? Ohne Spuren zu hinterlassen? Er fühlt sich leicht. Hat der Gott in Weiß nicht gesagt: Betrachten Sie sich vorsichtshalber als geheilt. Geheilt! Ein merkwürdiger Zustand. Ein schmerzloses Gefühl von verblüffender Leichtigkeit. Zweifelhaft, zögernd, paradiesisch.

Der Schmerz war einmal wie ein zweiter Puls gewesen, er hatte nach ihm getastet, ihn mit den Fingern abgehört, ihn verflucht. Der Schmerz hatte zu ihm gehört wie sein Atem, sein Schweiß, wie seine Körpersäfte. Zu sagen, er vermisse ihn jetzt, wäre nicht das Richtige.

Vermisst nicht, wie sollte er, aber es ist jetzt ein Etwas nicht mehr da, das zu ihm gehört hatte wie ein Organ, ein Körperglied, eine bohrende Empfindung. Er fühlt sich amputiert, vom Schmerz amputiert. Aber das scheint ihm so widersinnig, dass er sich verbietet, darüber nachzudenken. Einmal glaubt er ganz kurz, er sei noch da, aber es ist eine Täuschung. Da war nichts mehr. Sein Magen war schmerzlos abwesend. Und er denkt noch an Doktor Livornos merkwürdiges Auftreten und sein leidenschaftsloses Rezitieren, das so ganz anders war als damals, als Modigliani dem Malerkollegen Chaim Soutine wie besessen Lautréamonts Laus-Episode und Dantes Wald der Selbstmörder rezitierte. Jetzt war er so seltsam abgeklärt gewesen.

Und griff den Hiob an mit bösen Geschwüren ... von seiner Fußsohle an ... bis auf seinen Scheitel ... also dass er eine Scherbe nahm ... sich damit zu kratzen ... und in der Asche saß ...

Der Maler hat die Augen geschlossen und stellt sich weiterhin verbissen schlafend. Doktor Livorno aber will in seinen Ohren nicht mehr aufhören. Er psalmodiert still und versonnen in die weiße Farbe hinein.

Finster seien die Sterne ihrer Dämmerung ... sie warte auf das Licht ... und es komme nicht ... sie sehe auch die Streifen ... der Morgenröte nimmermehr!

Modi und die fliegende Frau

Halt, nicht springen! Nicht springen! Nicht springen!

Der Maler will es herausschreien, sich von der Pritsche erheben, doch Marie-Berthes Hand drängt ihn sanft zurück und wendet das weiche Tuch auf seiner Stirn auf die andere Seite.

Bleib ruhig, keiner will aus dem fahrenden Auto springen …

Nicht Auto, aus dem Fenster, die Frau da oben, du musst sie zurückhalten …

Ma-Be erkennt den Traum wieder, von dem er ihr oft erzählt hat. Und sie wundert sich jedes Mal:

Warum nur siehst du immer Frauen aus dem Fenster springen?

Nicht Frauen, eine Frau … Jeanne.

Soutine sieht plötzlich, als der Leichenwagen über ein Straßenloch auf einer dieser endlosen Landstraßen rollt und ein Ruck durch den Wagen fährt, eine junge Frau, die sich aus dem Fenster im fünften Stock stürzt. Es ist die Rue Amyot, er weiß es genau, und doch nicht dort. Anderswo, aber die Bewegung ist immer die gleiche. Sie steigt auf das Fensterbord, ihren Rücken der Straße zugewandt, dann macht sie einen Schritt rückwärts. Diesen Schritt sieht er immer wieder, und sein entsetzter Blick hinauf und sein Schrei schaffen es nicht, ihn aufzuwecken. Der Morphinmessias wird auf dem Gehsteig der Rue Amyot anhalten und hinaufrufen:

Halt! Nicht springen! Nicht springen!

Doch er kann noch so lange die Hand ausstrecken, die

Frau ist nicht mehr aufzuhalten und prallt mit einem trockenen Geräusch auf die Pflastersteine. Keiner hört die splitternden Knochen, keiner sieht das Blut aus ihrem Mund rinnen. Es ist keiner mehr da. Die Rue Amyot ist völlig leer.

Warum tut sie das, murmelt der Maler, und Ma-Be versteht nicht.

Doch, er hatte einen Freund, den unwahrscheinlichsten der ganzen verwahrlosten Horde. Amedeo! Im Kriegsjahr 1915. Amedeo. Ein italienischer Liebling der Götter, dem dieselben mit elf die Rippenfellentzündung, mit vierzehn Typhus und ein Fieberdelirium von über einem Monat, das ihn zwischen Leben und Tod pendeln ließ, und mit sechzehn die Tuberkulose und Bluthusten schickten? Bei dem Namen. Götterliebling? Zynische Götter für Modi le Maudit. Modi der Verfluchte. Dem Soutine später nicht verzeihen kann, dass er ihn in seine Räusche mitriss. Verfluchter Alkohol, der die tödliche Säure seiner Magenwand noch anstachelte.

Keiner hätte es voraussehen können. Modi und Chaim. Der Alleweltverführer, der Blender und verkleidete Aristokrat, nimmt zwischen zwei Räuschen und der großen Rage den scheuen schmatzenden Schweiger unter seine Fittiche. Monsieur Montparnasse schüttelt den Kopf. Der Sohn ruinierter Holzhändler aus Livorno und der Sohn des Flickschneiders aus Smilowitschi – das absonderlichste Freundespaar, das er je sah. Er kommt aus dem Staunen nicht mehr heraus. Der eine lacht laut, rezitiert endlos seinen Dante, nein, schmettert ihn in die Luft mit seinem rollenden, vor Lust an den Lauten berstenden Italienisch. Soutine sitzt schweigend in einer Ecke, greift sich an den Kopf, leckt sich seine Lippen und staunt über das Schauspiel.

Modi, ewig betrunken von Absinth und Fusel, ein Leben – ein Rausch. Er raucht Haschisch und Opium und behauptet, es seien die einzigen verfügbaren Mittel gegen seine Tuberkulose. Aber immer frisch gewaschen. Keinen Tag ohne den Schritt in die alte verbeulte Wanne. Sauber geht er auf die Jagd in die Cafés am Montparnasse. Er kann – alles, wirft die Sachen aus dem Handgelenk aufs Papier, rasch muss es gehen, so rasch wie das Leben, für keine Skizze braucht er mehr als ein paar Minuten. In den Cafés lauert er auf den Zufallskunden, der ihm für ein Bleistiftporträt ein Glas Gin herüberschiebt. Er bezahlt mit seinem Block. Die unanständige Leichtigkeit, mit der er ein paar Linien, Kopf, Augen, eine Nase, einen hochmütigen Mund auf das Papier wirft.

Für den bizarren Freund aus Smilowitschi ist jedes Bild eine zermürbende Qual, die meist mit der Zerstörung endet. Sauberkeit ist keine Lösung, um mit denen da draußen zu verkehren. Soutine baut inzwischen aus Körpergerüchen einen dichten Wall gegen die Welt. Er will auf die Schutzmauer nicht verzichten. Wer ihm zu nahe kommt, dreht frühzeitig ab. Der starke Geruch ist eine Waffe gegen die zudringliche Welt.

Der erfinderische Modi zeigt ihm sogar, wie man mit Läusen und Wanzen umgeht, wie man sich die lästigen Mitbewohner vom Leib hält. Er schiebt die beiden durchgelegenen Matratzen in der Cité Falguière nahe zusammen und legt um die Matratzeninsel einen Wall aus Asche an. Doch dann behauptet er, die schlauen Viecher kletterten zur Atelierdecke hoch und ließen sich von dort auf die Bewohner niederfallen, die eine Kerze neben sich und ein Buch in den Händen halten. Einfallsreiche Tiere, sie sind so viel schlauer als wir.

Soutine hört nichts mehr. Foujita, der Blindenführer, der Mitbewohner in der Cité Falguière, führt ihn ins

Laënnec-Hospital. Was haben wir denn da? Viele kleine Wanzeneier. Der Arzt staunt nur und fischt ein ganzes Wanzennest aus dem Ohr des Malers hervor.

Soutine hört wieder. Und noch im Leichenwagen hört er Modiglianis Stimme. Sie ist da, an seinem linken Ohr, das am Ende seines angewinkelten Armes in seinem Handteller liegt. Soutine lauscht. Sie ist da.

Es gibt ein Insekt ... das die Menschen auf ihre Kosten ernähren ... es mag keinen Wein ... es zieht Blut vor ... fähig wäre es ... durch dunkle Macht ... so groß zu werden wie ein Elefant ... und die Menschen zu zertreten wie Ähren ... man gibt ihm den Kopf als Thron ... da kommt sie schon, seine unzählbare Familie ... mit der es euch freigebig beschenkt ... damit eure Verzweiflung weniger bitter sei ...

Was, du weißt nicht, wer Lautréamont ist? schreit es jetzt an Soutines Ohr. Ja habt ihr in eurem verfluchten Dorf nur den Talmud gelesen?

Wo war es nur, dass Modi ihm Lautréamonts bitteren Lobgesang auf die Laus mit rollendem R in die Ohren krächzte? Im Bienenstock, in der Cité Falguière? Modi redet sich in Trance und Ekstase, wenn er die Gesänge des Maldoror rezitiert, sie sind sein Evangelium, seine tägliche Frohbotschaft, seine teuflische Litanei. Nirgends geht er hin im fleckigen dunklen Cordsamtjackett ohne dieses zerschlissene kleine Buch in der Seitentasche. Er rennt umher in seinem Atelier und wirft dem Zuhörer blitzende Blicke zu, er wird selber zu Lautréamonts gefallenem Engel, zum satanischen Verführer, der Rache nimmt und Gott bestrafen will für die Erschaffung des misslungenen Menschengeschlechts. Soutine hört Modigliani noch immer die Sätze des Maldoror röcheln, husten, pfeifen, krächzen. Ein Dybbuk hat von ihm Besitz ergriffen. Seine Tuberkulose spricht aus der Sprache Lautréamonts.

O Laus mit der eingeschrumpften Pupille ... solange die Menschheit durch fatale Kriege ... sich die eigenen Flanken zerfleischt ... solange die göttliche Gerechtigkeit ... ihre Racheblitze auf diesen egoistischen Erdball schleudert ... solange der Mensch seinen Schöpfer verkennt ... und ihn nicht ohne Grund verspottet ... wird dir die Herrschaft über das Weltall sicher sein ...

Er badet in den schwarzen Fluten des Maldoror mit seinem höhnisch leiernden Gesang, den er verzückt und angeekelt von seinen Lippen stößt. Modiglianis Mund ist voll von Maldoror. Immer wieder hält er Soutine vor, was er alles nicht gelesen hat, er zwingt ihn zu lesen.

Wie frei Modi ist, wenn er rezitiert. Wie frei von allem Schmerz, wenn er nichts ist als seine Stimme. Seine Zunge leckt am ewigen Salzstock. Opium und Poesie. Baudelaire heilt seine Tuberkulose für Minuten. Wie losgelöst von allem, wie herrlich in seinem verkörperten Schmerz. Chaim sitzt gebannt von den krächzenden Grimassen auf der Matratze am Boden und schaut zum tobenden Modi auf, wenn er den Lobgesang auf die Laus herausbrüllt.

O Tochter des Schmutzes! ... O Schmutz, König der Weltreiche ... bewahre den Augen meines Hasses das Schauspiel ... deiner ausgehungerten Brut ...

Er sitzt wie festgenagelt, versteht kaum etwas, aber was er versteht, jagt ihm Angst ein. Woher diese Freiheit, wie kann Modi die Schriften seiner Herkunft in diesen giftigen Litaneien verhöhnen, Thora und Talmud, all die Bücherlast der Väter? Die Gesänge des Maldoror waren seine Bibel, mit der er die steineichenalten, bärtigen italienischen Rabbis in Livorno und in der eigenen Sippe erschreckte. Sie halten sich die Ohren zu.

Noch jetzt im Leichenwagen, der ihn ins weiße Paradies tragen wird, fühlt sich Soutine schuldig und verflucht, weil er diesem betrunkenen Prediger aus Livorno sein überwältigtes Ohr geschenkt hat. Modi wusste nicht mehr, wer er war. Er fordert ihn zum Trinken auf, er befiehlt ihm, berauscht zu sein, befiehlt ihm, endlich Bücher zu lesen.

Berauscht euch! schrie ihm Baudelaire ins Ohr. Und er musste gehorchen, den Schrei weitertragen.

Dante scherbelt er laut und gestikulierend auf den Montparnasse-Boulevard, dass die Passanten erschreckt zur Seite weichen, und Baudelaire saugt er mit verzerrten Lippen aus wie eine Zitrusfrucht. Der Tod der Liebenden! *La mort des amants!* So tief und weich, als ob es Gräber wären, lass unsere duftend leichten Betten sein.

Nur wenn er Dantes Inferno rezitiert, mit Schmerzensschreien der Verdammten, ist er noch giftiger, noch überzeugender. Der dreizehnte Gesang! Wenn sie den Blutstrom überschritten haben und zum Wald der Selbstmörder gelangen, die zu wilden Sträuchern verwandelt sind, gezaust von den Harpyien, röchelt er und stöhnt, dass der Zuhörer zusammenzuckt:

Warum fügst du mir Schmerzen zu? jault Modigliani durch die Cité Falguière.

Der Jenseitsreisende reißt einen Zweig ab, aus dem Blut hervorströmt, und eine Stimme bricht aus dem Strauch, Pier della Vignas verwundete Seele schreit:

Warum zerreißt du mich? Hast du gar kein Mitleid mit mir? Wir waren Menschen, nun sind wir Gestrüpp.

Und Modi krächzt, krümmt sich in seinem nur halb inszenierten tuberkulösen Schmerz. Worte und Blut quillen aus dem Astbruch. Modi ist selber der abgerissene Zweig, er ist die gepeinigte Stimme des Selbstmörders. Er ist Dantes blutende Lunge. Er ist die Tuberkulose des Weltalls. Und Soutine hat seine Augen weit aufgerissen, sitzt auf der von Wanzen belagerten Matratze und beißt sich in den Ärmel. Dante krächzt wild in Richtung seiner schmerzenden Magenwand. Modi ist sein eigener König, der König von Livorno. Er braucht keinen, aber den.

Modis Schamlosigkeit. Er malt öffentlich, wie er öffentlich liebt. Wenn er getrunken hat, zieht er sich aus und zeigt seinen göttlichen Körper den englischen Ladys, die sich entsetzt abwenden. Und wie schamlos er seine nackten Göttinnen malt, die ihre Brüste dem Betrachter anbieten, ihre Schenkel, ihr dunkles wirres Dreieck. Die scheuen Verkäuferinnen und Provinzlerinnen, die in die Hauptstadt kamen, ihr Glück zu finden, und die er mit sicherer Routine ins Atelier abschleppte und auszog. Antonia, Adrienne, Rosa, Louise, Victoria, Marguerite, Almaisa, Lolotte – nichts blieb von ihnen, nur ihre Pose auf seinen Leinwänden, nur ihr hübsches Gesicht und ihr nackter Körper auf Sofas und Liegen. Ihre blendenden Brüste, schwarzen Wäldchen, ihr rufendes Geschlecht.

Jeder erinnerte sich an Modis erste Ausstellung und den Skandal, den die Bilder auslösten. Er lebte bei Zbo und Hanka nach dem Bruch mit Barbara Hastings. Malt im Wohnzimmer, Zbo besorgt Farben, Pinsel, Alkohol und Modelle. Lass ihn nur machen, überlass ihn dem Rausch. Die Nackten folgen sich 1917 in einer fiebrigen Reihe. Er lässt das straffe Fleisch sich dehnen, runden, prahlen mit seiner rosigen schamlosen Nacktheit. Zbo organisiert die Ausstellung in Berthe Weills Galerie im

Dezember 1917. Am Tag der Eröffnung will der Bezirkskommissar, der in der Rue Taitbout sein Büro gegenüber hat, die Ausstellung wieder schließen lassen. Er hat den Auflauf vor den Galeriefenstern beobachtet. Die Leute bleiben stehen, starren auf die Nackten, ihr empörend entblößtes Schamhaar, ihr triumphierendes Geschlecht. Schütteln die Köpfe und können sich nicht losreißen. Tumult liegt in der Luft.

Wir haben Weltkrieg, und diese Bande vom Montparnasse stellt ihre Schweinereien aus.

Modis paradiesische Schamlosigkeit, Chaims unbekehrbare, unheilbare Scham. Das nackte Modell versetzt ihn in panische Angst und Lähmung. Es gibt einen einzigen Akt, 1933, einer hat sie Eva genannt. Nicht ihre Nacktheit malen, nein, ihre hastig verdeckte Blöße. Nicht das von Modigliani zelebrierte schwarze Dreieck, sondern das im Gesicht dahinhuschende Schamgefühl. Im Augenblick der Vertreibung aus dem Paradies.

Alle Leichtigkeit ist Last für den andern aus Smilowitschi. Sie sitzen bei Zborowski in der Rue Joseph-Bara 3 um den Tisch, Kisling ist auch da, sie essen Minestrone, die Lunia Czechowska zubereitet hat. Modi ist satt, wischt sich den Mund am Ärmel ab und springt auf.

Chaim, jetzt mach ich dein Porträt.

Er greift nach einer Palette, geht zur Tür des Wohnzimmers und fängt an, direkt auf die Tür Soutines Porträt zu malen, schwungvoll, rasant: Chaim unter seinem verbeulten Hut. Gleich auf die Tür, zum Vergnügen, zur Verdauung. Alle staunen, lecken sich die Lefzen. Und Hanka Sierpowska, Zbos Lebensgefährtin, die den schmutzigen Maler nicht ausstehen kann, findet ihn jetzt jeden Morgen vor sich auf der Tür. Einer von Modis Scherzen. Schamlos, windschnell, zur Verdauung. Soutine prangt von nun an auf der Tür und schaut allen Gästen in die Suppenteller. Als Hanka mault, erwidert Modi, die Tür werde einmal in Gold aufgewogen, fern in der Zukunft. Und Hanka:

Aber bis dahin müssen wir noch mit ihr leben.

Modi malt mindestens vier Porträts von Chaim, er aber keines von ihm. Eleni sagt es einmal weit nach Mitternacht in der Rue de la Tombe-Issoire mit verhaltenem Atem am Telefon:

Schau auf seine rechte Hand!

Sie meinte ein ganz bestimmtes Porträt, aus einer Privatsammlung. Ringfinger mit kleinem Finger angelegt, zusammen abgespreizt von den beiden andern, ebenfalls dicht angelegten: Zeigefinger und Mittelfinger. Sie hatte solche in der Mitte gespreizten Hände auf Grabsteinen gesehen. In Prag oder in Krakau, sie erinnert sich nicht genau. Die segnende Hand der Kohanim, der Priester, die nach der Zerstörung des zweiten Tempels in alle Welt verstreut wurden.

Verstehst du, Modi macht aus Chaim einen Priester, eine segnende Hand des Kohen. Eines malenden Kohen, ein leuchtendes Paradox, denn nie würde ein Priester des Tempels das Bilderverbot übertreten.

Aber warum weigerte sich Soutine, ein Porträt von Modigliani zu malen?

Weil er ihn sich nicht als gealterten Menschen vorstellen konnte. Wenn Soutine Personen malte, alterten die Modelle sichtbar vor seinen Augen. Sie saßen ein paar Stunden vor ihm und waren in der Zeit Greise und Greisinnen geworden. In den Gesichtern hatten alle Jahre ihr Werk schon getan, sie gruben sich tief ein in Falten und Runzeln, verzogen den verwirrten Mund der Menschen, die Wangen verrutschten, die Nase wurde übermächtig, das Ohr war immer schon uralt. Und der bekannte Tod meldet sich mit verhaltenem Lärm in diesen Gesichtern an. Die jugendliche Paulette Jourdain, Zborowskis Angestellte, saß ihm oft Modell. Sie war achtzehn, und er malte sie als eine steinalte, vom Leben tief gezeichnete Frau.

Paulette, rühr dich nicht, bleib so, keine Bewegung mehr.

Es dauerte Stunden, der Maler war anderswo, dauernd unzufrieden, er hackte tief in die Farben, misshandelte die Leinwand. Und das schmerzhaft erstarrte Modell. Sogar die Kinder sind greisenhaft, selbst die Puppen in ihren Händen – uralte, ausgegrabene Spielzeuge. Die Kinder sind schrumpelige, allzu früh in die Welt verstoßene Föten. Totgeborene Greise. Verrenkte Mumien, verklebt vom Schweiß der Farbe. Warum verformt Soutine die Körper seiner Modelle? fragt ein Neugieriger. Und Modigliani antwortet: Aber nein doch, das Modell wird während der Sitzung das, was er sieht, das Unsichtbare hinter dem Schein. Der vom Leben malträtierte, längst vom Absterben gezeichnete Mensch. Die Offenbarung unseres letztgültigen, finalen Zustands.

Soutine fürchtet sich vor dem Malen des Porträts, weil er weiß, dass das Modell vor seinen Augen bestürzend rasch zu altern beginnt, kaum hat er den Pinsel angerührt. Er hat Angst vor seiner eigenen Alterungsmaschine. Sein dunkles Auge sieht bereits den Verfall des Körpers in der vor ihm sitzenden Person, die panisch verschlungenen Hände, die entsetzten Greisengesichter, die sich schämen, noch immer auf der Welt zu sein.

Hast du das schon gesehen? fragt Eleni. Unter Modiglianis Porträts findet man keinen einzigen alten Menschen, nur straffe, jugendliche Göttinnen, solide runzellose Männer.

Und weißt du, was? Soutine hat Modi nie gemalt, weil

er unter seiner Hand rasend schnell gealtert wäre. Modigliani wusste selber, dass er jung sterben würde, und Soutine wusste, dass es ihm nicht zustand, in dieses Gesicht den Greis hineinzulesen, den es nie geben würde. Einen also wagte er nicht zu malen, den jugendlichen italienischen Gott aus Livorno, der nicht alt werden wollte, der wusste, dass seine Tuberkulose recht behalten würde und der fortwährende Rausch. Chaim betrachtete Modi von der Seite und wusste: Ihn wird es nie als Greis geben, es war unvorstellbar, es war nicht sichtbar. Soutine war verstört – bei allen sah er lange vor der Zeit das durchfurchte Greisengesicht, nur bei Modigliani konnte er es nicht erkennen. Er sah dort nichts. Dieses Gesicht gibt es nicht in der weltweiten Galerie der Greise, die seit Urzeiten über uns wachen. Also ließ er es bleiben.

Prinz Modi! Warum war er so früh abgehauen im Jahr 1920? Soutine war nicht in Paris, er war in Vence, wo Modi ihn 1918 hingelockt hatte. Er erfuhr es dort unten, auch den Selbstmord Jeannes, die sich, im achten Monat schwanger, aus dem Fenster stürzte. Den leuchtenden Farben des Südens war plötzlich Asche beigemischt.

Er kam früh ans Ziel, mit fünfunddreißig. Kurz leben, schnell, kurz, schnell. Keine endlose Fahrt im Leichenwagen durch alle Provinzen Frankreichs. Kein Altern, keine verschlafene Reifung, nur Absinth, Äther, Haschisch. Die Tuberkulose mischt das Rauschgetränk. Er war nicht in Paris, ließ sich von Kisling alles erzählen, jedes Detail. Kein Tod hat ihn so erschüttert. Er will keinen Tropfen mehr anrühren, weil jeder ihn an Modi erinnert und an die furchtbarsten Trinkorgien, die seinem Magengeschwür je zugemutet wurden. Jahrelang wird er böse sein auf den Ewigberauschten.

Modi trank keine Milch. Alles, was greifbar war, hochprozentigen Absinth, die grüne Fee, das Thujon-Gebräu, aus Wermut, Anis, Fenchel. Dann die *mominette,* den billigen Fusel aus Kartoffelschnaps. Trank, um alles zu beschleunigen, sich selbst zu beschleunigen. Wenn er getrunken hat, wird der sanfte, charmante, kluge Prinz zur Furie, sucht Streit, schlägt um sich. Die grüne Fee schickt ihm Halluzinationen, furchtbare Delirien. Einmal erwacht er morgens, weil jemand an seinem Arm zupft. Er will sich bewegen, kann nicht. Fühlt seine Knie am Kinn, liegt eingekrümmt in einem Abfallkorb am Straßenrand, zwei Straßenfeger haben ihn lachend geweckt. Ein Gott im Abfalleimer! Zerknülltes Bündel, verkaterter Gott.

Soutine merkt sich jede Einzelheit von Kislings Bericht. Er sieht jetzt im Leichenwagen Modis Beerdigung vor sich, der ganze Zirkus Montparnasse hat sich versammelt, um Modi das letzte Geleit zu geben. Kisling verschickt Rohrpost an alle Kumpane. Versammlung am 27. Januar, 14 Uhr 30 in der Charité, wo er gestorben ist, Beisetzung auf dem Friedhof Père-Lachaise. Modis Bruder Emmanuele hatte telegrafiert:

Begrabt ihn wie einen Prinzen, es soll an nichts mangeln, bitte einen italienischen Trauerzug mit Blumen, Pferden, Tränen, Gesang.

Er zieht an der Rotonde vorbei wie vor einem Tempel, eine große Menschenmenge auf den Gehsteigen, die sich auf die Zehenspitzen erhebt, um den Wagen zu sehen und den Italiener, den alle lieben und dessen Bilder doch keiner haben will. An allen Kreuzungen stehen die Polizeibeamten stramm und grüßen militärisch. Vermutlich ein Abgeordneter, ein Senator.

Der Tod hat ihn früh aufgesucht mit seiner Spürnase. Beschnüffelt den Körper wie eine Hundeschnauze, sucht den Eingang, sucht sich ein passendes Organ für sein Werk. Herz, Lunge, Hirn, Magen, bitte sehr. Er liebt die

Varianten. Einmal keucht er vor Eile, dann täuscht er Gelassenheit vor. Er spielt gern, beschleunigt, drosselt und dämpft. Er ist wählerisch und liebt die Abwechslung. Nur der Tod ist Gott. Er sucht sich einen Maler aus Livorno, wählt sich die Tuberkulose. Der Maler hilft ihm sehr bei der Arbeit, trinkt maßlos, schnüffelt Äther, raucht Opium. Oder er sucht sich einen aus Smilowitschi, wählt sich ein Magengeschwür als Eingangstor. Nur zu. Wir lassen uns drei Jahrzehnte Zeit. Warten noch die Besatzer ab. Bestellen inzwischen einen Leichenwagen.

Das gefälschte Staatsbegräbnis hätte Modi gefallen. Soutine wäre viel zu spät gekommen. Und der andere wird überhaupt nicht kommen zu seiner geheimen Verscharrung. Es wird kein Staatsbegräbnis werden.

Und was ist mit seiner kleinen Madonna? In der Colarossi-Akademie an der Rue de la Grande Chaumière hat er sie kennengelernt, wo sie Studentin war. Bei einem Maskenball, im Frühjahr 1917. Sie ist neunzehn. Sanftes Gesicht, breiter Mund und Nase, kleine byzantinische Ikone, zwei klare vergissmeinnichtblaue, mandelförmige Augen. Zwei Haarflechten, links und rechts, mit kupferfarbenem Einschlag, dunklen Schnecken gleich angeordnet. Bleiches, wächsernes Gesicht, das mit dem dunklen Haar kontrastiert. Entenblaues Kleid, veronesegrünes Stirnband.

Modi sieht sie geradewegs aus den Gemälden seiner Italiener steigen in das Wrack seines Lebens. Er hat seit vierhundert Jahren von ihr geträumt. Nach der Hölle mit der unberechenbaren, extravaganten Beatrice Hastings sucht er andere Frauen, ergebene, stille, sanfte Dulderinnen, die keine Szenen machen. Eine schlanke, wandelnde Statue mit einem unsagbar traurigen Blick. Sie lacht nicht, sie scheint zu träumen, ist abwesend, scheu, nicht von hier.

Sie erinnert an jenes Mädchen aus Rimbauds Kindheit. Modi hatte Chaim die Illuminationen aufgedrängt. Nimm das, lies es endlich. Lies die Kindheit, lies *Enfance.* Sie ist das Mädchen mit den Orangenlippen, das Rimbaud am Waldrand sah. Es fällt ihm jetzt im Leichenwagen wieder ein, als sein Ohr am Handteller lauscht. Jene ganze Passage. Es kreuzt die Knie in der hellen Sintflut, die aus den Wiesen strömt. Am Waldrand, ja, Traumblumen bimmeln, bersten, blenden. Und ihre Nacktheit wird umschattet, durchquert und gekleidet von Regenbögen, der Welt der Blüten, dem Meer. Ja, sie ist das Mädchen mit den Orangenlippen, das Rimbaud am Waldrand sah. Sie ist die kleine Tote hinter den Rosensträuchern.

Jeanne, die kleine Madonna, läuft ihrem Modi-Prinzen hinterher, schleppt ihn nach Hause, wenn er betrunken ist. Ihre Eltern sind entsetzt, versuchen sich zurückzuhalten, aber ihr Bruder André liegt im Norden in den Schützengräben, brüllt vor Wut, dass die zerbrechliche Schwester an diesen Frauenbetörer geraten ist. Sie verschwindet eines Tages, ohne eine Nachricht zu hinterlassen, verlässt die Familie, um mit ihm zu leben. Dem Tuberkulosewrack, Rauschgiftsüchtigen, Ausländer noch dazu und entlaufener Jude aus Italien. Und seine sanfte Jeannette will nur den haben und keinen andern.

Die Familie weiß nicht, wohin sie verschwunden ist. Schon im Juli 17 wohnt sie mit ihm im L-förmigen Raum unterm Dach an der Rue de la Grande Chaumière. Ein Bett, eine Kommode, der Schlauch des Ateliers. Zbo hofft, dass Modis Leben jetzt ruhiger wird. Aber Modi kann nicht aufhören mit den Räuschen, den zerstörerischen Wutausbrüchen. Im Sommer brennen Metallblende und Teer der Schwarzpappe, im Winter fehlen die Kohlen, das eisige Reich zu beheizen. Jeanne bringt im

November 18 ein Mädchen zur Welt. Giovanna. Sie will, dass er sie heirate, er hasst sie dafür, will keine Familienstricke um die freie Hand. Die Hand muss malen, verstehst du. Sie gibt alles auf, auch sich selbst, damit er bleibt. Sie sitzt Modell, wischt seine Kotze auf, verehrt ihn mit stummer Ergebenheit. Eifersüchtig beobachtet sie seine Modelle. Dann taucht auf den Bildern noch die schöne Schwedin Thora Klinckowström auf. Oder Lunia Czechowska, deren Mann Casimir er völlig ignoriert. Er liebt sie im Sommer 19, als Jeanne mit ihrem Säugling in Nizza zurückbleibt. Für Modi ist seine Beute immer allein. Sie wartet auf ihn.

Er ist ein lebender Verfall, doch der Jagdinstinkt will nicht nachlassen. Der spanischen Grippe war leichter zu entkommen. Verliert nach und nach seine Zähne, ein schwarzer Strudel zieht ihn immer tiefer hinab. Beim Malen die letzte verzweifelte Erregung, die auf das Modell überspringen will, der letzte Sprung, ein letztes Bespringen eher. Er fühlt sich nur noch am Leben, wenn er trinkt oder malt, und beides gleichzeitig. Er weiß, dass das Sterben schon begonnen hat. Aber wann? Minuten oder Jahre vorher?

Er lebt, obwohl er schon zweimal tot war. Er ist ein Auferstandener mit Aufschub. Als er sechzehn ist, geben ihn alle auf, als die Tuberkulose ausbricht. Keiner hat so lange überlebt. Schon 1900 legen die Ärzte die Hände in den Schoß. Er ist schon tot. Und zwei Jahrzehnte noch lebt er als trinkender heiliger Blutspucker. O Calmette, o Guérin, o BCG, im Jahr nach seinem Tod kommt die Impfung in die Welt, verspätete Schiffe!

Er faselt jetzt von einem Schiff, das ihn in ein schönes Land bringen wird. Und er verwechselt es immer wieder mit Italien, wo seine Mutter wartet und die sinnlos erhoffte Heilung. Nur noch zurück, da vorne sieht es nicht mehr nach Heilung aus. Sein Mund schäumt, seine Schreie und Flüche zerreißen die verbliebene Leinwand.

Und Jeanne lauert und beobachtet. Eine Katze, die aus den Augenwinkeln alles sieht, was um ihr Einziges kreist. Modi spuckt Blut und trinkt, um den Schmerz zu betäuben. Seine Tuberkulose wird beschleunigt durch die bitteren Säfte. Was gerade greifbar ist. Durch Hunger und Kälte fühlt sie sich ermutigt. Und er haucht Zbo zu:

Wäre es nicht großartig, wenn wir unsere eigenen Leichen betrachten könnten? Ich lasse den Schlamm hinter mir. Ich weiß alles, was es zu wissen gibt.

Er ist ein schwer atmender Irrer geworden, der sich von seinem tuberkulösen Hass nährt. Ja, die Bazillen des Hasses verbünden sich mit der Tuberkulose. Er hasst Jeannes Ergebenheit, ihre Selbstaufgabe, ihre stumme Passivität, ihre Komplizenschaft mit seiner Selbstzerstörung. Und er hasst ihren zweimal gerundeten Bauch. In den letzten Porträts malt er sie hässlich, unförmig, traurig.

Sie schaut in der Rue de la Grande Chaumière ihrem Liebling beim Sterben zu, ohne den Arzt zu rufen. Es ist Januar. Die Tuberkulose ist auf sein Gehirn übergesprungen, die Bazillen finden ihren Weg. Der Ofen bleibt leer, keine Kohlen da. Kleine Tröpfchen bilden sich an den Wänden, verbinden sich, rinnen herunter. Die kleinen Fenster sind beschlagen, das L-förmige Schiff ist nicht mehr steuerbar, es treibt über die Dächer von Paris. Wasser muss im Hof geholt werden, doch Jeanne steigt nicht mehr hinab, um ihren Liebling nicht eine Sekunde aus den Augen zu lassen. Kerzenstummel sind noch da, Öllampen. Sie hat sein Sterben für sich reserviert, es gehört nur ihr. Modi läuft jetzt nicht mehr weg. Er wird ihr für immer gehören.

Sie sind völlig allein. Ortiz ist für eine Woche weggefahren, Zbo liegt mit der Influenza im Bett. Jeanne sitzt zusammengekauert neben ihm auf der Matratze, pflückt jede Sekunde dieses Anblicks. Den Arzt rufen, wozu? Er ist doch hier bei ihr. Sie schaut ihren Prinzen lange und stumm an. So also stirbt man. Sie will aus diesem Dreck mit ihm in den Himmel fliegen, wie es ausgemacht war. Sie hatten einen Pakt.

Als Ortiz zurückkommt, findet er Jeanne noch immer in derselben Position, zähneklappernd vor Kälte, in einer unvorstellbar verschmutzten Wohnung. Leere Flaschen, offene Sardinendosen, über die sich eine Eisschicht gelegt hat. Metall mit schwappendem Ölgrund. Die beiden zueinander gerückten Matratzen zeigen Ölschlieren. Sie haben seit acht Tagen nur Ölsardinen gegessen, die glitschigen Fische mit den Fingern herausgeklaubt und in den tauben Mund geschoben. Keine warme Mahlzeit.

Chaim hat sich von Ortiz seine letzten Worte berichten lassen, und er hört sie jetzt immer wieder, während dieser Fahrt im Leichenwagen. *Cara Italia* hat er gesagt und Jeannes Hand gepresst. *Cara Italia.* Sie war seine stumm leidende Madonna, sie war seine kleine geschrumpfte Mutter, sie war Livorno und die Schwalben und das Mittelmeer. Ja, sie wurde immer kleiner, bis sie seiner Mutter glich. Und immer wieder: *Cara Italia.* Nur er konnte das, diese ewige verdammte Liebe zu einem phantasierten Land *Italia.* Warum nur war er nicht im Paradies geblieben, wenn er sich immer danach sehnte? Bleib doch, wo du bist.

Und Soutine weiß es wieder, jetzt wo er deutlich dieses *Cara Italia* in den Ohren hallen hört, er hat Modi lallen gehört. Er selber hat sein Dorf immer verflucht, er möchte noch auf der Pritsche ausspucken, er will es nie wieder sehen, eher noch die Pyrenäen, wo er unglücklich von Höhe zu Höhe lief mit seiner Staffelei, nie wieder das stinkende Dorf mit seinen verfallenden Bretterhütten, dessen Name Smilowitschi ihn bis in die Albträume verfolgte, auf ihn einprügelte. Aber Modi. Gestammelt hat er es, als sich Jeanne neben ihn auf die Matratze legte. *Cara Italia.*

Es ist ein Januarabend 1920, er geht weg aus der Rotonde, es gießt endlos aus riesigen Eimern, das Atelier ist ganz nah, warum geht er nicht dorthin? Er geht stumm und blind weiter, kommt bis zur Rue de la Tombe-Issoire (mein Gott, wie ich zittere, wenn ich diesen Namen schreibe), geht zurück zur Place Denfert-Rochereau, setzt sich hin zu den Füßen des Belfort-Löwen, und ein Husten schüttelt ihn, siebt ihn durch in dieser queren Regennacht. Er hustet und krümmt sich, spuckt dem Löwen sein Blut vor die Pranken. Dann macht er sich taumelnd auf zur Rue de la Grande Chaumière, steigt die steile Treppe hoch zum Atelier, wirft sich aufs Bett neben Jeanne, die im achten Monat schwanger ist. Und spuckt wieder Blut, wieder und wieder. So viel Blut hat kein Mensch.

Kichernde plaudernde Schwalben überm Mittelmeer. *O Livorno!* Diese Krone aus Geschrei und Gekreisch schenke ich dir, du Dichter mit dem Kopf eines Ziegenbocks! Am 22. Januar klopft Ortiz frühmorgens mehrmals an die Tür, dann nimmt er Anlauf und wirft sich gegen sie, bis sie aufspringt. Der Chilene hat es uns erzählt. Amedeo auf dem Bett. In Jeannes Armen. Er röchelt leise, nennt sie *Cara Italia.* Ortiz ruft einen Arzt, der sofort den Transport in die Charité veranlasst, ins Armenhospital, wo die Clochards ihre letzte Runde vor dem Ausschluss drehen. Als er an der Ecke von Rue Jacob und Rue des Saints-Pères ankommt, ist er bewusstlos, wird nie wieder auftauchen aus seinem Mittelmeer. Zwei Tage später, am 24. Januar 1920, ist es vorbei. Samstag. Tuberkulöse Meningitis. Es ist 20 Uhr 45.

Wie spät ist es, Ma-Be?

Beruhige dich, das spielt keine Rolle, schließ deine Augen, wir werden bald da sein.

Wie oft hat sie es schon geflüstert: Wir werden bald da sein. Die Morphintinktur hat die Zeit übernommen. Sie kümmert sich um den Rest. Der Leichenwagen fährt voran nach Paris, neben Paris, über Paris hinweg, als sei der Eingang zum Paradies nicht mehr zu finden. Irgendeine Klinik versteckt sich dort, scheint auf ihn zu warten und verbirgt sich vor den Augen der Besatzer. Er weiß nur: Es ist nicht die Charité. Soutine hört auf, sich zu fragen, wie spät es ist, ob Tag oder Nacht oder Dämmerung. Sie fahren endlos, endlos langsam, es ist der längste Tag seines Lebens.

Und noch zwei Tage später. Ein Schatten geht über die Trottoirs, ein weißer Schatten, winzig, mager, ausgelöscht. Jeanne Hébuterne. Sie ist dreiundzwanzig. Sie hat ihn nur knapp drei Jahre gekannt. Sie hat nur drei Jahre gelebt. Sie war mit ihm in Nizza und Vence. Zbo schickte ihn in den Süden, nach Vence, seine Palette sollte sich im Kontakt mit der herrlich strahlenden Sonne aufhellen. Er sollte der Spanischen Grippe entkommen, die in Paris wütete, und der Kanonade. Es gibt in jedem Leben so viele gute Gründe zu fliehen. Vom 23. März 1918 an, einem herrlichen Frühlingstag, wird Paris von den Dicken Berthas beschossen, bis weit in den Mai hinein. Einundzwanzig Einschläge an dem Tag, aus einhundertundzwanzig Kilometern Entfernung, abgeschossen aus dem Wald von Saint-Gobain, sechzehn Kilometer hinter der Front.

Und im Januar 20 trägt Jeanne wieder ihren runden Bauch in ihren beiden Händen. Sie geht, wie Hochschwangere gehen. Man führt sie durch die Gänge der Morgue, durch ein unterirdisches Labyrinth zu Amedeo, den keiner weiß mehr welche Götter geliebt haben sollen. Als sie seinen Leichnam sieht, schreit sie nur einmal auf, wie ein irres Tier, irr vor Trauer. Sie bleibt lange bei ihm, ohne ein Wort zu sagen. Sie bleibt unweit der Tür stehen, küsst ihn nicht, schaut ihn nur lange an, um das tote Rätsel zu verstehen, das in ihr Leben eingedrungen war. Schneidet sich eine Locke ab und legt sie ihm in die Hand. Dann geht sie rückwärts zur Tür, ohne den Geliebten aus den Augen zu lassen.

Der Montparnasse weiß alles. Nirgendwo ist ein Gerücht schneller als hier. Es gibt einen Pakt, sie will ihn erfüllen. Es bleibt nichts anderes mehr übrig. Sie verbringt die Nacht in einem billigen Hotel, Paulette Jourdain bleibt bei ihr. Die Zugehfrau findet ein Messer unter dem Kopfkissen. Sie hatte einmal eine Zeichnung von sich gemacht, auf der sie sich ein Messer in die Brust rammt. O, diese Kraft im Handgelenk. Die kleinen Madonnen haben unendliche Kraft. Man glaubt, nur eines ihrer Gemälde hätte überlebt: Blick in einen tiefen Hof, in dem ein stachliger, finsterer Baum vor sich hin dämmert, Blick von hoch oben, vom Dach hinunter. Irgendwann werden ihre andern Bilder auftauchen, Jahrzehnte später, aus gleichgültigen Überbleibseln ihres Bruders. Keiner hatte sie erwartet, die kleinen Madonnen sollen nicht malen. Aber Rimbauds Mädchen mit den Orangenlippen war eine staunenswerte Malerin.

Jeanne ist ruhig, sie hat sein Sterben gesehen, mehr gibt es nicht zu sehen. Mehr gibt es nicht zu wissen. Am nächsten Tag, es ist der fünfundzwanzigste, holen ihre Eltern und ihr Bruder sie in Zbos Wohnung ab, bringen sie von der Rue Joseph-Bara in die Rue Amyot, wo sie aufgewachsen ist. Sie sprechen kein Wort. Der Vorwurf ist stumm und verbissen. Sie haben es schon immer gewusst. Jeanne ist tief eingemauert in ihr eigenes Schweigen, das sie seit Jahren um sich und in sich errichtet hat.

Um drei Uhr morgens steht sie auf, der Bruder, der bei ihr wachen soll, ist vor Erschöpfung eingeschlafen. Sie geht auf Aschesohlen, so lautlos geht kein Mensch, durch die Wohnung wie eine Schlafwandlerin, geht ins Wohnzimmer, sie stößt nicht an die Möbel, öffnet das Fenster, klettert auf den Sims. Dreht sich um, dreht ihr Gesicht zum Inneren der Wohnung, um die Straße nicht sehen zu müssen, und fliegt rückwärts aus dem fünften Stock, nimmt in ihrem Innern das zweite Kind mit sich. *Cara Italia.* Wir werden sie dort bei uns haben. Sie sieht die Fenster vor sich hinaufgleiten, wer hätte gedacht, dass da so viele sind, endlos fällt sie, die Fenster fahren gegen den Himmel, sie sieht die Straße nicht, auf dem ihr Schädel aufschlagen wird. Grobe Pflastersteine. Ein dumpfer Aufprall, aber da ist auch ein Knacken, wie beim Öffnen einer dunklen, strähnigen Nuss. Sie liegt auf dem Pflaster, eine Puppe mit zerrissenen Gliedern, aus ihrem Schädel rinnt Blut übers Gesicht, ein feines, dünnes Rinnsal.

Wie lange liegt sie? zwei? drei Stunden? Ein Straßenkehrer mit seinem Reisigbesen und seiner Schubkarre findet sie am Morgen, als er seine Arbeit beginnt. Zart hebt er sie auf, nimmt sie in seine Arme, schaut am Haus empor, klingelt überall. Der Vater öffnet, Hébuterne. Er will die Leiche seiner Tochter nicht annehmen, will sie nicht in seinem Haus, die zerbrochene Puppe. Soll sie ihren Italiener suchen gehen, der noch in der Morgue liegt. Der Vater befiehlt dem Straßenkehrer, seine Tochter an die Rue de la Grande Chaumière zu bringen, ins Atelier, wo sie mit Modigliani gelebt hat. Der Mann legt die junge Frau behutsam auf seine Schubkarre. Den Reisigbesen legt er quer über sie.

Soutine versucht, sich im Leichenwagen vorzustellen, wo der Weg langführt, welche Straßen die kleine, zarte Leiche gesehen haben. Der Weg ist weit, alle Wege zur Operation sind endlos. Er biegt in die Rue Lhomond ein, geht Richtung Claude Bernard, noch weiter südlich, bis zum Boulevard de Port Royal, dann rechts, geradeaus in den Boulevard du Montparnasse. Er ist stark, die Lasten ist er gewohnt, der schroffe Mann hat ihm an der Haustür ein paar Scheine gegeben, es ist ein Auftrag. Soutine sieht die Straßen vor sich, wie oft ist er nachts durch die Schluchten gerannt, wenn es keinen Schlaf gab. Er läuft in seinem Morphintraum dem Straßenkehrer hinterher, Jeannes leichter Leiche hinterher. Endlich, die Rue de la Grande Chaumière. Doch die Concierge in der Nummer 8 lässt ihn nicht ein, er braucht ein Papier von der Polizei, in der Rue Delambre gegenüber, überquert noch einmal den Boulevard du Montparnasse. Hinauf unters Dach. Ortiz macht auf, der Straßenkehrer legt die junge Frau auf das Bett. Er steht verlegen da, drückt seine Mütze, starrt auf die Leiche mit den Rinnsalen überm Gesicht. Ortiz gibt ihm eine Münze, er verschwindet. Es ist noch immer eisig kalt, es ist Januar. Jeanne braucht keine Morgue.

Am nächsten Tag ist Modis Begräbnis, da liegt sie allein auf dem Bett. Auf dem Friedhof von Bagneux wollen sie sie allein begraben, ohne ihre verlausten Malerfreunde. Keiner darf dabeisein. Sie gehört jetzt wieder ihnen. Die kleine Madonna wird in der südlichen Vorstadt beerdigt. Keiner da, ihr *Cara Italia* nachzurufen. Alles ist verstummt. Auch das Begräbnis ist stumm. Zehn Jahre später nimmt sie ihre Siebensachen, wird ein zartes Täubchen und fliegt zum Friedhof Père-Lachaise in die Stadt hinein, ins Grab ihres Prinzen. Der Grabstein spricht italienisch.

Noch oft schleicht der Maler in die Rue Amyot, will von keinem gesehen werden. Keiner wird je wissen, dass er dort war, keiner wird es beobachten. Nur er weiß, was er tut auf dem Gehsteig gegenüber. Er schaut hinauf zum Fenster, wo nachts Jeanne herausflog, er sieht deutlich ihren Sprung, verlangsamt ihn mit seinem Blick, schaut auf die Straße, auf der sie aufgeprallt sein muss, versucht, die genaue Stelle zu erspüren. Doch die Pflastersteine schweigen, das Blut, das aus ihrem Schädel rann, hat der Pariser Regen längst abgewaschen. Einmal geht im Haus gleich daneben ein Fenster auf, eine junge Frau steigt auf das Fensterbord. Er schreit hinauf:

Nein! Nicht springen! Nicht springen!

Da sieht er erst, dass sie einen Putzlappen in der Hand hält und die Fenster saubermachen will, eine Kollegin hält sie vom Wohnungsinnern her fest, damit sie nicht das Gleichgewicht verliert. Die beiden Frauen lachen fröhlich hinunter, als er aufschreit, ihre polnischen Späßchen versteht er zu gut, die vermeintliche Fensterspringerin rafft ihre Arbeitsschürze hoch und entblößt langsam und leicht ihren Schenkel und den Saum eines Unterrocks, der Maler wird rot, zieht seinen Hut tiefer ins Gesicht und trottet weg.

Er ist nicht neidisch auf Modi, nicht auf Jeannes Flug, nicht auf die letzte Pirouette für ihn auf dem Eis der Januarpfützen, nicht auf den Rückwärtsflug eines einsamen Flugkörpers am grausamblauen Himmel seiner Liebe. Aber der Flug wird seinen Traum nie mehr verlassen. Er wird ihn Mademoiselle Garde erzählen und ihr erschrockenes Gesicht für immer im Gedächtnis behalten. Jeanne fliegt aus dem Fenster in der Rue Amyot, endlose Stockwerke entlang, und der Maler verwächst mit seinem Traum und der Pritsche im Leichenwagen, auf der er mit der linken Körperseite liegt, gekrümmt, ein Embryo mit farbigen Fingernägeln.

Ein Pharmazeut aus Philadelphia

Doktor Bog tritt ins weiße Zimmer und spricht den still in seinem Blütenbett liegenden Maler ein bisschen barsch an:

Sie sind geheilt, Monsieur Sutinchaim. Sie brauchen keine Operation mehr. Es ist alles gut. French Triple war erfolgreich. Die heilige Dreifaltigkeit von Protonenpumpenhemmer und zweier Antibiotika. Helicobacter pylori wird Ihnen nicht mehr zusetzen. Ihr Magengeschwür hat Sie verlassen, trauern Sie ihm nicht nach. Denken Sie an die weiße, schöne Milch, verehren Sie die Kühe, denken Sie mit Wehmut an das Bismutpulver zurück. Genießen Sie die weiße Schmerzfreiheit. Sie dürfen hier bleiben, so lange Sie wollen. Ich wiederhole: Sie sind geheilt! Geheilt! Ihre Erinnerungen dürfen Sie behalten, sie sind Ihnen unbelassen. Weiden Sie sich darin, vergrößern Sie die Ihnen wichtigen Episoden, verändern Sie sie leicht, wie es Ihnen gefällt, oder löschen Sie sie zornig aus, all das ist Ihnen erlaubt. Bewahren Sie, was Ihnen bewahrenswert erscheint, und zerstören Sie die Bilder, die Sie aus der Welt fegen wollen. Ruhen Sie sich aus. Ist es nicht wunderbar, an diesem weißen Ort zu verweilen? Sie sind am Ziel. Sie haben sogar ein Recht darauf, hier zu sein. Nur eines muss ich Ihnen noch sagen. Nur eines ist Ihnen verboten: Sie dürfen hier nicht mehr malen. Verstehen Sie? Nie mehr. Die Folgen wären entsetzlich für Sie. Ich lasse Doktor Kno ein Protokoll aufsetzen.

Modi haucht es seinem Händler Zbo kurz vor dem letzten Weggleiten ins Ohr:

Sei nicht traurig, ich hinterlasse dir einen genialen Maler!

Zbo schaut ungläubig. Keiner nimmt dem Propheten aus Livorno seine Prophezeiung ab. Er ist wohl schon in seinem Delirium, seine nackten Göttinnen mit den selig geschlossenen Augen heißen ihn schon willkommen in einem herrlichen mittelmeerischen Land. *Cara Italia,* o süße Herkunft!

Und Modi war es auch, der Soutine in der Cité Falguière zugeraunt hat:

Was du brauchst, ist ein Händler, Chaim.

Er war es, der ihn 1916 Leopold Zborowski vorstellte, dem Gutsbesitzersohn und dichtenden Studenten, der 1914 einen Monat vor Ausbruch des Weltkriegs aus Krakau nach Paris gekommen war, voller Lebensgier, die Sorbonne rasch vergessend. Ein leichtlebiger, prassender, dauernd auf Pump lebender Außenseiter mit schwachem Herzen. Erst hat er bei den Bouquinisten seltene Bücher gekauft und wieder verkauft, dann kommen die ersten Leinwände, die er in seinem Wohnzimmer stapelt. Kisling, sein Nachbar in der Rue Joseph-Bara, führt ihn ein ins Milieu der Maler von Montparnasse. Im März 16 ist er Modiglianis Händler. Vertrag: 15 Francs am Tag, dazu Farben, Leinwände, Modelle ... Der Italiener malt in Zborowskis Wohnzimmer, jeden Tag von zwei bis sechs. Und einmal schleppt er Soutine an und stellt ihn Zbo vor.

Ein erstklassiger Maler, du wirst schon sehen.

Zbo rümpft die Nase. Er liebt Modigliani, vor dessen Leinwänden er entzückt stammelt: Welche Poesie! Holt eine Kerze aus der Schublade und zeigt dem Besucher seine Wunderstücke, kramt sie aus einem Stapel hervor, liebkost sie leidenschaftlich mit Händen und Augen, wiegt verzückt den Kopf vor Modiglianis nackten Schönheiten. Welche Poesie, schauen Sie nur!

Und er liebt Utrillo, aber nicht diesen furchtbaren, schlecht riechenden Tölpel aus Weißrussland. Beim Betrachten seiner Bilder stehen ihm die Haare zu Berge. Wo ist hier die Poesie? Nur der Hunger, verrenkte Gegenstände, verzerrte Gesichter, nur Bedrängnis, keine Augenweide. Kleine Menschen, die erschrocken hineinschauen in die umfassende Heillosigkeit des Lebens.

Aber Chaim haftet an Modi, sie kommen jetzt immer öfter zu zweit vorbei, zwei Hälften, unzertrennlich in ihrer hungrigen Misere. Der schöne Italiener aus guter Familie und der ungehobelte Klotz, der schnieft und schmatzt am Tisch und sich den Mund mit dem Ärmel abwischt. Hanka Sierpowska, Zbos Gefährtin, kann den Kerl nicht leiden. Er ist überempfindlich, oft beleidigt, seine Schüchternheit ist nur eine schwache Hülle, aus der jeden Augenblick der große Wutanfall hervorbrechen kann.

Was schleppst du mir dauernd den ungewaschenen Jidden her? zischt Hanka vorwurfsvoll.

Modigliani sagt, er sei ein ungeheuer talentierter Maler. Und wir würden noch das blaue Wunder mit ihm erleben.

Hanka verzerrt nur den Mund und hebt den Blick zur Zimmerdecke, wenn Zbo den Satz immer wieder hersagt.

Ach was, dieses Wunder werden wir nicht mehr erleben! Seine Bilder sind so widerwärtig und verschmiert wie er selber.

Und Hanka stampft mit ihrem zarten aristokratischen Füßchen auf den Dielenboden.

Zbo will ihn möglichst rasch loswerden, schickt ihn für drei Jahre in die Pyrenäen, 1919 bis 1922, um ihn nicht sehen zu müssen und den Frieden mit Hanka nicht zu gefährden. Ende 1919 unterzeichnet er einen Vertrag mit Soutine. Fünf Francs pro Tag. Und dann ab nach

Céret, das berühmt ist für seine Kirschen. *Céret est célèbre pour ses cerises!*

Nach zwei Jahren hat Zbo noch kein einziges Bild bekommen. Er reist selber hin, findet Soutine niedergeschlagen und bereit, alle seine Bilder zu verbrennen. Der Hof des Hotel Garreta hat schon zu viel schwarzen Rauch gesehen. Zbo schafft es, ihm die meisten zu entreißen. Und fährt mit zweihundert Gemälden auf einem gemieteten Lastauto nach Paris zurück.

Auch Soutine hasst Zbo, der ihn demütigt, die Zahlungen verzögert oder vergisst, Bilder verkauft, ohne den Maler teilhaben zu lassen. Er lässt ihn spüren: Du bist nicht Modigliani! Schickt ihn auch an die Côte d'Azur, nach Cagnes und nach Vence, nur weit weg. Und dann passiert das Wunder. Denn Wunder vergessen … nur ungern ihre Erde, bewahren Adressen.

Drei Jahre nach Modiglianis Tod schlägt ein Meteor in Montparnasse ein. Im Dezember 1922 taucht dieser amerikanische Milliardär in Paris auf, Doktor Barnes, über den man sich zuraunt, er habe als Zeitungsjunge angefangen und sei exakt der *self-made man*, von dem Amerika schon immer geträumt hat. Ein Metzgerssohn aus einer Arbeitervorstadt von Philadelphia, der im Schnelldurchgang studiert und mit zwanzig Jahren Doktor der Medizin ist. Mit dem Antiseptikum Argyrol hat er ein Vermögen gemacht und ein pharmazeutisches Imperium aufgebaut. Der universalen Augenentzündung erfand er ein Heilmittel, das Argyrol, das er schon Neugeborenen als Serum ins Auge träufelt. Die Augen der Welt werden es ihm danken. *God bless America!*

Dann kommt noch ein Tag der Erleuchtung, als er erkennt, dass die Welt nicht nur aus entzündeten Augen und seinem Wundermedikament besteht. Und dass pharmazeutische Imperien so sterblich sind wie chinesische Kaiser. Er macht sich auf die Suche nach der farbigen Ewigkeit, gibt sich eine Mission und fährt in die Hauptstadt der Malerei. Schon kurz vor dem Weltkrieg war er nach Europa gereist, um Dutzende von Renoirs, Cézannes, aber auch Bilder von Matisse und Picasso zu kaufen. Dann baut er im Jahr 1922 in Merion bei Philadelphia seinen Schätzen ein Museum, das die Angestellten der Argyrol-Fabrik das Staunen lehren, ihnen die Augen waschen soll für die Schönheiten der Kunst. Weiße und schwarze Arbeiter sind ihm willkommen, er ist ein liberaler Unternehmer, dem das Wohl seiner Angestellten am Herzen liegt. Er liebt die afrikanische Kunst, seit er von seiner Mutter zu den Gottesdiensten der Methodisten mitgenommen wurde und früh Kontakt fand zu den dunkelhäutigen Kindern. Das Antiseptikum ist nicht der Weisheit letztes Ende. Erhebt eure desinfizierten Augen in die Höhe, wo die Bilder mehrreihig übereinander hängen. Das Schatzhaus ist schon fast voll, da erwacht der Jagdinstinkt im Pharmazeuten erneut.

O Erleuchtung der Augen! Im Dezember 1922 taucht er also wieder auf, und ihm voraus das Gerücht von Tausenden von Dollars, die durch die engen Straßen vom Boulevard Saint-Germain bis zum Ufer der Seine hinunterrollen würden. Er klappert die Galerien ab, verbündet sich mit Paul Guillaume, dem Sammler und Galeristen für afrikanische Kunst, läuft als amerikanischer Napoleon durch die Rue Bonaparte. Strenger Blick durchs Brillenglas, dann breit und jovial, mit plötzlich hervorbrechendem Lachen. Das eine Auge des Pharmazeuten streng und fordernd, das andere Auge des Bildersüchtigen enthusiastisch und gerührt. Die ganze Menschheit beruht auf der Augenlust, den aberwitzigen Augenweiden. Albert Coombs Barnes ist fünfzig. Er will kein Gekleckse kaufen, er ist auf der Suche nach den Genies. Montmartre und Montparnasse sind elektrisiert vom Auftritt des amerikanischen Krösus, und die Galeristen spitzen die Ohren, wenn die Dollars auf der Gasse klimpern. Wen würde es diesmal treffen, wer wird diesmal ein gemachter Mann sein?

Amerika hat ihn erfunden, jetzt will er Amerika etwas zurückgeben, ein Augenparadies, vollgepackt mit Meisterwerken der modernen Malerei, mit dem Besten, was man für gute harte Dollars kriegen kann. Bei Guillaume stößt er auf Soutines Konditorjungen und traut seinen pharmazeutischen Augen nicht. Der kleine Lehrling ist unerhört, es hat noch keinen seiner Art in der Malerei gegeben. Konditorlehrlinge wurden bisher übersehen. Guillaume hatte ihn entdeckt, als er bei einem Maler einen Modigliani anschauen ging. Da fiel sein Blick auf diesen unglaublichen Zuckerbäcker und schreit innerlich: Meisterwerk! Und bleibt scheinbar ungerührt, um den Preis nicht hochzutreiben.

Rot, eine zügellose Feier von Rot: Zinnober, Karmesin, Purpur, Amarant, Kirschrot, Krapprot, Scharlachrot, Rubin ... Es ist der Konditorjunge, den Soutine in Céret gemalt hat: Rémy Zocchetto mit Namen, siebzehn Jahre alt. Mit einem riesigen, abstehenden rechten Ohr geschlagen und mit dem roten Taschentuch, das die linke Hand wie einen Stummel verbirgt. Ein großer blutroter Fleck über dem Bauch, der den Ort markiert, wo Magengeschwüre wohnen. Ein Bild, das Soutines Leben verändern wird. Ja, es ist seine Eroberung Amerikas. Barnes ist außer sich vor Entzücken.

Wonderful, wonderful ... Show me more!

Zwei Wochen lang muss Guillaume ihn mit seinem glänzenden Automobil, einem Hispano-Suiza, in der Stadt herumkutschieren, die Galerien abklappern. Der

Jagdinstinkt ist jeden Tag neu, für immer unersättlich. Auch jetzt will er sofort den Händler des Konditorjungen sehen. Zborowski ist überrumpelt, er versteht zunächst überhaupt nicht, dass Barnes wegen dieses grässlichen Soutine kommt, er will ihm Modiglianis verkaufen, die seit dem Tod des Italieners fette Summen einbringen. Nein, diesmal nicht.

Ich will Bilder von diesem Soutine sehen, ja verstehen Sie denn nicht?

Der Pharmazeut aus Philadelphia wird ungeduldig. Und der verdatterte Zbo geht in die Knie und zerrt die Leinwände unterm durchgesessenen Sofa hervor, eines nach dem andern. Er schaut den verrückten Amerikaner von der Seite an, Guillaume schickt Zbo mit seinen Augenbrauen ein Zeichen.

Und Mister Argyrol stammelt immer wieder sein *wonderful … wonderful …*

Barnes gerät in einen Rausch und kauft über fünfzig Bilder zusammen, einige am Montparnasse raunen sogar von siebzig, und manche behaupten, es seien hundert gewesen. Der Montparnasse des Gerüchts ist ein gewaltiges Vergrößerungsglas. Da steht er mitten in Zborowskis Wohnzimmer und verkündet mit der allmächtig dröhnenden Stimme des Pharmazeutengottes:

This one, and this one, and this one …, als habe die Woche nicht nur sieben Tage. Er kauft sie zu Bonbonpreisen, fünfzehn, zwanzig, höchstens dreißig Dollar für ein Gemälde. Beim ersten Anfall sind es zweiundfünfzig von Soutine. Für ein paar Schachteln Argyrol, das die Augen desinfiziert. Aber Pharmazeutengötter schaffen Mythen, eine neue Aura des Begehrens und Begehrtwerdens.

Der Montparnasse hat nun ein amerikanisches Märchen, und es wird fiebrig weitererzählt. Alle stottern vom Eintritt des Amerikaners und wie er Soutine aus dem

Teich der versoffenen Maler am Montparnasse herausgefischt hat mit einer Hand, die andere ist voller Dollars, die sich alles kaufen konnten auf der Welt. Früher war der Schweiger aus Smilowitschi ein ewig Bemitleideter gewesen, einer, der sich vor Hunger kaum auf den Beinen halten konnte. Jetzt tauchen Neid und Missgunst auf, die treuen Begleiter des Begehrtwerdens. Wie viele verkannte Genies warteten lebenslang auf den Pharmazeutengott, der wie Barnes eintreten sollte in ihre Höhlen und verschmutzten Ateliers, mit dem Zeigefinger auf die Leinwände weisen und laut verkünden würde: *This one, and this one, and this one …*

Als Doktor Bog ins weiße Zimmer trat, musste der Maler Sutinchaim sofort an den Eintritt des amerikanischen Milliardärs in sein Leben denken. Der Heiler der allumfassenden Augenentzündung! Und der Pharmazeutengott ließ seine Soutine-Beute in Le Havre einschiffen. In der Villa in Merion bei Philadelphia gab es fortan eine erste Gesandtschaft in Übersee, schon 1923 gelingt den Bildern der Sprung über den Ozean.

Der benebelte Maler will sich von der Pritsche aufrichten und den beiden Fahrern des Leichenwagens zuflüstern:

Ich hatte auch einmal einen Chauffeur, hören Sie? Und Zbos komfortables Automobil war immer für mich da.

Doch seine Stimme erreicht die Fahrer nicht, die nach schmalen Wegen durch zwergenhafte Dörfer suchen. Seine Stimme ist weit weg, er ist abgetaucht in den flaumigen, wattigen Strom der Erinnerungen, den ihm Sertürners Morphintinktur beschert.

Zborowski, der polnische Poet, der sich in einen Kunsthändler verwandelt, der die weißen Anzüge und weißen Schuhe liebt, hat endlich auch ein Automobil angeschafft und einen Chauffeur eingestellt, Daneyrolles. Modiglianis früher Tod machte die Sammler endlich begierig auf seine Bilder, jetzt kommen seit Barnes' Beutezug die Amerikaner zu ihm und lassen die Dollarbündel auf dem Wohnzimmertisch liegen.

Daneyrolles! Ja, Soutine sieht ihn jetzt klar vor seinen geschlossenen Augen. Er lässt sich jetzt ohne Zwischenstopp nach Nizza chauffieren, zusammengekrümmt auf den hinteren Sitzen schlafend, ein Malerembryo in einem Lincoln, Modell *Le Baron*. Zbo schickt ihn an die Côte d'Azur, wenn es in Paris zu grau ist.

Vence oder Cagnes, das Licht ist wunderbar, sagt Zbo.

Es gibt auch keine spanische Grippe mehr, es sind die goldenen zwanziger Jahre. Soutine aber hasst dieses blendende, selbstbewusste Licht, er ist verzweifelt wie damals in den Pyrenäen. Er wischt alles Gemalte wieder aus, zerstört Leinwände, schlitzt sie auf.

Ich möchte Cagnes verlassen, diese Landschaft, die ich nicht ertragen kann. Ich werde ein paar miserable Stillleben malen müssen.

Er ist allein. Er dreht sich im Kreis. Nichts mehr hält ihn hier zurück. Er möchte weg. Er hasst die Sonne. Er hasst Cagnes. Er hasst sich dazu. Er hasst, dass er sich hasst.

Auf jedem Bild ist er drauf, der kleine taumelnde Fußgänger auf der gelben Landstraße, der kaum mehr gehen kann. Oder liegt er schon auf der Straße? Ein Betrunkener? ein Gestrauchelter? vom heillosen Leben Niedergestreckter? Auf dem Dorfplatz von Vence steht die riesige Platane, immer wieder muss er sie malen, als dunkelsten Baum, der das Universum überragt, als fransende schwarze bedrohliche Masse. Soutine zu Daneyrolles:

Dieser Baum ist eine Kathedrale!

Auch dort wird das zwergenhafte Unglücksmännchen

auftauchen. Winzige Ikone der Verlorenheit. Der Chauffeur Daneyrolles hat aber noch einen anderen geheimen Auftrag von Zborowski. Einen Überwachungs- und Aufsammelungsauftrag, eine Malerbeschattung. Hat er Soutine irgendwo an den Waldrand chauffiert oder in eine ruhige Straße von Vence, hat der Maler in gebührender Entfernung die Staffelei aufgestellt und zu malen begonnen, holt sich Daneyrolles ein Eimerchen Wasser aus dem Brunnen und beginnt mit dem Schwamm, die Kühlerhaube seines Lincoln zu waschen, dann gemächlich die Kotflügel, ohne Eile die Türen, mit fast demonstrativer Langsamkeit die Türgriffe. Dann reibt er mit einem Ledertuch das Automobil ab, bis es nicht mehr kann vor lauter Glanz.

Stundenlang poliert er den Wagen, schielt aber aus den Augenwinkeln zum Maler hinüber, verfolgt jede seiner Bewegungen. Bricht wieder ein verzweifeltes Gewitter aus und Soutine verstümmelt mit gellender Wut die Leinwand, muss Daneyrolles den Maler ablenken, ihn beruhigen, ihn in die nahgelegene Wirtschaft zu einem kleinen Glas begleiten. Der Chauffeur schleicht wieder hinaus, sammelt die Ruinen sorgsam auf, verwahrt sie im Kofferraum des Lincoln, um sie Zbo zu übergeben. Der bringt sie zum Restaurator, der chirurgisches Geschick braucht, um aus den Fetzen wieder etwas Ganzes herzustellen.

Zborowski lässt die Besucherin aus der Zukunft eintreten in seine kleine Wohnung an der Rue Joseph-Bara.

Schauen Sie nur, was sich Soutine erlaubt hat!

Zbo zeigt auf das Porträt der alten Schauspielerin. Die Leinwand liegt auf dem Boden, aufgeschlitzt, als hätte er vom Arm seines Modells das Fleisch ablösen wollen bis auf den Knochen.

Ich werde wieder ein Vermögen ausgeben bei Jacques, um das Bild restaurieren zu lassen.

Sein alter Freund Miestchaninoff hat ihm vor ein paar Tagen sein eigenes Porträt aus den Händen reißen müssen, weil Soutine nicht mehr zufrieden war damit und es zerstören wollte. Als der Maler eine ganze Anzahl von ihm bereits zerstört geglaubter Bilder in Zbos Wohnung wiederfindet, nutzt er einen Augenblick, in dem er unbeobachtet ist, rafft mit ein paar Handgriffen die Leinwände zusammen und steckt sie im Wohnzimmer in den Kamin. Die Flammen schießen in die Höhe, Rauch überall, die Nachbarn kommen angerannt, die Feuerwehr muss gerufen werden, Polizeibeamte stehen herum, setzen ein Protokoll auf.

Und Soutine ist längst voller Wut aus dem Haus gelaufen.

Daneyrolles, der Chauffeur: Er will, dass ich lese. Er rezitiert mir Rimbaud! Wir diskutieren über Gladiatorenkämpfe und die Seele, die sich in die Erdendinge mischt, ohne den Himmel zu verlassen, über Senecas Briefe an Lucilius!

Und Daneyrolles chauffiert ihn im Sommer 28 nach Bordeaux, zum Kunstkritiker Elie Faure, der das erste ernsthafte Buch über den Fremden schreibt, ihn als religiösen Maler schildert, seine Religion der Farbe. Es ist alles anders. Der Maler will aufstehen, um zu widersprechen. Und da ist Faures Tochter. Soutine will die Erinnerung verscheuchen, nein, er will nicht, will sich nicht erinnern.

Derschtikt solstu weren!

Daneyrolles und der blitzblanke Lincoln, ja. Die Fahrten nach Nizza, ja. Aber nicht Marie-Zéline. Vor lauter Schüchternheit und Tolpatschigkeit vermasselt er seinen Heiratsantrag. Nie hat er es verstanden, mit Frauen zu reden. Modi betörte sie mit seiner Stimme, er summte, raunte ihnen Verse ins Ohr, die ihnen Schauder über den Rücken jagten. Sie zuckten zusammen, schlossen die Augen, da hatte er bereits seine Hand auf ihren Arm gelegt, nach dem Ohr den Kontakt zur Haut aufgenommen. Und sie besorgt den Rest. Er verscheucht das Bild vom zärtlich-fordernd raunenden Modi, der ihn noch verlegener macht. Er wartet ab, bis er mit Marie-Zéline allein im Raum ist. Lange schweigt er, ihr wird schon unheimlich. Dann findet ein erstes heiseres Wort über seine Lippen.

Mademoiselle …

Ja, bitte, Monsieur Soutine.

Er sucht jetzt mit dem Blick den Teppich ab, auf dem sie steht, als habe er irgend etwas verloren, ein Geldstück, einen Bleistift, ein Fitzelchen Papier. Er sucht verzweifelt am Boden, was er nicht verloren hat. Er wagt es nicht, den Blick zu heben und sie anzuschauen. Mademoiselle Faure sucht auch schon den Kreis um ihre Beine ab und kann dort beim besten Willen nichts entdecken. Schönheit verwirrt ihn, sie straft ihn. In den billigen Bordellen hatte Modi rasch die kleinen Schmuckstücke entführt, die ihm kichernd aufs Zimmer folgten, Soutine aber wählt die hässlichen, unförmigen, deren Züge von frühem Alkohol und schlechter Ernährung sprachen, deren Haut ein Leben voller Niederlagen erzählt.

Monsieur Soutine, bitte, was möchten Sie denn?

Mademoiselle Faure, jemand … möchte … will … Sie … um Ihre Hand anhalten.

Und sie lacht dieses helle und unbeschwerte Lachen, das ihn niederstreckt. Ein Lachen wie von einem anderen Stern, ein luftiges zartes Lachen, das bedeutet: Das Leben ist viel zu leicht.

Ja, wer denn? Vor drei Tagen hat mir ein Pilot einen Antrag gemacht. Und ich habe ja gesagt, verstehen Sie?

Er wird mich irgendwann sogar mitfliegen lassen, mich hinauf in den Himmel tragen.

Ein Maler will vor Scham im Teppich verschwinden. Er stürzt aus dem Zimmer. Abgewiesen. Gegen einen Piloten kommt er nicht an, auch wenn er jetzt nicht mehr seinen farbverspritzten Blaumann trägt, sondern einen Anzug von Barclay. Die Scham bleibt die gleiche, sie will sich nicht verkleiden lassen. Kurz darauf stürzt der Pilot ab, und Soutine überwirft sich mit dem besten Kenner, der je ein Auge auf seine Bilder geworfen hat.

Es brent mir ahfen hartz, will er stammeln im weißen Paradies.

Und noch ein abstürzender Pilot. Zbo lebt jetzt gern auf großem Fuß, nachdem Barnes ihm seine Sofa-Schätze abgekauft hat. Er simuliert täuschend echt einen richtigen Wohlstand, verpulvert bedenkenlos, was er einnimmt. Seine Galerie an der Rue de Seine eröffnet 1926, doch der Erfolg dauert kaum zwei, drei Jahre, dann ist der Rausch zu Ende. Es kommt das Jahr 1929, der Börsenkrach, die Finanzkrise. Die Amerikaner bleiben aus, die Nachfrage nach Bildern ist gelöscht. Mister Argyrol kämpft vergebens gegen die Entzündung amerikanischer Augen.

Zbo spekuliert ohne jedes Glück an der Börse, stirbt vereinsamt, ruiniert und verschuldet mit dreiundvierzig Jahren im März 32. Sein schwaches Herz hat recht bekommen. Geld ist nur Geld, dazu da, es zu verpulvern, nichts weiter. Wohlstand ist nur Lug und Trug, die Kartenhäuser sind dazu da einzustürzen. Montparnasse ist das Weltzentrum der Verschleuderung von Geld und Talent. Seine weißen Dandy-Schuhe haben keinen Besitzer mehr. Anonymes kollektives Armengrab. Das Leben ist ein immer nur vorgetäuschter Wohlstand. Es lebt auf großem Fuß und fällt aus dem Schritt.

Soutine wohnt jetzt im Passage d'Enfer, man braucht nur den Boulevard Raspail zu überqueren und ist im Friedhof Montparnasse. Er fürchtet sich vor dieser Adresse: Höllen-Passage. Namen machen ihn abergläubisch. Wie kurz sind hier überall die Wege, aber scheinbar endlos lang die Fahrt zur finalen Operation.

Das Ochsengerippe und Doktor Bardamus Brief

Doktor Bog kommt in seiner prachtvollen weißen Tracht mit verhaltenem Schritt und nachdenklichen Zügen ins Zimmer, tritt an das Bett des Malers, schaut ihm aber kaum ins Gesicht und beginnt sofort zu sprechen:

Blut ist ein ganz besondrer Saft …

Und er murmelt noch versonnen, leicht vorwurfsvoll:

Heinrich … Heinrich.

Keiner hört das ganz genau. Manchmal hatte Doktor Bog eine weinerliche Stimme, wenn er dem Maler bei seinen Visiten salbungsvoll vom medizinischen Fortschritt in der weiten Welt berichtete. Vom Krieg sprach er nie. Dennoch schien er zu jammern in seinem weißen Paradies. Die Klinik bot ihm sichtlich wenig wahren Grund zur Freude. Es lief hier offenbar nicht alles so, wie er es gern haben wollte. Nur als er dem Maler Billroths resezierten Magen gezeigt hatte, schlich ein Lächeln über sein Gesicht.

Der Maler Sutinchaim liegt in seinen sauberen Kliniklaken wie in einem Bett aus Schnee und schweigt. Er hat sich vorgenommen, auch an diesem Ort zu schweigen. Genau so, wie er es zeitlebens gehalten hat. Jedes Wort auf die Schneewaage. Nicht einmal eine kleine Flocke aus dem Malerleben. Nichts außer den Bildern. Doktor Bog soll nicht mehr aus ihm herausbekommen als damals dieser verrückte Henry Miller, der ihn Anfang der Dreißiger für irgendein amerikanisches Zeitungsblättchen interviewen sollte. Eine Wolke aus Schweigen. Nur gab es hier keine Wolke aus Zigarettenrauch mehr, die musste fehlen. Schweigend starrt der Maler auf die weiße Bettdecke vor ihm, die Hände wie in liegender Habachtstellung an den Seiten beider Schenkel. Aber die Fingerbeeren versteckt er im Innern der Hand, damit Doktor Bog die Farbspuren, die das Nagelbett rahmen, nicht sehen kann. Es scheint, als balle er beidseits eine Faust. Ja, er schweigt.

Doktor Bog sinniert weiter drauflos, lässt sich von einem beharrlichen Malerschweigen nicht aus dem Konzept bringen.

Ist im Blut mehr Leben oder mehr Tod? Sicher, fährt Doktor Bog seelenruhig fort, es versorgt diese lachhafte, mal straffe, mal schrumpelige Körperhülle mit Nahrung und Sauerstoff, durchspült sie mit Hormonen und prächtigen Wirkstoffen, regelt die Zellharmonie. Und doch ist Blut auch der fließende, fahrende Tod. Denn die fünfundzwanzig Trillionen roter Blutkörperchen, die in ihm treiben wie irre Flöße, sind abgestorbene Zellen, wissen Sie. Lauter Verliererzellen. Sie haben ihr Erbmaterial verloren, fast alle Zellorgane. Sie sind ein tiefroter Tod. Das Blut erzählt eine endlose Geschichte vom Absterben, von unwiederbringlichen Verlusten.

Sagen Sie jetzt nur nicht, Sie können kein Blut sehen, Monsieur Sutinchaim. Und das blutende Ochsengerippe, die Auslagen der Fleischereien in Céret, der Metzgergeselle, der in allen blutroten Tönen schillert, der abgehäutete Hase, der wie gekreuzigt auf dem Tisch liegt? Jeder weiß, dass es für Sie kein schöneres Sonntagsvergnügen gab, als zu Catch-Kämpfen in die Winterradrennbahn zu gehen. Dieses Packen und Würgen des menschlichen Fleisches, die geplatzten Augenwülste, das Blut auf den kämpfenden Trikots, dieses langgezogene Stöhnen aus dem verschlungenen Fleischknäuel hervor. Wo war ich? Ach ja, das rote Blut.

Doktor Bog lächelt jetzt doch ein wenig zufrieden,

wenn er dem Maler den erstaunlichen Tod im Leben der roten Blutkörperchen erzählt. Dabei freut er sich eigentlich mehr an den weißen Blutkörperchen. Denn diese fünfzig Milliarden sind lebendige, vollwertige Zellen. Sie verteidigen den Körper gegen Infektionen. In den Geweben stehen sie wie kleine Wächter und warten. Wenn sie aber zu lange untätig im Knochenmark gewartet haben, begehen sie dort schließlich Selbstmord. In einem weißen Paradies aber müssten alle Blutkörperchen weiß sein, denn es gibt dort keinen Tod mehr, sagt Doktor Bog. Das rote Blut ist praktisch nur die Domäne des Todes. Es durchströmt den lebendigen Menschen als ein riesiger toter Strom, können Sie sich das vorstellen?

Soutine, der Maler, schweigt und schweigt. Er denkt an Ma-Bes Platzwunde auf der Stirn, als von der erbosten Vermieterin in Champigny die Tür barsch zugeworfen wurde. Er denkt an den ausblutenden Hahn über der Hausschwelle am Morgen von Jom Kippur.

Schon tot, aber sie machen sich immer noch nützlich. Genau wie die Maler, nicht wahr, Monsieur Sutinchaim? Die roten Blutkörperchen erfüllen ihre Aufgabe weit über den Tod hinaus. Hundertundzwanzig Tage lang tragen sie noch immer unermüdlich Sauerstoff aus der Lunge in die Gewebe, bis Fresszellen in der Milz oder in der Leber sie verschlingen. Zweihundert Milliarden von ihnen fallen jeden Tag diesem Massaker zum Opfer. Zweihundert Milliarden, Monsieur.

Doktor Bog stockt theatralisch, versinkt mit großem Ernst in eine anschauliche Nachdenklichkeit. Dann zuckt er auf und fährt fort:

Ist es nicht merkwürdig, dass die Menschen so wenig ahnen von dem Saft, der in ihnen fließt? Dass sie so tief erschrecken, wenn er ausgegossen wird? Als ob sie nicht wüssten, dass er sie bewohnt, dieser fahrende, von Gewebe und Haut zurückgehaltene Strom aus lauter Tod. Auch die äußerste Schicht unserer Haut besteht aus abgestorbenen Zellen, ein samtener Friedhof ist unsere Körperhülle. Im Menschenkörper ist überhaupt auffällig viel Tod auf einmal, finden Sie nicht? Von Ihrer Magenschleimhaut will ich heute schweigen.

Und das Wort *Perforation,* das der Arzt in Chinon mit solchem Nachdruck ausgesprochen hatte, dringt noch einmal ins Gehirn des Malers, der zuhört, weil er nichts anderes tun kann in seinem weißen Laken. Aber er schweigt.

Doktor Bog spricht noch lange vom roten, toten Blut. Er sagt auch: Die fünf Liter sind eine kleine Welt, in dem sich Leben und Tod helfend die Hände reichen. Der Tod, ein Nützlichkeitsfanatiker, schwimmt im zerbrechlichen Leben, das sich festhält an seinen dahintreibenden sauerstoffbeladenen roten Flößen.

Der Maler weiß noch, wie er einmal ausrief, bevor er neue Leinwände aufschlitzte:

Ich will nicht in meinem eigenen Blut ertrinken!

Er lässt Doktor Bog noch weiter selbstzufrieden sinnieren. Er hört ihm nicht mehr zu. Ein sanfter Schlummer trägt ihn fort aus seinem weißen Laken. Als er einmal ein Auge aufschlägt, ist Doktor Bog schon nicht mehr zugegen. Er dämmert noch einmal weg, wird aber plötzlich von einem heftigen Klopfen und einer energischen Stimme auf dem Flur geweckt, die ruft:

Hygienedienst! Hygienedienst!

Der Maler erschrickt. Auch hier? Doch es passiert nichts. Keiner kommt hereingestürmt. Hat er die Stimme wirklich gehört? Das Ohr liebt es, uns zu täuschen. Mit Pfeiftönen suggeriert es scherbelnd davonfahrende Lokomotiven. Es quält mit Tinnitus und Hörsturz. Nein, es hat wirklich jemand »Hygienedienst« durch die Tür gerufen. Er denkt ans Ochsengerippe. Es dämmert noch immer der Verwesung entgegen. Er hatte es sich von den Vaugirard-Schlachthöfen, die er nur zu gut kannte seit den Tagen im Bienenstock, liefern lassen. Er hatte extra ein Gerüst aufgebaut im Atelier der Rue du Saint-Gothard, band es mit Seilen fest, welche Anstrengung, der Metzgerbursche musste mithelfen. Tagelang steht er davor, ringt mit dem Ochsengerippe, das Fleisch beginnt zu stinken, verliert seine frische rote Farbe, wird bräunlich, dörrt mit jeder Stunde weiter aus. Es muss aufgefrischt werden!

Paulette Jourdain, die Geduld in Person, das gute Mädchen für alles, von Zborowski zu Diensten des Malers abgeordnet, schleppt ganze Eimer voller Rinderblut ins Atelier. Einen in jeder Hand. Ihr weiches, plumpes Handinnere zeigt den roten, eingravierten Striemen der Henkel. Der Maler faselt von Rembrandt, läuft immer wieder wie ein Verrückter in den Louvre, um jenes Ochsengerippe zu sehen. Und ein unwahrscheinlicher Gestank breitet sich derweil aus, so dass Paulette verbissen durch den Mund atmet.

Monsieur Soutine, ich möchte aber nicht mehr hingehen.

Es ist ihr peinlich, wenn die Schlachthausarbeiter sie misstrauisch mustern. Wenn sie den Verdacht hinter ihrer Stirn lesen kann. Wozu braucht die Kleine das viele Blut? Was tut sie damit?

Es ist für einen großen Kranken, hatte sie entschuldigend gestammelt.

Der Maler greift nach dem Eimer, gießt das Blut über den braunen Tierkadaver, er frohlockt, denn das Ochsengerippe glänzt jetzt wieder, der Tod triumphiert, erneuert von dem frischen Blut. Es rieselt herab in kleinen

Bächen und durch die Bohlen hindurch in die unteren Räume, bis die Bewohner aufschreien und die Polizei rufen. Sie vermuten Mord und Totschlag. Der Gestank ist unerträglich, es stinkt zum Himmel!

Dann klopft es plötzlich heftig an die Tür, der Maler hat es eben wieder gehört, noch jetzt, im weißen Paradies.

Wer ist da?

Hygienedienst! Bitte machen Sie sofort auf!

Der Maler erschrickt, er ist weiß wie ein Toter. Ein Beamter mit weißer Schürze, einer weißen Mütze auf dem Kopf, tritt ein und will das entsetzlich stinkende Ochsengerippe beschlagnahmen. Im Atelier schwirren die grünen Fliegen. Soutine ist bestürzt, denn sein Bild ist noch nicht fertig. Rembrandt lacht triumphierend in einer Ecke.

Paulette bettelt für den verzweifelten Maler:

Sie sehen doch, dass er dabei ist, es zu malen, er braucht es, um sein Bild zu vollenden, bitte!

Die Hygieniker haben Mitleid, sie zücken ihre Spritzen und injizieren Ammoniak ins arme Fleisch auf dem Gerippe. Sie zeigen ihm mit ein paar Handgriffen, wie er die Tiere konservieren kann, ohne das Haus zu verpesten. Seither geht er dankbar mit Formol und Ammoniak und einem Sortiment großer Spritzen durch die Welt, um den Triumph des Todes in aller Frische blutrot zu bewahren. Und Truthähne, Hasen, Fasane dazu. Es sind mehrere Ochsengerippe, die er sich liefern lässt, und er fixiert jedesmal einen anderen Aspekt des saftigen Todes: ein Häufchen gelbes ranziges Fett oder die Verdrehung eines Gliedes, oder die Blutkuchen, die eine bewegte Oberfläche bilden.

Es ist das Jahr 1925, in dem er zum ersten Mal eine richtige Wohnung mieten kann, nur ein paar Schritte vom

Parc Montsouris entfernt, und dazu noch in der Nähe ein großes Atelier, in der Rue du Saint-Gothard, wo er die Tierkadaver malt. *Boucherie Soutine,* zischen die erbosten Nachbarn. Die Metzgerei Soutine.

Er läuft immer wieder zum Louvre, kauft hastig eine Eintrittskarte. Er muss Rembrandts geschlachteten Ochsen sehen … und Chardins Rochen, Corots Landschaften, Courbets halbrote Forelle und das Begräbnis in Ornans. Eines nach dem andern, stundenlang. Seine alten Geheimgänge sind ein Ritual. Alles sehen. Als seien es die Mädchen, die in den *maisons closes* leichtgeschürzt oder halbnackt vorgeführt wurden, eines nach dem andern und alle zusammen. Es sind immer dieselben Bilder, die er aufsucht, er kann nicht genug bekommen von ihnen, er zittert vor Lust und Ehrfurcht, sie bringen ihn zur Verzweiflung, seine Augen nagen an den Leinwänden. Er will sie verschlingen, in seinen Eingeweiden in die Rue du Saint-Gothard tragen, um mit ihnen zu ringen.

Die Wärter erkennen ihn wieder, verständigen sich hinter seinem Rücken mit alarmierten Blicken und spitzen Handzeichen, befürchten einen Diebstahl, die gestohlene Gioconda ist noch in allen Köpfen. Oder sie fürchten gar einen Anschlag, Verrückte gibt es genug in den Museen, und der Hass auf Kunst ist weiter verbreitet als Drüsenfieber. Sie wissen nicht, dass er die Bilder eines einzigen Malers zerstört … Aber nicht seine Götter.

Hygienedienst! hallt es noch einmal auf dem Flur.

Er wohnt jetzt in einer Wohnung, hat ein Atelier. Doch die Krisen nehmen zu. Der Schmerz biegt ihn in zwei Hälften, überfällt ihn plötzlich, ohne Vorgeplänkel ist er da. Auch in Clichy, in der Rue d'Alsace, irgendwann in den ersten Monaten des Jahres 1928. Er ist auf der Straße zusammengebrochen, wird von einem Metzger aufgelesen und zu Doktor Destouches getragen wie eine blutende Ochsenhälfte. Destouches? Louis-Ferdinand Destouches? Der Name kommt ihm noch nicht bekannt vor.

Wie soll er Destouches' Stimme hören im Leichenwagen? Sind Sterbende allwissend? Am Schluss der ganzen Operation weiß der Verblutende nicht mehr, was er erlebt oder nur gehört hat in seinem Leben. Ist es ihm zugestoßen oder einem andern? Ein Leben ist immer mehr als die eigenen Erinnerungen. Ist es wirklich seins, oder kreuzt sich ein fremdes Gedächtnis mit dem seinen? Wer trennt das Fremde vom Eigenen? Doch nicht Doktor Bog! Hört er all die Stimmen, die je in seinem Leben zu ihm sprachen? Wo sitzt denn das Aufnahmegerät? Wie unerschöpflich ist sein Ohr? Oder mischt Sertürners Mohnsaft die Erinnerungen und die Stimmen, fremde Laute und das eigene Erlebte? Hat er unzutreffende Erinnerungen, die ihn narren?

Nein, Doktor Bog muss Bescheid wissen.

Destouches schreibt an den ermittelnden Polizeikommissar Armand Merle, und in der Zukunft wird jeder vernünftige Mensch diesen Brief für erfunden halten. Aber der Zufall ist nicht vernünftig, sagt Eleni, und er hat gute Gründe dafür. Doktor Bog wedelt triumphierend mit dem Briefwisch, er hat ein Beweisstück in der Hand. Und hält es dem Maler sanft unter die Nase.

Seit Anfang der Woche zwei Patienten gehabt. Die Tochter einer Nachbarin, die von einer Abtreiberin im Viertel verschnitten wurde (hat mir zwanzig Francs gebracht) und ein zufälliger Passant, merkwürdiger Typ! Gestern klingelt es an meiner Tür, war der Metzger, der im Stockwerk unter mir wohnt, der ihn hergebracht hat. Der Typ hat Blut auf dem Hemd. Ist aschfahl. Ist vor meiner

Fleischbank zusammengeklappt, sagt der Metzger zu mir. Ich lass die beiden eintreten. Fange an, den Burschen abzuhorchen.

Also gut, ich geh in meinen Laden zurück, macht der Dicke, und ich bin mit dem Patienten allein, der kein Wort sagt. Man könnte meinen, er habe Angst ... Ist immerhin gut angezogen, aber sein Hals schwer dreckig, und er riecht nach altem Schweiß.

Ich frage ihn aus: Na, was ist denn mir dir passiert, Alter? Er zögert und sagt zu mir: Es ist der Magen! Ich hab Magengeschwür. An seinem Akzent errate ich, dass er Russe oder Pole ist. Ich stelle bald fest, dass kein Zweifel sein kann, es ist ein Magengeschwür, starke Hämatemesis, Blut ist rot, aber ohne Luftbläschen und auch nicht schaumig.

Es geht ihm allmählich besser. Also reden wir. Er sagt, er sei Maler, heiße Chaim (er spricht es mit einem kehligen »ch« aus) Soutine, komme gerade aus Amsterdam zurück, wo er hingefahren sei, um Rembrandts Gemälde zu sehen; er sei auf dem Batignolles-Friedhof herumspaziert, als er plötzlich kotzen musste und Blut spuckte ...

Er sagt mir, dass er aus Wilna stamme, eine elende Kindheit in einem jüdischen Dorf in Litauen gehabt, davon geträumt habe, Maler zu werden, doch dass das in der Umgebung unmöglich sei. Die Rabbiner verbieten es, er aber schere sich einen Dreck um die Religion! ...

Ob ich Rembrandts Jüdische Verlobte kenne? Aber sicher, sag ich. Da legt er los über die Techniken des Meisters: An den Ärmeln hat er mit den Fingern gemalt ... Und dann vergleicht er die Verlobte mit einem Vers des Hoheliedes: Bewohnerin der Gärten, Gefährten lauschen deiner Stimme, lass auch mich sie hören ...

Und er macht weiter, kommt immer mehr in Fahrt. Die Anatomiestunde? Klar, dass ich die kenne ... Und der aufgehängte Hahn ... und die Nachtwache ... und der gehäutete Ochse? Ja! Ja! Ja!

Die Auflösung ist das Werden für die Hindus, sage ich zu ihm ... Er antwortet mir: Die Liebe ist stark wie der Tod!

Der Abend ist da, wir reden immer noch. Mit seinem Magen kann ich ihm nicht raten, essen zu gehen. Ich geb ihm etwas Bismut und Pillen, um die Schmerzen zu stillen.

Wir diskutieren über Fleisch ... Frauen ... Dreckzeug ... er beschreibt einen abgehäuteten Hasen ... ich spreche von afrikanischen Leichen ... fauligem Fleisch ... Frauen ...

Wir können den Abend nicht einfach so abbrechen, also hab ich ihn in den Puff mitgenommen ...

Immer herzlich Louis

Warum auch nicht. Der Zufall ist nicht vernünftig, und er hat gute Gründe dafür. Nichts ist wirklich vernünftig, vielleicht noch der Traum. Destouches? Schon einmal gehört. Als ihm ein Kumpel 1937 in der Coupole ein Foto vor die Nase hält, erkennt er den Arzt in Clichy sofort wieder und erschrickt. Aber es steht ein anderer Name darunter. Doktor Destouches, Doktor der Medizin der Pariser Fakultät, trägt nun den Vornamen seiner Großmutter als sanftes weibliches Pseudonym: Céline. Er hat seine kaputte Praxis aufgegeben, katapultiert sich zähnefletschend in hohem Bogen aus Clichy heraus und schreibt noch im Flug einen dicken Roman: Reise ans Ende der Nacht.

Doch die Nacht ist noch lange nicht zu Ende. Doktor Bardamu schreibt 1936 noch eine dieser Tranchen aus seinem vergifteten Leben: Tod auf Kredit. Ja, er kommt in Raten, die Umwege sind ihm die liebsten. Der Maler erkennt den schreibenden Doktor Destouches sofort wieder. Er ist es, derselbe, nur unter anderem Namen. Nie hat er dieses Gesicht vergessen können.

Er sieht denselben Doktor Bardamu oft in seinen Träumen wieder, der ihm in den Straßen von Clichy hinterherrennt. Er hat sich jetzt in einen geifernden Zwerg verwandelt, in seinen Händen rascheln die ätzenden Blätter, in denen er den blutenden Patienten und seinesgleichen als Ungeziefer bezeichnet, als Abschaum, als Folterer des Abendlandes. Es sind seine polternden Pamphlete, in der linken Hand: Bagatellen für ein Massaker, und in der rechten Hand: Die Kadaverschule. Der Doktor schreit, seine Stimme überschlägt sich, nicht umsonst ist er ein Freund und Verehrer des schnauzbärtigen Grimassierers: Ausrotten, vergiften diese Rattenplage, niedermachen diese Missgeburten. Und dass mir keiner übrig bleibt. Lasst keinen übrig, hört ihr ... schreit der massakrierende Doktor, der ihn, den Maler, damals in Clichy aufgelesen und verarztet hat.

Und Doktor Bardamus Wunsch geht in Erfüllung, die Besatzer kommen im Mai 40 tatsächlich herbei, ihr von ihm erflehtes Reinigungswerk zu tun. Und sie staunen, wie gierig das Gift sie erwartet hat. Bardamu hat vor, noch den strammsten von ihnen zu übertreffen, beschämt manchen ihrer Sorte, die er der Halbherzigkeit bezichtigt, und stirbt nicht einmal in Sigmaringen, sondern wohlbehalten in seinem Bett in Meudon. Wäre Doktor Bardamu seziert worden, hätten die Pathologen gestaunt, wie viel Gift aus so einem Kadaver quellen kann. So viel Gift hat kein Mensch. Es will nicht mehr aufhören. Später saugen seine Verehrer den ätzenden Saft gierig aus den Löchern, die die literarische Obduktion hinterlassen hat, machen ihn zu ihrem rüpelhaften Heiligen, trinken lallend sein zotiges Evangelium von Rotz und Hass. Die massakrierende Gurgel fand prächtige Jünger.

Der Maler hört deutlich, wie Doktor Bardamu dem schwarzen Corbillard hinterherläuft, er schnaubt, er rennt, so schnell er kann, dem nur langsam vorankommenden Leichenwagen hinterher. Er hat ihn schon fast erreicht, schlägt mit der Faust auf die Hinterfenster, drückt sein Gesicht gegen das Glas, das der Maler schaudernd wiedererkennt.

Ungeziefer! schreit Doktor Bardamu. Abschaum! Ratte!

Und haut wieder mit der Faust gegen das schwarze Blech. Gehört er zur Truppe der Wikinger, zur versprengten Rotte schwarzer Wölfe, die den Maler in seinem Corbillard aufgegriffen hatte? Der Patient sieht den wölfischen Doktor deutlich hinter dem Wagen, die beiden Flügel der Hintertür sind plötzlich durchsichtig geworden, und der giftige Atem aus dem Rachen des Doktors keucht riechbar hindurch.

Hygienedienst!

Der Maler ist sich sicher, dass er das Wort klar und deutlich vor der Tür gehört hat. Er macht eine Bewegung, als müsste er sich von seiner metallischen Bahre erheben, doch er sinkt sofort zurück, wendet den Blick zur Außenwand, krümmt sich wieder zum schmerzenden Embryo. Draußen fahren armselige, von eifrigen Krähen besuchte Kartoffelfelder vorbei, da legt sich eine Hand auf seine Stirn.

Die Verschwörung der Konditorjungen

Der Maler in seinem lichtweißen Lakenpaket hat festgestellt, dass die Geräusche auf dem Flur zunehmen und abnehmen. Es gibt in seinem Raum weder Tag noch Nacht und kein Fenster nach draußen. Aber sein Ohr nimmt die Ebben und Fluten der Geräusche wahr, registriert sie mit einer sinnlosen Dankbarkeit, und diese klingenden Gezeiten verleihen seinen Tagen, wenn man es Tage nennen mag, einen Rhythmus.

Er ist geheilt, Doktor Bog persönlich hat es ihm bestätigt. Er befindet sich in einem Zustand grenzenloser Schmerzfreiheit. Sein Magengeschwür hat sich verabschiedet. Von Seligkeit zu sprechen, trifft seinen Zustand nicht. Aber der Lebenspuls in ihm ist verschwunden, ohne seinen Schmerz ist er nicht mehr, der er war. Er ist der Maler minus Schmerz. Ein Herz ohne Puls. Er erinnert sich an zwei Verse eines Dichters und weiß nicht mehr, von welchem sie stammen.

Wenn ringsum nichts mehr ist von allem, was war, ist egal, nimmt man dich durch Umkreisung oder Blitz.

Und ein Gefühl stellt sich ein, das er nicht Langeweile nennen mag und schon gar nicht Überdruss, denn das ist es bestimmt nicht. Der Schmerz fehlt ihm nicht, und es fehlt ihm die Einsicht, ihn für etwas Wertvolles zu halten. Aber es fehlt ihm an Seligkeit. Es gibt im weißen Paradies der Schmerzfreiheit nichts mehr zu tun. Er fühlt sich überflüssig. Alles war erledigt, die Operation hat stattgefunden oder nicht stattgefunden, jedenfalls ist er das prächtige Ergebnis einer endgültigen Heilung. Er versteht nicht, was *French Triple* bedeutet. Er murmelt vor sich hin:

Alles ist vorbei.

Und er erschrickt über diesen Satz. Wenn alles vorbei ist, muss etwas geschehen. Der Maler beschließt, das gänzliche Verstummen der Geräusche abzuwarten, aber als sie trotz Ebbe nicht völlig nachlassen, schlägt er behutsam das gletscherweiße Laken zurück und stellt sich vorsichtig hin. Er hatte erwartet einzuknicken, aber nichts dergleichen geschieht. Er weiß nicht, wie viel Zeit vergangen ist, weiß nicht mehr, wann er zum letzten Mal gegangen war. Sein Schritttempo hatte immer der Schmerz bestimmt, vor ihm war er weggelaufen, hatte sich angetrieben, ihm zu entfliehen.

Jetzt setzt er einen Fuß vor den andern und ist erstaunt, wie leicht das geht, wie wenig er seine Beine spürt. Er geht verwundert zwei, drei Schritte weg von seinem Bett, aufrecht und nicht gekrümmt, geht dann entschlossen zur Tür und öffnet sie leise. Sein Kopf schiebt sich hinaus, dreht sich nach links, dann nach rechts. Die Geräusche sind noch da. Er bereitet unwillkürlich eine Ausrede vor, aber es ist niemand auf dem ganzen langen Flur, dem er sie hätte vorbringen können. Die Geräusche, die einen gesprächigen Fluss simulierten, stammen von keinerlei sichtbaren Menschen. Sie mussten über Lautsprecher in die Gänge übertragen werden, aber wozu? Klinikgeräusche, friedlich, ohne Dramatik.

Der Maler wundert sich, aber die Tonbandgeräusche verursachen keine Beunruhigung. Seine Gelassenheit ist unerschütterlich. Er wendet den Kopf noch einmal nach links und nach rechts und geht nach links los. Langsam, bedachtsam geht er, er sieht sich gehen, aber es gibt keinen Schmerz mehr, dem er davonlaufen müsste.

Er geht bis zum Ende des Flurs, ohne die Füße nachzuziehen, ohne das Schlurfgeräusch der Kranken und Müden. Keiner kommt ihm entgegen, links und rechts folgen nur weiße Türen, die sich leicht vorwölben wie die Türen von behäbigen, teilnahmslosen Kühlschränken. Am Ende des Flurs ist endlich ein Fenster. Er schaut hinaus, traut sich aber nicht, das Fenster zu öffnen. Und er weiß im gleichen Augenblick, dass es gar nicht möglich wäre, sie zu öffnen. Es ist eine Gewissheit, ohne dass er seine Hand zur Prüfung ausschicken müsste.

Offenbar ist es Nacht draußen, eine weiße Nacht. Scheinwerfer, die weißes, grelles Licht verschicken, sind auf nichts gerichtet, jedenfalls gibt es nichts, was er als Ziel für das Licht hätte ausmachen können. Die Lichtstrahlen kreuzen sich gleichgültig, gehen weg in ein sinnloses Hintergrundschwarz, kein mattes Schwarz, sondern Feldgrau, ja, Feldgrau, am beschränkten Horizont.

Nur etwas verblüfft ihn. Es schneit leicht und dicht, die weißen Flocken taumeln sanft in die Scheinwerfer, ohne sie wirklich zu verdunkeln, sie fallen nur hinein und weiter hinunter, wo sich bereits eine dichte Decke gebildet hat.

Er steht eine Weile am Fenster und sieht diesem ruhigen Schneefall zu, er haucht das Wort »Minsk« gegen das Glas, versucht mit den Augen die Schneeflocken zu verfolgen. Er wiegt sich in ihrer Ruhe, in einer Anwandlung von schneegleich sinnlosem Genuss, blickt in die Scheinwerfer und erinnert sich an die Lichter des Leichenwagens, die spätabends in die leere Landschaft gestarrt hatten.

Wo war er am Morgen losgefahren? War es noch immer der gleiche Tag? Er will sich an den Namen eines bestimmten Ortes erinnern, doch er fällt ihm nicht ein. *Château* stammelt er, Schloss, und nochmals Schloss. Der Name Jeanne d'Arc kommt ihm in den Sinn. Was hat er dort zu suchen? Er weiß nur mit Bestimmtheit, dass es Sommer gewesen war, August, ganz bestimmt August.

Er gibt es auf, nach Namen zu suchen, wendet sich nach links und geht langsam die Treppe hoch, das schmerzfreie Voreinandersetzen der Schritte bereitet ihm nun bereits ein leichtes Vergnügen, eine leise Verwunderung. Selbst das Steigen bringt keine Beschwerden. Im Stockwerk darüber findet er wieder einen endlos scheinenden Flur, der aber weniger erleuchtet ist als der, aus dem er kommt. Wieder stellt er sich ans Fenster, versucht in der Weite einen Horizont auszumachen, eine Häuserzeile, einen Wohnturm, irgendein Merkmal, das Stadt hätte bedeuten können. Aber der helle Schneevorhang und die Scheinwerferkegel versperren ihm alle Sicht. Und es war doch August gewesen …

Plötzlich ein klickendes Geräusch hinter ihm auf dem Flur, aber noch in einiger Entfernung. Er duckt sich in das Treppenhaus, in dem seine weißen Socken ohne Pantoffeln schimmern. Er bleibt eine Weile stehen, horcht noch einmal auf das schwindende Geräusch, geht ins untere Stockwerk zurück und versucht, sein Zimmer wiederzufinden. Erst jetzt stellt er fest, dass auf den Türen keine Ziffern stehen, und er ist leicht beunruhigt, weil er befürchtet, er könnte sein Zimmer nicht mehr wiederfinden. Sein innerer Schrittzähler hat ungefähr die Entfernung bis zum Fenster gemessen, jetzt geht er in die umgekehrte Richtung und bleibt vor einem Zimmer stehen. Das könnte es sein.

Er öffnet die Tür mit konzentrierter Vorsicht, um nur ja keinen Patienten aufzuwecken oder kein Pflegepersonal auf seinen unerlaubten Ausflug aufmerksam zu machen. Nichts kann er in dem Zimmer wahrnehmen, kein Atemgeräusch, kein leises Stöhnen, kein Krankenschnarchen, das die verabreichten postoperativen Beruhigungsmittel verursacht hätten. Er will schon die Tür wieder schließen, da sticht ihn eine kleine Neugier.

Er ertastet einen Lichtschalter, drückt darauf, erschrickt vom weißen Lichtblitz, aber auch von dem, was er vorfindet. Das Zimmer ist leer. Kein Bett, kein Waschtisch, keinerlei Tücher oder Laken. Die weiße absolute Leere. Ein Kubus im Nichts, aus Nichts. Sein Blick fällt auf den Boden. Doch, da liegt etwas, nur etwas Kleines liegt in der Mitte des weißen, spiegelblanken Bodens. Es ist eine Kinderpuppe, und er weiß sofort, woher sie kommt. Er blickt auf sie herab. Da sieht er, dass ihre Schultergelenke ausgerenkt sind, beide. Die Arme sind völlig nach außen verdreht. Die Hüftgelenke scheinen noch in den Knochenpfannen zu liegen, aber das eine Knie liegt bloß.

Ja, die Gelenke, die zarten Verbindungen unserer Verletzlichkeit.

Ein Unterschenkel ist abgetrennt, liegt einen halben Meter weiter weg. Wer mag der Puppe die Verletzungen zugefügt haben? Es ist, als ob sie gefoltert worden wäre. Wer sollte in dieser Klinik solche Dinge tun? In einem völlig leeren, weißen Kubus. Er will sich leise zurückziehen, seine Hand liegt schon auf der Türklinke, da schlägt die Puppe ihre Augen auf und schaut ihn an, nicht flehend, nicht fragend, nein, streng musternd. Und er bemerkt ihr greisenhaftes, von Runzeln durchzogenes Gesicht. Der Maler hält den Blick der Puppe nicht aus, dreht sich ab und schließt sacht die Tür.

Er geht rückwärts. Das Zimmer gleich daneben muss seines sein, er greift nach der weißen Türklinke. Er hat sich getäuscht. Auch dieses Zimmer ist leer und fensterlos. Auf dem Fußboden liegt ein abgegriffenes, zerfleddertes Buch. Er tritt darauf zu und schlägt es an irgendeiner Stelle auf, als sei es sein Orakel:

Unwürdig der Güte … unfähig zur Dankbarkeit … zur Liebe außerstande … durchlöchert bis auf den Grund der Nieren … zerfetzter Palmenstamm … essigsaurer Wein … besudeltes Bild … verbranntes Kleid … verlorener Kristall … gesunkenes Schiff … zertretene Perle … in die Fluten geworfener Edelstein … verwelkte Mandragore … Öl auf Unrat … Milch auf Asche … bin ich zum Tode verurteilt … inmitten der Herde der Gerechten …

Was war das? Das Titelblatt fehlt, es war hastig und grob herausgerissen worden. Es erinnert ihn an etwas, was einer der Schwätzer, die wie lästige Trabanten um den Montparnasse kreisten, einmal in der Rotonde posaunt hat. Es klang sehr ähnlich, stammte von irgendeinem tausendjährigen armenischen Mönch, es hieß Buch der Klage oder ähnlich. Aber weder an den Namen des Mönchs noch an jenen des Schwätzers erinnert er sich, da ist nur eine Abkürzung, die ihm geblieben ist, sie nannten ihn MGM.

Das nächste Zimmer ist seins. Er findet seine vorsichtig zurückgeschlagene Bettdecke und seine Pantoffeln, sorgfältig unter das weiße Metall der Bettfüße geschoben. Sein Ausflug genügt ihm für diesmal, er sinkt in sein Bett und schläft fast im selben Moment ein.

Wie lange er geschlafen hat, weiß er nicht. Er hatte schon bemerkt, dass es in der Klinik keine Uhren gab, und selber hatte er nie eine getragen. Beim Kampf mit der Leinwand muss das Handgelenk frei sein, zurückschnellen können, zittern, schrammen und schraffen. Er hebt das Laken an, betastet seinen Oberbauch. Noch immer kein Schmerz. Früher war er immer wiedergekommen, auf ihn war Verlass, mochte er eine Weile noch so launisch geschwiegen haben: Er kam wieder. Jetzt ist seine Abwesenheit beinah dröhnend in seinem weißen Bauch.

Er nahm sich vor, seine Erkundungsgänge fortzusetzen, wartet wieder eine künstliche Geräusch-Ebbe auf dem Flur ab, geht hinaus und schleicht ins obere Stockwerk. Er drückt eine Türklinke, schiebt sacht einen Fuß vor und schreckt zurück. In diesem Zimmer wird er erwartet.

Im Kreis, auf niedrigen Stühlen, sitzt eine Art Kommission oder Abordnung, das ist sein erster Gedanke. Die wartenden Gesichter nehmen ihn sofort in den Blick und lassen ihn nicht mehr los. Diesmal kann er nicht zurückweichen, er fühlt sich ertappt, er muss ins Zimmer treten. Da sitzen sie alle, er erkennt sie sofort.

Seine kleine Herde der Unbeachteten, der Dienenden, der in ihrer Würde Gekränkten, der über das eigene Vorhandensein Erschrockenen. Er hatte sie gemalt, als seien sie Pharaonen, Fürsten, Würdenträger, aber mit traurig beladenen Blicken, verschlungenen Handknäueln tiefer Verlegenheit. Gebeugt, geprüft und dennoch aufrecht.

Der Konditorjunge aus Céret mit dem übergroßen rechten Ohr und dem roten Taschentuch um die linke Hand, das leuchtet wie eine blutdurchtränkte Flagge. Sein kleiner Kollege mit dem verschmitzten Ausdruck und der schrägen Augenwaage, der Page von Maxim's, der Groom, der Kochlehrling, der Metzgerjunge, die Erstkommunikantin, die wie eine kleine Braut aussah. Der Dorftrottel, das Bauernmädchen, der Junge in Blau, der weiße Chorknabe, der rote Messdiener, die Kinder mit den Greisengesichtern, die kleinen Mädchen mit den verkrüppelten Spielpuppen in ihren Händen, als trügen sie zarte kleine Leichen. Der kleine Charlot mit seiner spitzen Nase, Marcel, der demütig dreinblickende Schüler im blauen Kittel, die beiden kahlgeschorenen Fürsorgezöglinge, wie immer Hand in Hand. Nie hat er andere Patienten bei seinen Gängen durch die Flure getroffen, hier nun ist plötzlich das ganze Zimmer bunt bevölkert.

Die Erstkommunikantin rafft ihr weißes, bis auf den Fußboden reichendes Kleid mit zwei behandschuhten Pfötchen hoch, steht auf und spricht ihn mit dünnem, aber strengem Sopränchen an:

Bitte eintreten. Wir wissen Bescheid, dass du hier in der Klinik bist. Du bist geheilt, wir wissen auch das. Und Doktor Bog hat dir verboten zu malen, wir haben es erfahren. Komm näher.

Der Maler zögert. Kinder und Jugendliche machen ihn verlegen, er fürchtet, dass sie in ihm einen der ihren erkennen oder einen, den er längst abgelegt glaubt. Das Kind von Smilowitschi. Kinder zeigten diesen strengen prüfenden Blick, es war schwierig, sie länger posieren zu lassen, also musste es schnell gehen, rasch den Blick einfangen, die schrägen Augen, die verschlungenen Hände, die Haltung der Schultern, linkisch und selbstsicher zugleich.

Wie nur kommen sie hierher? Sind sie krank, wurden sie hier operiert, gepflegt, versorgt? Sie sehen erstaunlich unverändert aus, verblüffend gut erhalten, genau so, wie er sie damals in Céret, in Civry oder Champigny gemalt hat.

Hier saß eine ernst blickende strenge Kommission, die ihm irgend etwas mitteilen wollte. Oder ist es ein Hohes Gericht? Wollen sie ihn anklagen, weil er ihre verletzte Würde und Lebenswahrheit hatte einfangen wollen? Hat er sie zu lange posieren lassen, bis ihre kindlichen Glieder schmerzten? Hat er sie mit seiner Palette belogen? Der Maler schweigt und wartet ab. Die Zeit verrinnt, sie schauen streng auf ihn, wie um ihn zu prüfen, und er sagt nichts.

Dann fällt eine Holzpuppe zu Boden, das Geräusch

nimmt die Runde ohne Blick auf die leblose Puppe wahr, keiner senkt den Blick.

Wir kennen Doktor Bog, sagt plötzlich der Konditorjunge mit dem großen Ohr und dem roten Taschentuch. Er lässt es durch seine Hände wandern, winkt und wedelt damit, wie um seine Verlegenheit zu verscheuchen.

Lass dich von ihm nicht beeindrucken. Seine Gebote sind nicht in Stein gemeißelt. Tu, was du tun musst, wenn du nicht anders kannst.

Der Maler wundert sich, denn er erinnert sich an die drohende Bestimmtheit in der Stimme Doktor Bogs, als er ihm das Malen in der Klinik verbot. Und es ging nicht um Schmutz und Farbflecken, verdreckte Pinsel oder ölige Schlieren auf weißen Türen. Es ging nicht um Hygiene und Sauberkeit. Er sollte nie mehr eine Palette berühren, keinen Pinsel führen. Leinwand war tabu.

Findet hier eine Verschwörung gegen Doktor Bog statt? Wollen die Kinder dem Maler Chaim Soutine nahelegen, das Malverbot nicht zu beachten? Er lacht innerlich auf, nie hätte er sich das ausmalen können. Doch sie schauen ihn streng an. Dann steht der Page aus dem Maxim's auf, nimmt ihn bei der Hand und führt ihn zur Tür. Der kleine knallrote Groom.

Du musst jetzt gehen, wir müssen beraten. Wir melden uns, wenn es nötig ist.

War es das schon, keine Vorwürfe, kein Verhör? Nur dieser stumme Auftritt vor der Kommission, die Prüfung durch deren Augen, die ausdrückliche Aufforderung, ein Verbot nicht zu beachten?

Der Maler dreht sich noch einmal um und umfängt das ganze Verschwörerkomitee oder Kindergericht mit seinem Blick. Dann schließt er leise die Tür hinter sich. Doch eine verzwickte kleine Neugier packt ihn plötzlich. Er will an der Tür lauschen, um zu hören, was die Versammlung zu beraten hat. Und drückt sein Ohr gegen die weiße vorgewölbte Tür.

Die Stimmen sind schwierig zu unterscheiden, die eine geht in die andere über, sie überlagern sich, sprechen gleichzeitig, verstummen plötzlich. Spricht der Konditorjunge, der Page, einer der beiden Fürsorgezöglinge, die Erstkommunikantin?

Aus den Einwürfen und Wortmeldungen war nichts Zusammenhängendes zu erfahren. Einmal war von Gleisen die Rede, die zu Orten mit polnischen Namen führen. Dann wieder sprechen sie von der Klinik, von irgendwelchen Vorgängen, die sich hier abspielen. Fragen hört er heraus, die von Schweigesekunden gefolgt werden.

Weiß Doktor Bog Bescheid, was meint ihr?

Kann man ihm trauen? Wir sollten uns vor ihm in Acht nehmen.

Warum tut er so etwas? Oder tut er überhaupt etwas? Ich habe ihn seit Wochen nicht mehr gesehen. Er versteckt sich hier irgendwo.

Dann ist eindeutig Charlots dünne zittrige Stimme zu hören, die für diesmal bestimmt und vorwurfsvoll klingt, doch dessen ersten Satz der Maler überhört haben muss:

Bei diesem unerträglichen Übermaß … an möglichem Schmerz und Leiden? Wenn er allwissend ist, weiß er auch davon, von allen, die den Schmerz kennen, die er zum Schweigen, zum Schreien bringt. Wenn er allmächtig ist, hätte er ebenso leicht das schmerzfreie Leben erschaffen können. Es wäre die bessere Option gewesen. Was er getan hätte, wenn er gut wäre. Er aber arbeitet den Peinigern in die Hände, er hat ihnen unendliche Möglichkeiten geschenkt, ihr Werk zu tun. All die zarten Schleimhäute, Trommelfelle, Nagelbetten, Brustwarzen, seidigen Hoden, die ganze, den Menschen umhüllende, empfindliche Haut. Lauter ausgesuchte Einfallstore für den Schmerz. In den Kellern der Rue Lauriston jubeln sie jeden Tag über seine rückhaltlose Unterstützung. Er hat die Gestapo reich beschenkt. Er hat Barbie die Beethovenplatten aufgelegt.

Einer der beiden blauen Fürsorgezöglinge war jetzt zu hören, er muss aufgestanden sein, das Geräusch des Stuhls war seine kleine Ouvertüre:

Der Alleserschaffer hat auch bestimmt dafür noch ein Patent. Wenn er den Schmerz nicht selber geschaffen hat, warum lässt er ihn zu? Und habt ihr an das Leiden der Tiere gedacht, die Schlachthöfe, die erstickende plötzliche Enge, die furchtbare Angst vor Klinge und Bolzen, die zerberstenden Knochen, die abgezogene Haut, die zerfetzten Felle? Er müsste erschrecken über den endlosen Skandal, er müsste losschreien, erbrechen vor Ekel. Oder wenigstens verstummen vor lauter Grauen. Was er seit Ewigkeiten tut. Vielleicht aus Scham.

Der rote Messdiener räuspert sich, als wolle er gleich ein Weihnachtslied singen:

Einige meinen, dass wir ein gewisses Maß an Leiden brauchen, um es überhaupt schätzen zu können, wenn wir schmerzfrei sind … oder sogar glücklich …

Charlot wirft ein:

Aber wir brauchen gar nicht so viel, wie wir haben. Wir haben für alle Zeiten ausgesorgt.

Ein kleiner Verschwörer schlägt mit der Faust auf den Tisch:

Sind wieder die Glücksschwämme unterwegs, gehen sie von Saal zu Saal? Sie geben barmherzige Spritzen, die dich beruhigen sollen, du kriegst Wattebäusche in die Ohren und in die Nase, die sie in irgendeine Flüssigkeit getaucht haben, sie verstopfen dir den Mund mit milden

Argumenten und besänftigenden Gesängen. Sie füttern dich mit dem Leben, das du nach der Operation einmal haben sollst.

Der Kochlehrling winkt ab, der Maler glaubt seine wegwerfende Geste durch die Tür sehen zu können:

Es ist viel besser anzunehmen, dass es gar keinen Doktor Bog gibt. Und wenn schon, dann muss er ein wiehernder Pfuscher sein, ein kopfloser Stümper von Operateur, der sich immer wieder verhauen hat mit seinem Skalpell, sich noch immer verhaut. Gewaltspfusch des operierten Weltalls, die Stiche der Sterne, der Abgrund schwarzer Löcher. Es gibt nichts Schöneres, glaubt mir, als zum Himmel aufzuschauen und ohne Trost zu sterben. Wenn schon, dann schon. Allein und ungetröstet, verloren und verlassen. Keine Gnade und kein Danach zu erwarten bedeutet doch die beste Freiheit. Die allumfassende Heillosigkeit zu erkennen schenkt die einzige Möglichkeit fortzuleben. Pardon wird nicht gegeben, Doktor Bog. So soll es sein. Ich liebe diese weiße Klinik, sie ist viel schöner, als ich es mir hätte träumen können. Ein trostloses Paradies. Lasst uns dem Maler helfen.

Der Groom in seiner roten Uniform sagt plötzlich:

Ihr glaubt doch nicht, dass wir hier je wieder herauskommen? Was ist das für ein Hotel? Es gibt keine Aufzüge, nur Treppen.

Aber der Maler ist doch geheilt, oder nicht? wirft die Erstkommunikantin ein, die zarte kleine Schleiereule.

Der Messdiener setzt noch einmal an:

Kennt ihr seine Bilderreihe mit dem Mann im Gebet? Er hat sie in Céret gemalt, in den Pyrenäen, 1920, im Jahr als Modigliani starb. Ein Monsieur Racine war sein Modell. Es gibt welche, die haben ihn einen religiösen Maler genannt. Den Maler der gekreuzigten Kreatur.

Und deren Erlösung. Aber wovon und wozu? Es gibt keine Lösung außer in der Farbe. Worauf die Menschen alles kommen.

Still, da horcht einer an der Tür. Ich werde nachsehen, sagt der Konditorjunge mit dem großen roten Ohr.

Und er steht auf, geht auf Zehenspitzen zur Tür und reißt sie auf. Niemand ist draußen. Niemand. Der Maler hat sich in seinen weißen Pantoffeln ohne jedes Schlurfgeräusch schon um die Ecke weggeschlichen.

Doch der Messdiener behauptet jetzt vor dem Verschwörerkomitee, er habe den Mann im Gebet in der Klinik gesehen, ihn sofort wiedererkannt. Und ihn auch angesprochen. Und er erzählt von seiner Begegnung, als er den Mann mit dem länglichen Gesicht und den buschigen Augenbrauen ansprach:

Was tun Sie hier?

Das sehen Sie doch. Beten.

Nur beten? Nichts als beten?

Es gibt für mich nichts Besseres zu tun.

Weil Sie Gott lieben? Den Erlöser, der schon da war, oder den Maschiach, der erst kommt?

Der Mann im Gebet schaut den Jungen streng an und sagt ruhig zu ihm wie zu einem längst Erwachsenen:

Es gibt erstens keinen, der schon war, und zweitens keinen, der erst kommt.

Keinen Erlöser?

Weder jetzt noch später, und auch nicht sehr viel später. Erlöst werden wollt ihr? Ja, was braucht ihr denn noch? Seid ihr nie zufrieden? Es geht auch ohne.

Dann freuen Sie sich gar nicht auf das Paradies? Es wird wunderschön sein, wir werden singen und jauchzen in einem gewaltigen Chor von lauter Entzückten. Es wird unbeschreiblich sein, unsere Leiber werden strahlen und aufblühen, und die Wunder werden ohne Zahl sein. Es wird eine einzige Glückseligkeit herrschen.

Glückseligkeit? Paradies? Willst mich wohl auf den Arm nehmen. Warum hat er es nicht früher geschafft? Wenn es denn käme, es wäre viel zu spät. Warum dieses unselige Warten auf Erlösung, allein die Verspätung ist schon unanständig. Und nie wird es eine so große und tiefe Glückseligkeit geben können, dass sie alles Leiden und alle Mühsal wiedergutmachen, alles Zerrissene und Zertretene heilen könnte. Es wird keine Wiedergutmachung geben, hörst du, wie sollte es auch, wie sollte die aussehen? Sie wäre nur ein läppisches Almosen für alles Elend und Unheil, das in den Jahrmilliarden vorgefallen ist. Ein lächerliches Zückerchen. Er weiß es selber genau, dass er immer Schuldner bleiben würde, dass er nichts wiedergutmachen könnte, deshalb zieht er es vor, nicht zu kommen. Keine Wiedergutmachung für Gott. Nie. Und die Besatzer werden die Welt so zurichten, wie sie es für richtig halten. Ganz Europa, verstehst du, nicht nur Frankreich, nein, die Welt wird am Hakenkreuz baumeln für immer und ewig, verstehst du? Füße nach oben, Schultergelenke ausgerenkt, in lauter verkehrten Kreuzigungen.

Gott wird es nicht erlauben, Herr.

Gott erlaubt alles, das ist es ja eben. Alles und jedes, jede abscheuliche Schweinerei, verstehst du das nicht in deinem rosigen Messdienergehirn? Gott hat die *carte blanche* dafür erfunden.

Warum beten Sie dann dauernd?

Ja, warum denn nicht. Eben darum. Gestorben ist Gottes Sohn, mausetot. Und wie der Sohn so der Vater. Es ist so glaubhaft, weil es ungereimt ist. Der Beigesetzte ist auferstanden und der Auferstandene ist für immer tot. Es ist so völlig sicher, weil es unmöglich ist. Credo quia absurdum.

Ich verstehe Sie nicht mehr.

Der Messdiener versucht das ihm unheimlich gewordene Gespräch zu stoppen.

Aber der Mann fügt noch hinzu:

In nomine patris et filii et spiritus sancti.

Amen, flog es dem Messdiener von den Lippen.

Und jetzt lass mich in Ruhe, ich habe zu tun.

Der Mann murmelt Unverständliches, wiegt seinen Körper vor und zurück und ist nicht mehr ansprechbar.

Der Maler war leise in sein weißes Lakenzimmer zurückgekehrt. Er versucht zu vergessen, dass er sich nicht erinnert. Er fährt im Leichenwagen zur Operation nach Paris und erinnert sich an das weiße Paradies. Er liegt in der weißen Klinik und erinnert sich an eine Fahrt im Leichenwagen von Chinon in die Hauptstadt des Schmerzes. Wann träumt er wovon? Er schüttelt im Traum den Kopf. Die kleinen Verschwörer also leben wie er in dieser weißen Klinik? Es scheint ihm so undenkbar, dass er sich gegen die schneeweiße Wand dreht.

Er sieht sie jetzt noch einmal vor seinen Augen, Mutter und Kind, die er gemalt hat im Jahr 42 der großen Deportationen. Es ist eines der letzten Bilder, er hat es in Champigny-sur-Veude gemalt. Näher könnten sich die beiden Köpfe nicht sein, sie gehen beinah ineinander über, aber in der Nähe liegt die ungeheure Spannung, die sie zerreißt. Der Blick der Mutter gleitet abwärts zum schmutzigbraunen Boden. Was sie um die Augen trägt, sind nicht die Ringe der Erschöpfung, dort spricht der endgültige Mangel an Ausblick. Vor allem das linke Auge ist dunkel umschmiert vom Unheil, es ertrinkt in der Farbe des Unglücks.

Der Blick des kleinen Mädchens aber ist der Mittelpunkt, so voller Leben, leicht in die Höhe gerichtet, witzig aus dem Unheil hinaus, vermutlich in die Zukunft, die für das Kind ohnehin nicht so heißt. Es gibt nur das Jetzt und eine fast greifbare Lust am Leben. Die Augen zappeln vor Freude, Schauen ist das pure Vergnügen. Lange wird das Mädchen es nicht aushalten auf den Knien der Mutter. Eine Gegenwart wie Blei, und nur die eine Schulter der Mutter ist sichtbar, die andere ist schon abgesunken und gelöscht von der Katastrophe. Die Schultern des Mädchens aber sind gebläht vom Glück, von der Jubellust des Lebenwollens auf der rauhen Leinwand des Elends.

Irgendwann wird das lebhafte Mädchen die Haltung der verhärmten Mutter einnehmen. Die beiden Gesichter verkörpern zwei Lebensphasen, deren eine todsicher in die andere übergehen wird. Die dicken braunen Strümpfe der Mutter beherrschen überaus sichtbar den Vordergrund. Haben Strümpfe je so viel Misere ausgedrückt wie diese torfbraune doppelte Armseligkeit? Das Leben selber ist ein Paar einschnürender brauner Strümpfe. Das Stuhlbein links steht so schräg, dass das knapp verschmolzene ungleiche Paar im nächsten Augenblick endgültig in den Abgrund kippen muss. Warum kommt ihm gerade jetzt das Wort Jama in den Sinn? Der tiefschwarze Schattenwurf links könnte endloser nicht sein. Gibt es hier überhaupt Wände? Kaum, der Raum ist das unmöblierte Riesengehege des Elends.

Aber das Blau der beiden Kleidchen! Zwei unassortierte Geheimfächer von Himmelblau. Auf beider Haut liegt ein Fetzen hellseligen Glücksversprechens. Bei der Mutter wird es von Blick, Haltung und torfbraunen Strümpfen sofort abgeleugnet. Das bisschen weißer Rüschenunterrock verstärkt die Verneinung. Beim kleinen Mädchen ist das Himmelblau die Haut der hüpfenden

Gegenwart. Genau so lange, wie es daran glauben wird. Ein wenig von diesem Blau des Versprechens schmiegt sich kokett um seine Augen. Vielleicht wird das kleine himmelblaue Mädchen eines Tages mehr Glück sehen. Aber es steht nirgendwo geschrieben.

Der Maler sträubt sich in seinem lichtweißen Laken. Nein, nicht das Glück. Bloß nicht das nichtige Glück. Das Glück ist nicht das Thema. Sprich lieber von der Milch. Die Farbe der Zukunft ist die Farbe der Milch.

Mademoiselle Garde und das nichtige Glück

Er liegt in seinem blendend weißen Bett und denkt tatsächlich an das Wort Glück, das sich scheinbar so völlig fremd fühlt in seinem Leben. Wirklich dieses Wort? Muss es sein? Ein ähnliches vielleicht, aber es gibt kein ähnliches. Als der unglücklichste Maler von Montparnasse zu gelten, war ein solider Schutzschirm. Die Aura des Unglücks bewahrt den Menschen vor der Zudringlichkeit der Welt. Der Unglückliche wird großzügig in Ruhe gelassen. Er wird unberührbar, verstehen Sie? Wie ein zu starker Körpergeruch schützt ihn das prächtige Vorurteil. Der unglückliche Soutine! Der ganze Montparnasse seufzt. Entsetzliche Kindheit, bestürzende Armut, zerstörerischer Hass auf die eigenen Bilder, zermürbende Magengeschwüre, eingefleischte Schüchternheit, absolute Verlorenheit. Und schließlich setzen ihm die Besatzer und ihre Gehilfen nach. Versteckt in einem Leichenwagen!

Oder er war der Vorletzte auf der Skala des Elends, wie immer: der zehnte von elf. Der Maler der heillosen Menschheit, sagten sie, der Erniedrigten und Gedemütigten, sagten sie, des Hungers, sagten sie, der gemarterten Tiere. Die gekreuzigten Truthähne, die aufgehängten Hasen, denen man das Fell schon abgezogen hat oder gleich abziehen wird – alles immer er selber, sagten sie. Wahrscheinlich haben sie ihn auch noch für das blutübergossene Ochsengerippe gehalten.

Der farbig schillernde Tod hat ihn zum Augenzeugen berufen. Der Tod will nicht unsichtbar sterben. Der Tod ist Triumph, und er hat ein herrliches Gefieder! Das Huhn mit dem blauen Hals, die dunklen Masern der Wachtel. Der Tod war anspruchsvoll, er wollte sich farbig malen lassen. Das Unglück, ja, aber in einem verwirrenden, keuchenden Jubel der Netzhaut. Sie haben ihn übersehen. Er war unsichtbar. Und wollte es bleiben.

Andrée, eine malende Trabantin des Planeten Montparnasse, hat ihn einmal direkt gefragt mit ihrer hellen Stimme, sie war die einzige, die es je wagte:

Sind Sie sehr unglücklich gewesen, Soutine?

Er war verblüfft über die Frage, verstand sie erst nicht. Aber er erinnert sich noch im Leichenwagen und in den Laken des weißen Paradieses an seine Antwort:

Nein! Ich bin immer ein glücklicher Mensch gewesen!

Und sie behauptet, sein Gesicht habe vor stolzer Freude gestrahlt.

Er sucht in seiner Erinnerung nach dem richtigen Glück. Ob richtiges Glück oder nichtiges Glück – es ist alles Eins. Aber es war da, hat seine Spur hinterlassen. Das war das Wichtigste. Der Ausbruch aus Smilowitschi war geglückt, die Ankunft in Wilna im nächtlichen Gaslicht, die Fahrt in die leuchtende Welthauptstadt der Malerei. Zehn Jahre Hering, Kohlabfälle und bitterer Hunger. Aber dann der Eintritt des Pharmazeutengottes Barnes, wer hätte das geahnt, der täuschend echt simulierte Wohlstand, die exquisite eigene Mischung von Clochard- und Luxusleben, die Hüte von Barclay, der Chauffeur Daneyrolles, die Sommermonate in Le Blanc bei Zborowski und in Lèves bei den Castaings, die jedes seiner Bilder bebend erwarteten und fürstlich bezahlten, als die Krise 1929 Zbo ruiniert hatte.

Sie waren verrückt nach seinen Bildern, nahmen sie in ihr prachtvolles Haus in Lèves auf, würdigten sie als ihre wichtigsten Gäste. Dieses stumme, sich verleugnende Warten der Castaings erregte ihn. Die Welt schien auf ein Bild zu warten. Auf ein nichtiges Glück. Und er tat, als ob er zweifelte, je wieder eines schaffen zu können. Er setzte den letzten Pinselstrich jedes Mal zum letzten Mal. Er liebte diese bürgerliche Komödie. In den Sommermonaten lebte er dort gehätschelt im Schoß der prächtigen französischen Bourgeoisie, die er neugierig beobachtete und charmant fand mit ihren Ticks und Ritualen. Der Salon, Erik Saties weiße Musik, das Klirren der Champagnerkelche. Am Flügel hängt noch der Regenschirm, den Satie 1924 vergessen hatte.

Das Abendessen ist angerichtet!

Sollte er diesen Satz im Leichenwagen gehört haben? Man ruft ihn höflich zum Dîner, er zieht sich einen richtigen Anzug an, aber selbst im farbbespritzten Blaumann fühlt er sich respektiert und willkommen. Wenn ganz Smilowitschi das Schauspiel sehen könnte! Nur die Bediensteten beäugen ihn misstrauisch, wenn er sie malen will. Und er interessiert sich auffällig für sie. Die Köchin, der Diener. Nichts gleicht hier seiner Kindheit, der französische Sommer hat sie gelöscht.

Henry Miller schreibt: Soutine ist weniger wild jetzt, er malt sogar lebendige Tiere! Kein Blut mehr, nur noch Traurigkeit.

Und lesende Frauen, hingegossen ins Gras, von ihren Büchern gefesselt, mit aufgerissenen Augen auf die Seiten starrend. Und die taumelnde Kathedrale von Chartres. Er ist endlich angekommen, das Licht der Landschaft hat ihn in die Arme genommen und sanft gezaust. Der Erdrutsch von Céret ist angehalten.

Er aber vergisst keine Sekunde lang, wo er ist, stürzt sich noch immer auf die Zeitungen, um zu verstehen, welche Bücher in einem nahen Land verbrannt, welche

Bilder als entartet bezeichnet werden, welcher Krieg sich früh ankündigt. Der farbige Tod ist noch lange nicht ausgestanden. Aber er malt jetzt sogar lebendige Tiere. Und Charlot, dem er die Palette schenkte. Verlorene Kinder in Civry und Champigny, kleine, aus dem All gestürzte Meteoriten.

Und als die Besatzer anrollen, ist es sein nichtiges Glück, dass er unsichtbar wird unter seinem blauen Hut. Dass der Stempel auf seinem Lichtbild verrutscht. Dass keiner den Stern auf seiner linken Brust sehen kann. Er ist nicht in die Falle der Winterradrennbahn gegangen. Sie suchen ihn, er bleibt verschwunden. Es war nur das nichtige Glück des Verschwindens. Und das Glück der falschen Papiere.

Das Magengeschwür blieb, der Schmerz drückte dem immer unerwarteten Glück das Maul zu. Er hatte Angst, ein anderer zu werden, ein anderer geworden zu sein. Die alte Wunde muss offen bleiben. Verschwindet sie, erstickt sein Talent. Armut, Hunger und Hässlichkeit sind wunderbare Möglichkeiten. Die bloße Schönheit ruht in sich, sie nimmt ihm den Pinsel aus der Hand. Modiglianis Schönheiten, er kann sie nicht sehen. Sie ließen die Körper ein wenig leuchten wie Papierlaternen. Die Schönheit löscht sie aus.

Spricht man in seiner Gegenwart von einer gerechteren Welt, wird er traurig. Der Maler liebt die Ungerechtigkeit, er sieht in ihr eine Chance. Die Gerechtigkeit erscheint ihm als eine armselige Göttin, die den Menschen kleiner machen will. Die geringste Chance ist ihm unendlich lieber. Alles ist ungerecht verteilt, verstehen Sie, alles. Gesundheit, Reichtum, Schönheit, Talent und Ruhm. Nur das Ungleiche inspiriert und beflügelt. Jeder Catch-Kampf ist ihm lieber als eine bessere Welt. Die karge Sehnsucht, das bittere Verlangen, der hoffnungslose Wunsch.

Er hat Angst davor, ein anderer zu werden. Er wühlt sich in die alten Tücher der ersten Verletzungen, der schlimmsten Kränkung. Es kommt von dort. Du kommst von der Wunde her. Sie ist die Geburtsurkunde, der Pass fürs Leben. Du musst es hüten und bewahren, darfst es nicht vergeuden. Mit dem farbverschmutzten Daumen die Wunde offen halten. Die Narbe nicht schöner machen. Nichts desinfizieren. Mit demselben Daumen, den er sich beim Malen einmal ausgerenkt hat. Noch in Rembrandts Gemälden erkennt er den verzweifelten Daumen wieder. Auch er hat manchmal mit dem Finger gemalt.

Und dann geschieht etwas, das er nicht vorausgesehen hat.

Eine Hand legt sich auf seine Stirn. Er ist erstaunt und denkt zunächst an Marie-Berthe, aber es ist nicht ihre Hand. Jede Hand spricht anders, jede hat ihre eigene Schwere, ihre bestimmte, drückende Weichheit, jede Linie in ihr hat eine eigene Temperatur. Er hebt verwundert die Augen. Er erkennt sie sofort.

Garde, was machst du hier im Wagen?

Die Hand streicht ihm über die Stirn, einmal die sanften kühlenden Fingerkuppen, dann die wärmeren, eingezogenen Fingerrücken, ganz leicht einmal hin, einmal her. Sie beugt ihre lächelnden Lippen zu ihm hinunter.

Lass, Lieber, frag nicht, bleib ruhig liegen. Du musst dorthin, du wirst erwartet, die Ärzte wissen Bescheid.

Aber du bist doch in Gurs? Wie bist du freigekommen? Wie kommst du hier herein? Wer hat dich gerufen, wer hat Dir Bescheid gesagt, wer hat dich hereingelassen?

Frag jetzt nicht, es hat keine Bedeutung mehr. Ich bin gekommen, das ist alles.

Er hört die Antwort kaum, taucht ab in das wattige Gehäuse, wo er jetzt wohnt, wo seine betäubten Schmerzen wohnen.

Er traf im Dôme eines Abends auf seinen Schutzengel. Er hatte sich nicht angemeldet. Es war im Oktober 37. Mit einem haarsträubenden deutschen Akzent stellte sie sich vor: Gerda Groth-Michaelis. Sie saß einfach da. Wie sie jetzt im Leichenwagen, der seinen Weg nach Paris sucht, neben ihm sitzt und leise gegen die Frontscheibe spricht. Aber mit wem?

Ich heiße Gerda Michaelis. Ich wurde in Magdeburg geboren, wo mein Vater, der Jude war, einen Fell- und Lederhandel betrieb. In jenen Jahren wurde man unter deutschen Studenten im Nu Sozialistin, so leicht, wie man Surrealist wird, es war dasselbe Gefühl der Erregung. Doch wir merkten schon, dass es neben uns noch eine andere Jugend in Magdeburg gab. Im arbeitslosen Deutschland marschierten die Braunhemden. Nach der Machtergreifung kamen rasch die Rassegesetze. Als das Geschäft meines Vaters enteignet und arisiert wurde, wuchs die Angst in der Familie, ich fühlte mich dort nicht mehr sicher, wollte mein Land verlassen. Ich hatte eine Freundin, Charlotte, die bereits aus Deutschland geflüchtet war und in einem friedlichen Dorf in der Normandie bei Bauern wohnte. Ich reiste mit einem Köfferchen und fast ohne Geld. Die Zeit steht dort still, jeden Morgen haucht sie: Ich bin das, was ich schon gestern war. Nach drei Monaten war ich entmutigt von diesem Leben, das nach Stroh und Milch roch, beschloss, nach Paris zu fahren. Es musste dort eine Lösung geben. Eines Abends bestieg ich den Zug, ohne irgendwem Bescheid zu sagen. Schon am nächsten Tag saß ich in einem dieser Cafés am Montparnasse, wo viele Deutsche verkehrten, die es aus ihrem Land vertrieben hatte.

Mademoiselle Garde hat im Leichenwagen zu sprechen begonnen, doch er merkt rasch, dass sie nicht zu ihm spricht. Sie hatte ihn doch angesprochen, seine Stirn liebkost, sicher, doch dann sprach sie in Richtung Frontscheibe. In die Zukunft? Sie ist taub. Zu den Fahrern? Kaum. Sie suchten die Landschaft ab mit ihren Augen, immer bereit, beim Auftauchen militärischer Fahrzeuge in einen Seitenweg abzudrehen, hinter eine Scheune zu fahren, bis der Tross vorüber war. Ausweichen, nur nicht angehalten werden, aber sicher vorankommen. Einen Leichenwagen in der Landschaft durfte man nicht anhalten, dachten sie, er muss ans Ziel, der Tod mag keinen Aufschub. Das Sterben ging weiter, es hatte nichts Ungewöhnliches. Man starb in einem besetzten Land wie vorher, nur häufiger. Die Geiselerschießungen hatten zugenommen nach den Attentaten vom Sommer 41. Gefängnisinsassen wurden zu Geiseln erklärt, Massenerschießungen folgten, auf dem Richtplatz schrien sie mit verbundenen Augen: *Vive la France!* Guy Môquet war der jüngste, erst siebzehn, nach dem Attentat in Nantes am 22. Oktober 1941.

Die Briefe aus Deutschland, die ich von meiner Schwester Alice bekam, ließen nichts Gutes ahnen. Alice kam nach Paris, hatte ein paar Schmuckstücke unserer Mutter im Gepäck, die wir verkaufen konnten. Wir lebten von Tag zu Tag, aber wir lebten. Es war ein täglicher Kampf. Aber 1935 hatten wir so starke Sehnsucht nach unseren Eltern, dass wir nach Berlin fuhren, wohin es sie inzwischen verschlagen hatte. Ich war erschüttert von den vielen Fahnen mit dem Hitlerkreuz in Berlin, mein Vater war alt und krank und sah eine dunkle Zukunft kommen. Er fragte sich, ob er nicht in Japan Zuflucht suchen sollte. Mein Besuch brach abrupt ab. Ich wurde denunziert, bekam eine Vorladung bei der Gestapo, wo man mich anwies, das Territorium sofort zu verlassen. Ich erschrak sehr und stieg allein in den Zug nach Paris. Meine Eltern und meine beiden Schwestern habe ich nie wiedergesehen.

Garde! Ich bin es doch, Chaim, sprich mit mir! Mit wem sprichst du denn? Hörst du mich nicht mehr? Ich bin doch nicht tot. Du hast gerade eben mit mir gesprochen. Als du zur Winterradrennbahn gingst und nicht mehr wiederkamst, war ich verzweifelt, verstehst du. Ich habe dir ins Lager Gurs einen Brief geschrieben, wollte dir Geld schicken. Es kam keine Antwort, wahrscheinlich durftet ihr nicht schreiben. Ich wollte dich nicht verloren geben, habe in der Villa Seurat deine Kleider getragen, damit du zurückkommst, habe an deiner Seife gerochen, habe ein Haar von dir gefunden, bin deinem Geruch überallhin gefolgt, habe im Schrank nach dir gesucht, deinen Schal um den Hals gelegt mitten im Sommer. Manchmal sprach ich nur deinen Namen aus, rief ihn ins leere Atelier, und es war gut, auch nur deinen deutschen Namen zu rufen, den ich nie gemocht habe. Gerda! Und mir wurde besser. Jetzt war er mir plötzlich vertraut, er war mein unglücklicher Flüchtling.

Ich hatte ein Paket von meiner Mutter bekommen, das fast neue Kleider enthielt. Ich sah an dem Tag einigermaßen gut angezogen aus. Ich ging auf den Tisch zu, wo die Russen und Polen saßen und Carlos, der Mann aus Costa Rica. Man stellte sich vor. Ich hatte den Namen Soutine noch nie gehört, die Tischgenossen hatten ihn mit breitem Lachen als »großen Maler« vorgestellt. Er lächelte, und alles an ihm gefiel mir sofort, seine Lippen, das ironische Lächeln, das durch den Zigarettenrauch hindurch in seinem Blick glänzte. Er sprach Französisch mit einem slawischen Akzent, der *café-crème,* der vor ihm stand, war auffällig hell.

Garde, ich bin danach wieder zu den Cafés am Montparnasse gegangen, habe im Dôme und in der Rotonde gefragt, ob jemand etwas wisse über Gurs, wie die Internierten dort gehalten werden, ob ihr genug zu essen habt. Keiner konnte mir Genaues sagen. Nur, dass alle Deutschen als feindliche Ausländer interniert wurden. Ich ging zurück nach Civry, erinnerte mich an unseren Sommer, als ich die Kinder auf der Landstraße malte, versuchte zu malen, und nichts gelang. Meinen Schutzengel hatte die Radrennbahn verschluckt, er war in den Pyrenäen, ich blieb ohne Nachricht.

Das Leben in Paris war von neuem schwierig. Ich versuchte, nicht zu verzweifeln, aber auch die Volksfront brachte 1936 für uns israelitische deutsche Flüchtlinge keine Erleichterung. Wollte man Neuigkeiten austauschen, ging man in die Cafés am Montparnasse, dort traf man immer irgendwen, der Rat wusste, eine kleine Arbeit vermitteln konnte. Ich wusch Wäsche bei Fremden und spülte Geschirr, und abends, völlig erschöpft nach zwölf Stunden Arbeit, weinte ich in meinem Bett.

Garde! Ich hatte dich nicht sofort bemerkt. Es gab so viele Passantinnen in der Mitte der Welt. Das Dôme war ein Taubenschlag, es sprach alle Sprachen, sie kamen herein, sie flogen hinaus, man wurde dem vorgestellt und jener und verlor sich im nächsten Moment wieder aus den Augen. Flüchtige Täubchen des Zufalls.

Wir haben kaum zehn Worte gewechselt. Aber an den folgenden Tagen hielt ich Ausschau nach ihm, ich traf wieder auf Carlos, sagte ihm, dass ich diesen Maler wiedersehen wolle, Sie wissen schon, welchen, und Carlos führte mich zu Soutine in die Villa Seurat. Mein Gott! Alles erschien mir schmutzig in dieser Wohnung. Die Möbel waren staubig und fleckig, eine Menge Zigarettenkippen lagen auf dem Fußboden, das Atelier war ein einziger Aschenbecher. Der Mann, der hier wohnte, schien in einem Traum zu leben und nichts von alledem wahrzunehmen. Er lebte wie eine zurückgelassene Katze. Alles war heruntergekommen, armselig, abgewetzt.

Garde! Rembrandts Hendrickje, die in den Fluss steigt, ihr Unterkleid hochraffend, die Schenkel entblößend … Sie schaut auf das Wasser. Modigliani hat nichts so Schönes gemalt, Garde! Es war nicht im Louvre, sondern in London, ich wollte hin, nur um dieses Bild zu sehen, die Frau, die in den Fluss steigt, ich hatte eine Abbildung, die ich überallhin mitnahm, mit Reißzwecken festmachte. Kein Tag sollte vergehen, ohne dass ich einen Blick darauf werfe. Garde! Die Frau, die in den Fluss steigt!

Er entschuldigte sich, dass er uns keinen Apéritif anbieten konnte. Ich habe eine Magenkrankheit, sagte er, Alkohol ist mir untersagt. Er hatte ein Grammophon und wollte ein Stück von Bach für uns abspielen, lobte seine Schönheit. Er öffnete sein Atelier, aber ich sah keinerlei Bilder, es war leer und dennoch unaufgeräumt. Mir war es gleichgültig, ich war nicht hergekommen, den Maler zu sehen. Ich wohnte damals in einem kleinen Zimmer im *Hôtel de la Paix* am Boulevard Raspail, lud ihn für den übernächsten Tag mit Freunden zum Tee ein, kaufte Kuchen und Blumen. Er kam nicht. Er wird nicht kommen, sagte einer der Eingeladenen. Das ist allen bekannt, Soutine hat keine Uhr. Er vergisst jedes Rendezvous. Es wurde schon Nacht, das Zimmerchen schwebte in einer Wolke aus Zigarettenrauch. Endlich kam Soutine, lächelnd. Er nahm ein bisschen Tee in einer Tasse, füllte sie mit Milch auf. Alle waren gegangen, er blieb als letzter. Er erinnerte sich, dass es im *Vélodrome d'Hiver* an dem Abend Catch gab, wir fuhren mit dem Taxi hin. Soutine nahm für uns die besten Plätze, gleich am Ring. Er war gutgelaunt und scherzte. Ich wusste nicht allzu genau, was Catch war. Es ist ein sehr schöner Sport, sagte Soutine feierlich lächelnd. Fußtritte ins Gesicht sind erlaubt, und auch Kopfstöße in den Bauch. Er lachte ein stilles Lachen und führte die Spitzen von Mittelfinger und Daumen sacht in seine Mundwinkel.

Garde! Unser Sonntag hatte einen Namen. Wir gingen oft in den Louvre. Ich war überzeugt, dass man nur allein gut sehen kann, ich habe es jahrzehntelang geglaubt. Jetzt hatte jeder vier Augen und ich sah alles noch einmal neu. Garde! Die Fußsohlen des Engels, der Tobias verlässt! Der barmherzige Samariter! Wie er auf der Treppe zurückblickt auf den von Räubern Niedergeschlagenen. Bethsabe mit Davids Brief! Bethsabe! Der kleine Messdiener mit dem Weihwasserkessel und dem Sprengwedel auf Courbets Begräbnis in Ornans! Erinnerst du dich an den kleinen Messdiener? An seinen Blick? Und Chardins Rochen, vergiss den Rochen nicht! Der Louvre war für uns Sonntag. Der Sonntag war Bethsabe, ein kleiner Messdiener, ein Rochen.

Plötzlich stand er auf, noch vor dem Ende des letzten Kampfes, und fühlte sich nicht wohl. Ein unerträgliches Brennen im Bauch. Er wollte sofort nach Hause und bat mich, ihn zu begleiten. Plötzlich war er klagend und vertraulich, als ob er mich schon lange kennt. Ich werde Ihnen helfen, ich werde Sie pflegen, sagte ich. In der Villa Seurat machte ich ihm eine Wärmflasche und reichte ihm ein Glas lauwarmes Vichy-Wasser. Seine Schmerzen beruhigten sich. Er zündete sich eine Zigarette an und begann zu plaudern, sprach von seiner Krankheit, die ihn schon seit einigen Jahren quälte. In seiner Jugend hätten schlechte Ernährung und Alkohol seinen Magen ruiniert. Von Zeit zu Zeit wiederholte er mit leidender Stimme: Sie werden mich doch nicht verlassen?

Garde! Es gibt bei uns einen Glauben, nach dem jeder Mensch einen winzigkleinen Knochen in seinem Körper hat, der Mandel heißt. Und weißt du, wo es steckt, dieses Mandelknöchelchen? In der Nähe des Atlaswirbels. Es birgt die Seele des Menschen, seinen innersten Kern. Garde! Dieses Knöchelchen ist unzerstörbar. Auch wenn der ganze Körper des Menschen zerrissen, verbrannt und vernichtet wird – das Mandelknöchelchen ist unvergänglich. Darin ist der Funke der Einzigartigkeit des Menschen. Und dem Glauben nach wird der Mensch bei der Auferstehung aus diesem Knöchelchen neu erschaffen. Ich habe nie an die Auferstehung geglaubt, schon in unserem Smilowitschi-Sand damals konnte ich es nicht glauben. Wir können ewig warten, der Maschiach wird uns vergessen haben. Aber an das Knöchelchen glaube ich bis heute. Als du in Gurs warst, habe ich zu deinem Mandelknöchelchen gesprochen, habe ihm zugeflüstert.

Doch die Beruhigung dauerte nicht lange, die Schmerzen waren erneut da, und qualvoller als vorher. Ich bereitete noch eine Wärmflasche, er schlief ein. Ich sah ihm die halbe Nacht beim Schlafen zu und fand ihn schön, wie er so dalag in seiner furchtbaren Magerkeit. Irgendwann sank ich erschöpft neben ihn. Im Morgenlicht stand ich auf und wollte gehen, da schreckte er auf: Gerda, Sie werden doch nicht gehen? Er ergriff meinen Arm: Gerda, du warst heute Nacht meine Hüterin, hast mich mit deinen Händen gehalten, jetzt halte ich dich! Er mochte meinen deutschen Namen nicht, also wurde ich Garde getauft, seine Nachtwache, seine Hüterin. Ich begann bereits, meinen Namen Gerda zu vergessen.

Garde! Ich fahre immer wieder nach Paris, wie damals, 1913. Ich komme nicht aus Wilna, sondern von der Loire, nicht weit von der Demarkationslinie. Heute hätte es keinen Sinn, sie zu überschreiten, ich habe zu lange gewartet. Ich muss zur Operation. Ich fahre in ein weißes Paradies. Ich fahre ins Land der Milch.

Er war geheimnisvoll, einsam, voller Misstrauen. Alles an ihm war seltsam und fremd. Ich lebte mit ihm, ohne zu ahnen, wer er als Maler war. Wenn er in seinem Atelier arbeitete, duldete er es nicht, dass man ihn störte. Er benutzte eine Vielzahl von Pinseln und warf sie im Fieber der Komposition einen nach dem andern hinter sich auf den Boden. Farbtuben und Pinsel lagen überall herum, zerdrückt und aufgerissen. Manchmal trug er die Farbe mit seinen Händen auf, bestrich seine Fingerbeeren damit, und die Farbe blieb unter den Fingernägeln und war nicht mehr abzuwaschen. Nach getaner Arbeit stellte er das Bild mit dem Gesicht gegen die Wand, damit niemand es sehen konnte. Er verlangte von mir im Ernst, dass ich seine Bilder nicht ansehe. Sie wurden in einen Schrank weggesperrt. Meine Blicke waren nicht erwünscht. Und ich verlangte nichts. Es genügte mir, bei ihm zu leben. Wir waren dafür gemacht, uns zu verstehen, ich liebte ihn. Das ist alles.

Garde! Niemand hat meine Bilder je gesehen. Sie waren unsichtbar wie ich selbst. Ich hatte Angst, sie wieder anzuschauen, Angst, die Stimme aus ihnen zu hören, die mir befahl, sie zu zerstören, die Leinwand mit dem Messer aufzuschlitzen, alles zu verbrennen. Ich habe dich nie gemalt, um dich nicht verbrennen zu müssen.

In den zwei Jahren vor dem Krieg lebten Soutine und ich von Tag zu Tag, wir genossen jede verfließende Stunde, die Freude, beisammen zu sein, die bescheidene Süße eines gefährdeten Glücks. Wir hatten freiwillig unsere Vergangenheit abgeschafft und verschlossen die Augen vor der Zukunft.

Garde! Wer weiß, was die Zukunft ist. Sie ist eine Himbeere. Sie wird kalt sein, dort wird uns niemand lieben, so wie wir uns jetzt lieben. Sie ist eine Wüste. Wermut, Abwesenheit. Dort stehen nur Fremde, die den Kopf schütteln, die Augen vor uns verschließen. Garde! In Minsk und Wilna wollte ich rasch in die Zukunft, ich war voller Ungeduld, ich hatte es eilig. Paris lag bereits in der Zukunft, ich wollte dorthin. Aber die Zukunft lenkt ab von dem Bild, das in uns entsteht. Die Zeit anzuhalten, damals im Bienenstock, das war jetzt mein Verlangen, und die grobe Leinwand gehorchte widerwillig.

Im *Hôtel de la Paix* am Boulevard Raspail hatte ich ein österreichisches Paar kennengelernt, das wie ich vor

Hitlers Terror geflohen war. Sie waren in Paris auf Zwischenstation, warteten auf ihre Auswanderung nach Amerika. Ich wandte mich an Frau Tennenbaum, fragte sie, ob ihr Mann Soutine untersuchen würde. Der Doktor schlug eine Röntgenaufnahme des Magens vor, Chaim akzeptierte, um mir eine Freude zu machen. Soutine leidet, so sagte Tennenbaum zu mir, an einem sehr tiefen Magengeschwür. Ich fürchte, es ist zu weit fortgeschritten und unheilbar. Sein Organismus ist schwach und verbraucht. Ich denke nicht, dass dieser Mann mehr als fünf oder sechs Jahre zu leben hat. Gibt es keine Hoffnung? fragte ich ihn. Hoffen wir auf ein Wunder, antwortete Doktor Tennenbaum, und er verschrieb Soutine Bismut, Papaverin, Laristin. Wir alle hofften auf ein Wunder zu der Zeit. Man hat die schlimmsten Vorahnungen, der Krieg zeichnet sich ab, ich höre im Funk diese gellenden Reden, aber man hofft auf ein Wunder, ist das nicht unglaublich?

Nichts als Wunder im Sinn zu haben, war unser Irrtum. Der Schmerz ist ein Irrtum, der uns bewohnt. Das weiße Paradies ist voll von dieser Milch, die mich erwartet. Ich wollte nicht in meinem eigenen Blut ertrinken. Garde! Wer nie wegfährt, kehrt nie wieder.

Soutine warf die Medikamente weg, bezeichnete den Arzt als einen Scharlatan. Madeleine Castaing kannte einen großen Spezialisten, Professor Gosset. Seine Diagnose war absolut identisch. Und Soutine wollte jetzt gesund werden, sich richtig ernähren, alle Medikamente schlucken, die die Ärzte ihm verschrieben. Er ernährte sich seit Jahren von gekochten Kartoffeln, aus dem Wasser gezogenen faden Nudeln, Gemüsesuppen, Milchkaffee. Er war stark abgemagert, man konnte seine himbeerroten

Rippen sehen. Jetzt fand er neue Freude am Essen, ich kaufte Schinken für ihn, kochte Beefsteaks, gebratene Hähnchen ... Er lachte, wenn meine Platten auf den Tisch kamen, er scherzte: Rühr das Hähnchen nicht an, das ist alles für mich. Er fand es schön, wieder am Leben zu sein.

Die Figuren sollten der Zeit befehlen stillzustehen. Nur das Magengeschwür meldete sich wie ein schlechter Puls, ein verpasster Rhythmus trieb es voran. Garde! Du wirst mich doch nicht verlassen, wenn ich nach Paris zur Operation muss? Wie oft habe ich in letzter Zeit nach dir gerufen! Mir scheint, ich fahre in die kalte Zukunft. Es gibt dort ein Land der Milch, alles ist weiß, die Kühe sind weiß. Ich muss durch das Weiß hindurch, und es wird mich heilen, Garde!

Von Monat zu Monat stellte ich Besserung fest. Seine Freunde beglückwünschten ihn. Ich empfand es als mein Glück, es war mein Werk. Die Liebenden weiden sich mit Verwunderung an ihren Liebkosungen. Manchmal betrachtete er mit aufmerksamem Blick meinen Körper. Du bist schön, sagte er mir einmal lachend, du gleichst einem Bild von Modigliani! Ich weiß, dass ich mich lächerlich mache, indem ich das erzähle.

Garde! Sprich mit mir, nicht zu den Fahrern, nicht zur Zukunft, sprich mit mir. Schau mich an, ich liege hier neben dir auf dieser metallenen Pritsche. Du kennst meine Lieblingsfarben, Zinnoberrot, Silberweiß, Veronesegrün. Sprich mit mir!

Im August 39 fuhren wir nach Civry, in ein Dorf in der Nähe von Auxerre. Der litauische Maler Einsild hatte davon geschwärmt, reizende Landschaft, absolute Ruhe, weg vom Montparnasse-Fieber. Die Glockentürme von Auxerre tauchten auf. Civry, sein einziger Kolonialwarenladen, Tabak, Milch, Wurst und Nähfaden. Kaffee und Apéritif am selben Ort. Das Zimmer bei Madame Galand, einfach und sauber, das Wasser musste man an der Pumpe holen. Die Straße nach Isle-sur-Serein, die Pappeln und die Sonne. Soutine hat sie mehrfach gemalt. Tote Hasen, Bauernkinder mit verschmierten Mäulern. Um sie zum Stillsitzen zu bringen, verteilte ich Süßigkeiten. Es war unser letzter banger Sommer, Soutine lauerte misstrauisch auf die Ankunft der Zeitung, versuchte zu verstehen, was sich jenseits der Grenzen abspielte. Am 1. September 1939 Polen, zwei Tage später Frankreichs Kriegserklärung. Vorher waren wir nur zwei Sonderlinge vom Montparnasse, die hier ihren Sommer verbrachten, jetzt fiel plötzlich der Verdacht auf uns, wir könnten Spione sein. Jedenfalls waren wir »feindliche Ausländer«, ob wir selber Verfolgte waren, interessierte keinen. Eine Woche zuvor hatten Molotow und Ribbentrop den Nichtangriffspakt unterzeichnet. Und der Bürgermeister, Monsieur Sébillotte, schwoll an vor Wichtigkeit und verbot den beiden auffälligen Ausländern mit ihrem verdächtigen deutschen und slawischen Akzent jede Abreise »bis auf weitere Verfügung«. Wir saßen in Civry fest. Die Sommeridylle wurde zur Fußfessel. Soutine erhielt nach vielem Hin und Her die Erlaubnis, nach Paris zu fahren, um Ärzte zu konsultieren. Seine Schwüre wollten mich beruhigen: Du-bist-meine-Frau, hab-Vertrauen, nie-werde-ich-dich-verlassen, lass-dich-nicht-entmutigen.

Ich versuchte verzweifelt, für dich einen Passierschein zu bekommen. Mein Magengeschwür bekam einen, aber mein Engel musste dort ausharren.

Ein kalter Herbst folgte, ich blieb allein zurück. Alles, was im Sommer hier geleuchtet hatte, war nun von tödlicher Traurigkeit in diesem Dorf der hundert Seelen. Soutine brachte nach zwei Monaten einen gültigen Passierschein für mich, wir weinten vor Glück bei unserem Wiedersehen, er nahm gerührt den blauen Pullover, den ich für ihn gestrickt hatte mit den Initialen C. S. Der Bürgermeister plusterte sich noch mehr auf und belehrte uns, dass in Kriegszeiten einzig der Bürgermeister die Befugnis habe, zwei verdächtigen Ausländern die Bewegungsfreiheit zu entziehen. Ich, Sébillotte, Bürgermeister von Civry … Ende April 40 setzten wir uns über das Verbot hinweg, packten nachts unsere beiden Koffer, nahmen nur das Nötigste mit und gingen zu Fuß bis nach Isle-sur-Serein. Das Dorf schlief fest. Die dunkle Landstraße, die Soutine oft gemalt hatte, nahm uns auf, wir waren jetzt die Schulkinder, die Hand in Hand im Sturm den Weg nach Hause suchten. Um ein Uhr nachts nahmen wir den Zug nach La Roche, stiegen um, näherten uns langsam Paris. In der Gare de Lyon nahm mich Soutine in den Arm und flüsterte mir ins Ohr:

Garde, du bist gerettet …

Eine Woche später begann der Überfall, Europa war in Aufruhr. Am 10. Mai 1940 kapitulierten Belgien und Holland. Als die deutschen Truppen sich näherten, ordnete die Regierung an, alle deutschen Staatsangehörigen als feindliche Ausländer zu internieren. Es war ein bunter Haufen, jüdische Flüchtlinge, Kommunisten, Anti-Faschisten, Künstler und zufällig auf französischem Boden sich befindende Deutsche, alle zu einem feindlichen Brei zusammengerührt und in die Internierungslager gesteckt. Ich musste am 15. Mai 1940 in die Winterradrennbahn. Wir durchquerten Paris im Taxi. Wir schwiegen. Wir stiegen aus, umarmten uns lange. Ich trat durch eine Glastür und verschwand im dunklen Innern. Ich sah ihn nie wieder.

Als du weggingst, dachte ich: Das ist das Ende. Mein Schutzengel hat mich verlassen, meine Garde. Bald holen sie mich auch, und dann ab, du weißt wohin. Wenn sie die Schutzengel holen, was soll aus uns werden? Sie sind die letzten, die man verhaften darf. Nachts träumte ich mehrmals in der Villa Seurat von schwarzen, dampfenden Müllhalden, wo verwundete Engel mit noch zuckenden Flügeln durcheinander lagen. Es war Nacht, sie hatten von Kohle und Öl verschmierte Gesichter und wimmerten im Dunkeln. Die Halde knarzte unter meinen Schuhen wie zerstoßenes Glas, wie lauter kaputtes Keramik- und Porzellanzeug. Ich hatte Angst, auf die Engel zu treten, suchte einen Weg zwischen ihnen. Und ich musste meinen Engel unter ihnen suchen. Mademoiselle Garde! rief ich laut, ich riss meinen Mund weit auf, doch aus ihm kam kein Laut. Ich versuchte es nochmals, schrie lauter, so laut ich konnte, aber nichts geschah, keine Antwort kam, nur dieses entsetzliche Wimmern wie von verletzten Nagetieren. Und ich hörte betäubend laut, durch irgendwelche Lautsprecher verstärkt, das Schlagen meines Herzens. Der Traum versetzte mich in großen Schrecken, ich sprang auf in meinem Bett und schrie ein letztes Mal:

Mademoiselle Garde!

Der Schrank

Der Maler schaut zur blanken hellen Decke hinauf und wartet, bis die Geräusche auf dem Flur verebben. Es muss Nacht sein oder etwas Nachtähnliches im Land des Schnees und der Milch. Er versucht sich zu erinnern, aber da ist nicht mehr viel. Der Morgen in Chinon, die Linden, der schwarze Citroën, die merkwürdigen Leute, die im Leichenwagen zu ihm sprachen, eine unendlich lange Fahrt – aber wohin? Die schwarzen Wölfe auf den Motorrädern, die Gürtelschnallen mit dem hämischen GOTT MIT UNS, die Seitenwagen, Ledermäntel. Er erinnert sich, dass Marie-Berthe ihm ein kleines Kreuz an einem Kettchen um den Hals hängte und ihm zuflüsterte, Gott sei für ihn gestorben. Und er greift sich an den Hals, findet aber nichts mehr, keine Kette, kein Kreuz.

Die Zeit war lang, aber sie muss doch irgendwann eintreten. Komm, Nacht. Aber sie kommt nicht. Nur dieses weiße Schimmern zwischen den Lamellen der Rollläden. Dieses Flimmern vor den Augen, der Schneefall, der ihn zum Schlafen bewegen will. Wer schneit hier so viel, damit er schlafen kann? Bei der nächsten Ebbe, als nur noch ein leises Gurgeln in unsichtbaren Röhren zu hören ist, geht er wieder hinaus, geht den Flur entlang Richtung Fenster, und es ist nicht einmal eine weiße Nacht, wie die Nordländer sie kennen, er hat die Russen im Bienenstock davon schwärmen hören. Keine Mitternachtssonne. Nur ein seltsam strahlendes weißes Schneelicht.

Noch immer ist keine Seele auf dem Flur. Er tritt ans Fenster, fährt zart mit dem linken Zeigefinger über den weißgestrichenen Fenstersims, zeichnet gedankenlos mit dem anderen Zeigefinger die Kanten der gegenüberliegenden Klinikgebäude nach – und zuckt zurück. Als ob sich sein Finger an die Worte von Doktor Bog erinnert hätte.

Er ertappt sich, seine Zeigefinger ertappen ihn. Malen war ihm hier nicht erlaubt. Er war geheilt. Die absolute Schmerzfreiheit. Nicht einmal ein paar Linien, die der Zeigefinger auf das Fensterglas skizzierte? Wie damals im baltischen Sandboden unter den Kiefern, als er mit einem spitzen Tannzapfen die wildesten Porträts zeichnete? Hier war nur das Fensterglas, das nicht einmal ein winziges Zeichen zurückbehielt, so sehr war es frei von Schmutz und Staub.

Er tritt mit einer schuldigen Enttäuschung zurück vom Fenster, steigt hinauf im schmalen Treppenhaus am Ende des Flurs. Die Klinik ist unermesslich weit und in ihrer Anlage undurchsichtig, die gewölbten Türen und Wandschränke auf den Fluren zahllos. Selbst bei Ebbe der Geräusche ist er erstaunt, nie einem anderen Patienten zu begegnen, oder einem gestrengen Pfleger, der ihn in sein Zimmer zurückweisen würde.

Er beginnt übermütig zu werden, dringt im oberen Stockwerk, wo er bereits das Zimmer mit der Holzpuppe und das Verschwörerkomitee um den Konditorjungen belauscht hatte, in mehrere Zimmer ein. Keine Seele, alle Räume leer. Grelles weißes Licht. Dann öffnet er noch eines, in dem er ebenfalls Leere vermutet, und erschrickt. In einem blendendweißen Kubus stehen, akkurat hintereinander aufgereiht, gerahmte und ungerahmte Leinwände auf dem Boden. Dutzende und Aberdutzende, das Zimmer ist fast voll davon, nur schmale Pfädchen zwischen den Reihen erlauben es, dazwischenzutreten. Sie waren sorgfältig hier abgestellt worden – aber von wem? In einer Klinik, wo das Malen strengstens verboten war?

Er beginnt schüchtern mit zwei Fingern die eine Leinwand von der andern abzuheben und schaut sich das Sujet an. Ein ungeheurer Schock packt ihn. Das kann nicht sein! Er glaubt wahnsinnig zu werden, als er seine eigenen Bilder wiedererkennt, aber nicht jene, die er Guillaume oder Barnes oder den Castaings verkauft hat, sondern es sind ohne Zweifel jene, die er in seinem Leben eigenhändig zerstört hat, aufgeschlitzt in der Wut des Ungenügens, verbrannt im unbändigen Furor des Auslöschens. Hier waren sie sorgsam gesammelt, in höhnischer Vollzähligkeit. Er erkennt sogar jene, die er zuletzt noch in Champigny verbrannt hat, kurz vor der Fahrt in die Klinik von Chinon, im qualmenden, schlecht ziehenden Kamin des kleinen Häuschens am Eingang zum Grand Parc, an der Straße nach Pouant.

Wie nur war es möglich, dass sie sich alle hier wiederfanden, wer war der idiotische Aufsammler all der Opfer seiner Zerstörungswut? Kann aus Asche und Leinwandfetzen je wieder etwas Ganzes werden? Er glaubte nicht an die Auferstehung, auch nicht an die Auferstehung zerstörter Bilder. Nicht einmal sie durften auf den Maschiach hoffen. Oder hatten auch die Bilder ein Mandelknöchelchen, das unzerstörbar ist? Hier waren sie säuberlich aufgereiht als ein komplettes Register seiner zerstörerischen Untaten.

Die ganzen Hekatomben aus der Zeit in Céret, alles erhalten, alles aufbewahrt! Was Zborowski und sein Chauffeur Daneyrolles hinter seinem Rücken zusammenlasen, was feinchirurgisch von Jacques restauriert worden war und was er danach ihrer Durchtriebenheit wieder entreißen konnte: Alles war da! Nichts war verloren, gar nichts. Aufgehoben bis – zum Jüngsten Tag? Er geht langsam seine Leinwände durch und erinnert sich an seinen maßlosen Zorn, der ihnen zum Verhängnis wurde.

Wer konnte Interesse an diesen Abfällen und Unfällen haben, wem konnten sie noch von Wert sein, wenn er sie längst verleugnet hatte? Wer hatte sie gestohlen und geborgen, damit er sie hier wiederfände? Was waren das für himmlische Diebe der Bewahrung, der Unversehrtheit?

Er versteht diesen weißen Ort immer weniger, wo man ihm seine Heilung versprach und tatsächlich gewährte, wo man ihm die Schmerzfreiheit schenkte, aber das Malen strengstens untersagte und zugleich Gemälde aufhob und sammelte, die er längst der Vernichtung zugeführt hatte.

Er erwartet von sich selber, dass er in eine gewaltige Wut ausbrechen und wild und zornig zu Doktor Bog laufen wird, um sich über diesen Frevel der Wiederherstellung zu beschweren. Zu seinem Erstaunen jedoch bleibt er ruhig und gelassen. Haben sie ihm sedierende Medikamente verabreicht? Der Gott in Weiß war in diesen vielen Gängen ohnehin nicht aufzufinden, und er hatte sich seit dem Gespräch über den besonderen Saft des Blutes nicht mehr gezeigt. Er war nicht mehr an sein Bett getreten mit jenem geheuchelten Interesse, das alle Ärzte einüben, oder dann mit geschwellter Brust und voller Stolz über die fabelhafte Heilung. Er kam nicht mehr.

Der Maler geht verwirrt hinaus und steigt auf der Treppe in die Untergeschosse hinunter, öffnet dort einen zufälligen Heizungsraum, staunt über die Vielzahl dicker und dünner Rohre, hört auf ihre matte Musik, atmet den süßlich staubigen Geruch. Geräusche fahren träge hin und her durch die Räume, beschleunigen sich und beruhigen sich wieder, ein Brausen und Pfeifen, Knacken und Kurbeln, das sich plötzlich selbst besänftigen will. Dann quietscht es, und er zuckt zusammen, fühlt sich gerade von diesem Geräusch ertappt.

Der Maler verläuft sich in diesem unterirdischen weißen Dschungel von Heizungsrohren. Er öffnet geistesabwesend mehrere helle Wandschränke, findet sie leer vor, öffnet noch einen und zuckt zurück. Ein scharf riechender Abfall war hier hineingeschüttet worden, sein Auge unterscheidet zunächst nur metallene Töne und gestauchte Formen, dann erkennt er deutlich, was er erkennen muss. Es sind Farbtuben, verdreht und gequetscht, malträtiert von einer ungeduldigen Malerfaust, verklebte Pinsel und Spachtel, kaputte Leinwände. Eine riesige Mülltonne, achtlos in den großen Schrank gekippt von wer weiß wem. Er weiß zunächst nicht, ob er Freude oder Schmerz empfinden soll, spürt zunächst gar nichts als diese wattige träumende Verwunderung.

Aber er beginnt dennoch, fast wie ein Automat, den Farbenmüll langsam Stück für Stück aus dem Kasten zu heben wie einen Schatz aus einem Schiffsbauch, der jahrzehntelang unter Wasser verrottete, besucht von verständnislosen Fischen, von Rochen, von grauem Unterwassergetier. Er legt die verklebten Pinsel aus, die metallenen Farbtuben mit ihren gequetschten Bäuchen und farbigen Bauchbinden, die Leinwände mit ihren Geschwüren, dem zerrissenen Gewebe, den Löchern, den Striemen. Er legt sie auf dem Boden des Heizungskellers aus, als ob der ganze Müll geduldig darauf gewartet hätte, dass er ihm eine Ordnung gebe. Eine sinnlose Verrichtung in diesem Verlies, in diesem Paradies, in dem das Malen verboten war, in dem Malen nur zerschlissenes Gerät bedeutete, nur Abfall, den man irgendwem abgenommen und beschlagnahmt hatte, und den man irgendwohin kippte samt den scharfen Terpentingerüchen, dem Gemisch aus Moder und Filz und stinkendem nassem Leinen.

Als es besonders laut knackt in einem der Rohre, zuckt der Maler zusammen, packt den sorgsam sortierten Malmüll hastig zurück in den Schrank, steht rasch auf, blickt sich um. Niemand da. Niemand? Er spürt irgendeine Gegenwart im Raum, doch tut er so, als ob er jetzt langsam, unbesorgt aus dem Heizungskeller schlenderte. Zurück auf der Treppe, beschleunigt er seine Schritte, steigt hinauf und gelangt auf seinen, den richtigen Gang zurück. Er steuert mit Bestimmtheit auf sein Zimmer zu, sein Gehirn hatte die Distanzen bereits vermessen, er weiß, wo er sein schneeweißes Bett wiederfinden würde.

Doch da steht etwas vor seiner Zimmertür auf dem Boden, ein weißer Topf. Er denkt an einen Nachttopf, doch als er näher kommt, sieht er, dass es eine weiße Dose ist auf einer kurzen, schlanken Konsole. Ein schmaler Strich knapp unter der Kopffläche lässt ihn an einen Deckel denken. Er hebt den Gegenstand, der genau vor seinem Zimmer steht, verwundert zu sich empor und schraubt langsam den Deckel auf.

Eine Urne! Das Wort schießt ihm durch den Kopf.

Im Innern kräuselt sich eine schneeweiße Asche.

Plötzlich erklingt aus der Weite, vom Ende des Flurs her, eine greisenhafte, leicht näselnde hohe Stimme. Der Maler schraubt den Deckel wieder auf die Urne und stellt sie neben die Tür seines Zimmers auf den Boden.

Der arme Doktor Livorno! ruft jetzt die Stimme von weither.

Der Maler kann eine weiße Gestalt erkennen, aber keine Züge eines Gesichts, es war auf diese Distanz nur eine weiße ovale Fläche. Vielleicht ein Arztkittel, vielleicht etwas Glänzendes dazu, vielleicht eine Brille. Als der Maler den Blick auf die Dose senkt und darauf noch einmal in den Flur späht, steht die Erscheinung nicht mehr da.

Dafür hört er gleich hinter seinem Rücken dieselbe Stimme, die bei jedem Wort einen Pfeifton, etwas Säuselndes, einen Überschuss an S-Laut von sich gibt. Es zischelt und fispelt aus diesem Mund. Den Maler überläuft eine Gänsehaut. Ein älterer Herr steht da, nicht im Arztkittel, sondern in einem weißen Bademantel, der sich über einem stattlichen Bäuchlein wölbt, und mit weißen flauschigen Pantoffeln an den Füßen. Etwas untersetzt, hatte er das Gesicht eines Ziegenböckleins. Er spricht nach einem salbungsvollen Seufzen den Maler an, lächelt jovial und süßlich-giftig und zeigt dabei auf die Urne:

Ach, der gute Doktor Livorno! Er war auf seine alten Tage sentimental geworden. Sagte jedem hier irgendeine abstruse Geschichte auf, die keiner hören wollte. Etwas mit Kamelen und Scherben. Er langweilte sich offensichtlich an diesem Ort, der Undankbare. Gleichzeitig schien er überarbeitet zu sein. Leider ertappten wir ihn dabei, wie er in irgendeinem der unteren Korridore wieder zu malen begann, verstehen Sie, das geht nun wirklich nicht! Er hat sich einfach über das Gebot hinweggesetzt und hier wieder sein altes Leben anfangen wollen. Und wissen Sie: Er malte nur nackte Frauen auf Betten und Diwanen. Ekelhaft! Wir haben ihn gewarnt, doch als er sich nicht einsichtig zeigte, mussten wir ihn liquidieren, verstehen Sie, Monsieur Sutinchaim?

Das säuselnde giftige Ziegenböcklein im weißen Bademantel beugt sich hinunter und streichelt versonnen die weiße Urne. Ein bestimmter strenger Geruch ging von ihm aus, ein Gemisch aus Pestwurz und Urin.

Ja, ja, liquidieren. Ach, dieses leichte Häufchen Asche. Und so ein freundlicher Mensch. So etwas kann Ihnen nicht passieren, Sie sind ja geheilt. Der arme Doktor

Livorno! Sein Pfeifen hat ihn verraten. Wir finden nämlich Musik zum Ausspeien, wenn sie nicht von uns stammt, und Pfeiftöne erst recht. Sprechen Sie mir jetzt nicht von Bach! Livorno war einfach unvorsichtig. Wir haben hier gerne Ruhe, eine feine Friedhofsharmonie, eine besinnliche Bergstille. Und die Kinder wurden uns auch zuviel, so jung und wollen schon aufbegehren. Wir mussten sie leider entfernen.

Wer sind Sie? stammelt der Maler verwirrt.

Doktor Ohrmann, zu Diensten.

Und das säuselnde Ziegenböcklein entfernt sich lustig hinkend und hüpfend in seinem überhaupt nicht speckigen weißen Bademantel und einer Wolke von süßem Gift. Der Maler blickt ihm verwundert nach. Er hebt sorgsam die Urne mit Livornos Asche auf, trägt sie in sein Zimmer, stellt sie in einiger Entfernung von seinem Bett auf den Fußboden und betrachtet sie lange und nachdenklich.

Kurz danach, während einer neuen Expedition, tritt der Maler Chaim Soutine wieder an das Fenster, wo er zuerst diesen unerhörten Schneefall beobachtet hat und jetzt eine grausame Szene mitansehen muss. Ein völlig nackter Mann wurde von gesichtslosen Wächtern niedergeprügelt, sie tragen schwarze Schirmmützen, Augen waren keine zu erkennen, sie holen aus und stoßen ihm die Stiefelspitzen in den Unterleib, bis er blutig auf die unheimlich weißen Steinplatten erbricht. Dann schlagen sie ihn mit merkwürdigen, niegesehenen Knüppeln über den Kopf. Der misshandelte Mensch hebt plötzlich seine verschwollenen Augen zum Fenster, wo der Maler steht. Der aber schreit auf, als er ihn erkennt: Es ist sein Bruder Gerschen. Im selben Augenblick wird eine Frau aus dem daneben stehenden schwarzen Lieferwagen gestoßen. Sie wirft sich über den blutüberströmten Mann. O Gott, war es Tamara, Gerschens Frau? Sie glaubt die Misshandlung stoppen zu können, doch jetzt wird sie selber mit Reitpeitschenhieben traktiert, die Peiniger reißen ihr die Kleider vom mageren Körper und zerren sie hinter den Lieferwagen. Was dort mit ihr geschieht, sieht der Maler so genau, als könnte er durch den schwarzen Wagen hindurchsehen.

Er trommelt mit beiden Händen gegen das massive Fenster, das sich nicht öffnen lässt, er schreit laut, doch die Scheiben sind zu dick, als dass irgendein Ton nach draußen dringen könnte. Er erinnert sich plötzlich an eine Begegnung im Wartezimmer eines Arztes, vielleicht war es bei Gosset, den er bei einer seiner geheimen Fahrten nach Paris aufsuchte, um neue Medikamente für sein Magengeschwür zu bekommen. Ein ebenfalls Wartender sprach ihn unvermittelt und beinah vertraulich an. Er hatte den Maler erkannt. Sie waren plötzlich allein im leeren Wartezimmer.

Dennoch erzählte er flüsternd, was dort geschehen war. Im Juli 41 wurden sein Bruder Gerschen, Tamara und ihre Tochter von den Einsatzgruppen in Beresino ermordet. Der Maler zitterte und wollte mehr wissen, doch der merkwürdige fremde Patient wusste nicht oder gab vor, nicht zu wissen, ob die Eltern und die andern Geschwister dem Blutbad entgangen waren. Wo sind Sarah und Solomon, Jankel, Ertl, Nahuma und die andern? Wie schwierig war es, aus den zensierten französischen Zeitungen etwas zu erfahren. Über Radio BBC kamen Neuigkeiten von den Geschehnissen im Osten, aber wie konnte der Maler sich aus den kleinen Fetzen ein Bild machen? Er tastete mit seinem Gehör fiebrig die Meldungen ab nach Namen, die er kannte: Bobruisk, Borissow, Beresino, Baranowitschi, auch Slonim und Sluzk. Aber sie waren zu klein, um im großen Weltgeschehen aufzufallen. Die Wehrmacht ist, das war zu erfahren, am 28. Juni 41 nach schweren Bombardierungen in Minsk einmarschiert, das *Reichskommissariat Ostland* wird am 25. Juli gebildet, um zwölf Uhr mittags. Der Tod teilt Ostland hastig in große Stücke, im *Generalbezirk Weißruthenien* aber lag auch ein Ort namens Smilowitschi. Wo sind Sarah und Solomon, Jankel, Ertl, Nahuma und die andern? Die Einsatzgruppen B sind ehrgeizig und unersättlich, bis zum Ende des blutigen Jahres 41 sind unzählige Dörfer und Schtetl ausgelöscht.

Der Wartende erzählt dem Maler Chaim Soutine flüsternd vom Minsker Ghetto, von den Lagern Drosdy und Tutschinka und Maly Trostinez, vom entsetzlichen Gemetzel auf dem Jubilejnaja-Platz im Juli 42. Er traut seinen Ohren nicht, schüttelt nur langsam und ungläubig den Kopf, als der unbekannte Patient von geschlossenen schwarzen Wagen erzählt, die im Ghetto auffuhren. Er nannte sie mit dem russischen Namen: *Duschegubki.* Der Fremde erklärte ihm, was mit den Gaswagen gemeint war, in die Tausende gepfercht wurden. Und was die Jama bedeutete, die große Grube vor der Stadt. Sie treiben sie brüllend und fluchend aus den Häusern, befehlen, ihre Kleider auf einen Haufen zu legen, prügeln sie an den Rand der Jama, Genickschuss oder Brustkorb, ein Kommando läuft herbei, schüttet mit groben Schaufeln hastig Kalk und Erdreich darüber, aus denen noch Schreie und Stöhnen kommen, von denen, die es nicht geschafft haben, schnell genug zu sterben. Woher wusste der Fremde davon, wie kamen die Nachrichten bis nach Paris? Der Maler will den merkwürdigen Patienten ausfragen, doch der erhebt sich plötzlich und verschwindet im Behandlungsraum, und der zitternde Maler bleibt allein im Wartezimmer zurück. Wo sind Solomon und Sarah, Jankel und Ertl, Nahuma und die andern?

Plötzlich springt der Maler vom Fenster zurück und läuft ins obere Stockwerk, wo er die Verschwörung der Konditorjungen mitangehört hatte, panisch öffnet er alle Türen, die in Frage kommen. Alle sind leer. Sie waren nicht mehr da. Er erinnert sich an eine seiner gefährlichen Fahrten nach Paris, an die Frau, die schluchzend auf die Straße lief, ihn mit Monsieur Epstein ansprach und ihn fragte: Was machen sie mit den Kindern? Warum werden auch sie deportiert?

Dem Maler zuckt es durch den Kopf: Hatte Doktor Bog die Verschwörung aufgedeckt, hatte er die Kinder deportieren lassen? Aber nein, sie wurden doch schon im August 42 ihren Eltern hinterher geschickt. Er kannte die Routen aus den allgegenwärtigen Gerüchten, von Drancy und Compiègne oder von Pithiviers und Beaune-la-Rolande über Laon, Reims und Neuburg in den Osten, an einen Ort in Polen, dessen Name bald immer wieder auftaucht.

Alle Zimmer sind leer. Hastig läuft er zum Fenster zurück, wo er Gerschen und Tamara gesehen hatte. Aber auch diese Szene ist plötzlich verschwunden. Da draußen gibt es nur noch die gleichgültigen Scheinwerfer und dieses unendliche Schneien. Nein, da steht noch der verlassene schwarze Lieferwagen im Rieseln der Scheinwerfer, er hatte die Szene nicht geträumt.

Der Maler will schreien, das Fenster öffnen und brüllen wie ein Tier, aber der Schrei wird ihm von dieser weißen Öde in den Rachen gestoßen, kein Ton ist hörbar, er schluckt hart und taumelt vom Fenster weg. Das scheinheilige weiße Paradies ist zerbrochen, diese stille Beglückungsklinik voller Phrasen von Doktor Bog, mit dem unsichtbaren Doktor Kno im Hintergrund, mit Doktor Ohrmann und seinen säuselnden süßen Pfeiftönen, der Livorno liquidiert hatte. Die Klinik, die zu heilen vorgab und die furchtbare Szene im Hof zuließ.

Und der Maler Chaim Soutine geht noch in derselben weißschimmernden Nacht in den Heizungskeller, räumt den muffigen Wandschrank mit den Malabfällen aus, legt von neuem alle zerdrückten Tuben vor sich hin und prüft, wie viel Farbe sie noch enthalten, wozu sie reichen würden. Er hat sparsam zu sein und vorsichtig, damit er nicht entdeckt wird. Aber sein Plan ist klar: Er will wieder malen, das Verbot von Doktor Bog hintergehen. Er hat genug gesehen von seinem schneeweißen Gefängnis, in dem es nur dieses schmutzige Refugium mit den Abfällen hinter den Heizungsrohren gibt.

Er hatte verstanden. Die Szene mit den misshandelten Gestalten, die Gerschen und Tamara glichen, die Erzählung des fremden Patienten vom Minsker Ghetto und den *Duschegubki,* Livornos Urne mit der weißen Asche und die entsetzliche Leere des Raumes, wo die Kinder und Zuckerbäckerjungen sich zur Verschwörung gegen Doktor Bog versammelt hatten und ihn, den Maler Chaim Soutine, wieder zum Malen anstiften und ermuntern wollten – all das hatte ihn aufgeweckt aus einer schmerzfreien Gleichförmigkeit. Er hasst jetzt sein zerbrochenes weißes Paradies.

Und er beginnt im Keller zwischen den Heizungsrohren wieder seine alten Rituale. Erst zögernd und tastend, dann aufgewühlt, dann allmählich mit der alten schmerzhaften Besessenheit und Raserei. Ja, der Schmerz schien in ihn zurückzukehren, und er war bereit, ihm zu antworten. Er krümmte ihn wieder, ließ ihn aufzucken, unter der Schmerzfaust winseln. Er war geheilt von der Schmerzlosigkeit.

Es ist ein neuer Anfang. Er malt nicht die Pagen und Kochlehrlinge, nicht Charlot und nicht die Erstkommunikantin, nicht die verlorenen Kinder und Mütter, weder die taumelnden Hügel von Céret noch die auffliegenden

Straßen von Cagnes, nicht die schiefe Kathedrale von Chartres. Er malt auch nicht den Gott in Weiß vor einer schneehellen Leinwand, nicht den im Hintergrund versteckten Doktor Kno und nicht den ziegenbockigen Doktor Ohrmann in seinem weißen Bademantel. Ein späterer Betrachter hätte sagen können: Es ist nichts darauf, nichts zu sehen. Die bloße weiße Leere.

Er malt jetzt – sich selber, wie er in seinen lichtweißen Laken liegt, die Beine zugedeckt und die Hände zusammengelegt auf der Bettdecke, die Finger mit ihren farbgeränderten Nägeln schön ineinander geschoben, scheinbar fromm gekreuzt. Auf der Bettdecke liegen Gladiolen. Die flammendroten Gladiolen, die er einst in Céret 1919 in ihren besessenen Zuckungen erkannt hatte. Sie sind wie flammende Fleischwunden, wie zuckendes Blumenfleisch. Blutende Blumen, wie durchgebrochene Magengeschwüre.

Er malt sich mehrmals im Bett mit den Blumen. Nein, es soll nicht sein Totenbett sein, sondern sein Bett in einem weißen Paradies, wo endlich die glutroten Gladiolen zugelassen sind. Nicht mehr das Land der Milch, sondern das freie Land der Farben. Aber er war abhängig von den wenigen Farbresten, die sich aus den zurückgelassenen, gequetschten Tuben wringen ließen. Viel war es nicht mehr. Er malt sich in Rage wie früher, wirft nach jedem Farbauftrag den Pinsel hinter sich, kriecht auf allen vieren herum unter den Heizungsrohren, um sie wieder aufzusammeln. Er fiebert und flucht, verdammt die Leinwand – und findet endlich wieder in sein wahres und richtiges Leben zurück, zur Farbe, zum Auftrag der Materie, zur richtigen Wunde, zum einzigen Glauben, den es für ihn noch gab. Die Farbe ist unversöhnlich. Die Farbe ist die letzte Nachricht von der umfassenden Heillosigkeit. Sie ist die pure Rebellion gegen Doktor Bog.

Was sollte das Malverbot in dieser furchtbaren weißen Öde, in dieser schmerzfreien Klinik? Was wollte Doktor Bog damit erreichen? Er hätte ihm ebensogut das Atmen verbieten können. Nein, der Maler will nicht mehr geheilt im Klinikbett liegen und besänftigt mit den Händen über die Bettdecke streichen. Er will wieder leben, also malen – und wenn es auch im Keller war, im Keller des Lebens, wie damals am Rande der Welt von Montparnasse. Beschienen von mehreren schlechten, blendenden Leuchtbirnen, mit zusammengekniffenen Augen, ohne richtiges Tageslicht. Es war schmerzhaft, wieder diese Terpentingerüche einzuatmen. Es war ein großer Resttriumph.

Allmählich dringen Qual und Lust hervor, er fahndet und wühlt nach Rot in den gequetschten, zerdrückten Tuben. Und wie gierig er ist. Er will kein weißes Paradies mehr, scharlachrot soll es sein. Das scharlachrote Paradies! Und als das Rot ausgeht, sind es gelbe Gladiolen, die auf dem weißen Laken liegen wie erlegte gekräuselte Seelen.

Jede Nacht geht er hinunter in seinen Raum der Sünde, wo er das Verbotene tut, mit den verbannten Farben. Er gibt keinen Laut von sich, er pfeift nicht wie der unglückliche Livorno, den Doktor Ohrmann liquidieren ließ. Er schlurft nicht, er schleicht, er trottet nicht, er gleitet über Flur und Treppen. Er ist in der Stille leichter geworden. Tagsüber liegt er brav im weißen Klinikbett und wartet auf den müden Doktor Bog, der nicht kommt, er lauscht auf die Ebben und Fluten der Geräusche auf dem immerzu leeren Flur. Wie gern hätte er jetzt die grausamen Gesänge des Maldoror hören wollen, mit der krächzenden, gurgelnden, schreienden Stimme Modiglianis.

Dann steht er leise auf und steigt in seine Unterwelt der Heizungsrohre hinab. Und er malt und malt wie im Rausch. Der Schmerz ist wieder da und die Farbe. *Les couleurs sont des douleurs.* Farben sind Schmerzen. Und er erinnert sich an das belauschte Gespräch in einem der Cafés am Montparnasse. Die Farben sind Narben und werden wieder zu Wunden, und noch immer reimen sich in seiner ersten Sprache *farbn* und *schtarbn.* Das Sterben war in den Farben längst vorweggenommen. Das sollte ihm reichen, und der Rest aus den Tuben.

In Deborahs Augen leuchtet der Verrat

Dann geschieht etwas Unvorhergesehenes. War er nicht vorsichtig genug gewesen? Ließ er sich anmerken, wie begierig er nach diesen Nächten im Klinikkeller war, nach dem weißen Dschungel der Heizungsrohre und dem gehätschelten zurückgelassenen Malmüll, den er nach jedem Ausflug säuberlich in den Schrank zurücklegte mitsamt den zerschlissenen, abgeschabten und neu bemalten Leinwänden? War ihm heimlich jemand gefolgt? Nein, es ist schon jemand da, wartet im Dunkeln auf ihn.

Er ist in den Heizraum gestürmt, hat Palette und Pinsel aus dem Kasten hervorgekramt, das ganze wunderbare schmutzige Zeug, das er braucht. Es eilt, die weißen Nächte sind kurz, und solange die Farbe nicht eingetrocknet ist in den zerknüllten Tuben, will er sie aufbrauchen bis zum letzten Rest.

Er muss schon eine Stunde die Leinwand wütend misshandelt haben, als er sich plötzlich beobachtet fühlt. Er hasste es, beim Malen gesehen zu werden, die Scham befahl ihm, diese Dinge allein zu erledigen wie die intimen Verrichtungen seines Körpers. Nicht einmal Mademoiselle Garde hatte das Recht, ein Bild in der Entstehung zu sehen, und die ewigen Spaziergänger in Céret, Cagnes oder Champigny, die sich als kardinalviolette Überprüfer der Ähnlichkeit dem Maler nähern wollten, hasste er wie Ungeziefer, das ihm über die Leinwand kroch. Kaum hatte er einen Gaffer am Horizont erspäht, packte er Palette und Staffelei und rannte weg.

Jetzt hat er nicht einmal bemerkt, dass ihm jemand zusah. Er fühlt sich in seinem schlecht beleuchteten Untergeschoss, dem von weißen Rohren durchzogenen Heizungsimperium so sicher und so allein, so tief eingeschlossen mit seinen Malabfällen, dass er nicht damit gerechnet hat. Er wirft einmal den Kopf herum und sieht sie plötzlich in einer Ecke stehen. In einer weißen Kluft, natürlich, alles war hier weiß, warum sollte eine Krankenschwester nicht weiß gekleidet sein? Es ist ihre zweite Haut. Sie sagt kein Wort. Schaut ihn nur prüfend an, wie er mit seinen Pinseln in der zusammengeballten Hand dasteht, verschwitzt und gekrümmt, keuchend vor Wut.

Er erkennt das Gesicht nicht sofort. Er will sie ansprechen, doch ihr ruhig starrender Blick scheint ihm genau das zu verbieten. Das Gedächtnis tastet Gesichter ab, fieberhaft, seine träumenden Fingerkuppen würden es gleich erkennen. Er fühlt diese Augen, ihren Schnitt, ihre Dunkelheit langsam zu ihm zurückkehren. Minsk? Wilna? Montparnasse? Plötzlich dämmert es ihm, er erkennt sie noch in dieser weißen Krankenschwesterkluft, in ihren weißen Schuhen.

Sie hat die Augen von Deborah Melnik, ihren traurigen Mund, den er in Wilna eines Abends flüchtig und voller Angst geküsst hatte, als er sie vom Konservatorium abholte, um sie schweigend nach Hause zu begleiten, zu ihren Eltern. Sie wohnten gleich neben der Kunstakademie, sie war sechzehn, oder erst vierzehn? Sie ging aufs Gymnasium, wollte Sängerin werden, besuchte Kurse am Konservatorium. Ihre schwarzen Augen, ihre Blässe, ihr kehliges kurzes Lachen. Sie sprachen manchmal voller Verlegenheit miteinander, unten am Toreingang. Er hatte Angst vor Küssen wie vor Bienen.

Ja, sie trug den Namen der Prophetin aus dem Buch

der Richter. Deborah, die Biene, die von der Zukunft weiß. Aber er verscheucht jetzt das Gesicht wieder, sein zerschlissener Rucksack steht schon gepackt in der Ecke, Krem und Kiko sind bereits in Paris und rufen ihn zu sich. Komm endlich in die Welthauptstadt.

Dann war sie 1924 am Montparnasse wieder aufgetaucht, jeder Weg aus Wilna schien nach Paris zu führen, sie wollte noch immer Sängerin werden, sie träumte hörbar davon, Paris mit ihrer Stimme zu beglücken. Es war im Dôme oder in der Rotonde, wie alles, was in dieser Stadt anfängt. Sie sprachen von damals, aber er hatte kein Heimweh nach dort, er war hier und nur hier, und er wollte nie wieder weg. Eine einschmeichelnde Intimität schwebte über ihren Köpfen, ein zartes Tuscheln, etwas scheinbar Gemeinsames, nur zwischen ihnen Geteiltes, und wenn es auch nur die Erinnerung an ein paar Straßen Wilnas war, ein langer dunkler Durchgang in den Hof, wo er sie scheu geküsst hatte.

Doch er macht eine abweisende Handbewegung in die Luft, als müsste er einen Dybbuk verscheuchen, als wollte er Spinnenfäden aus dem Gesicht wischen. Warum war sie wiederaufgetaucht? Sie gehört nach Wilna, es ist ein furchtbares Missverständnis, wenn Frauen aus einer anderen Zeit auftauchen und sich in dein Leben drängen. Hier bin ich, weißt du noch: früher. Er aber will kein Weißt-du-noch. Wilna war nur ein Trittbrett gewesen, auf das man rasch seinen Fuß setzte, aufsprang, um endlich in der Zukunft anzukommen. Kein Weg führte dorthin zurück. Hörst du? Keiner.

Dann gingen sie lange zu Fuß durch die Nacht, irrten umher, liefen auf seltsamen, zögerlichen Bahnen durch das Viertel. Sie wollte sich nicht verscheuchen lassen. Sie waren in einem winzigen Hotel am Boulevard Raspail, das Atelier war zu verdreckt. Als sie am Morgen auseinandergingen, lief er wie vor einem lästigen Schatten davon. Am 10. Juni 1925 kam ihre Tochter zur Welt. Aimée, wie zum Hohn hatte sie die Tochter Aimée genannt. Es war eine deutliche Forderung, sie sollte geliebt werden und ihre Tochter mit ihr. Er aber wollte sie nicht einmal sehen, stritt ab, ihr Vater zu sein. Einer vom Montparnasse sagte in den Dreißigern: Als ob sie dir aus dem Gesicht geschnitten wäre!

Wer denn? Ich habe keine Tochter, lasst mich in Ruhe!

Er wollte sie nicht sehen, aber ihr Gesicht sah ihn von jetzt an immer und überall. Als wollte das Schicksal ihn verhöhnen, hinterließ es im Gesicht seiner Tochter seine unverkennbaren Augen, seine Nase, seine Lippen, seinen Mund. Er schickte sie mitsamt ihrer Mutter weg aus seinem Leben, irgendwohin, wo es ihn nicht gab. Nur er entschied, welche Figuren auf der Leinwand seines Lebens sichtbar werden sollten und welche zu verschwinden hatten. Das Schicksal hatte nichts zu sagen, er entschied über die Farben. Auf jeder Leinwand war er sein eigener, gepeinigter König.

Es war das erste Jahr, in dem er glaubte, endlich in Paris angekommen zu sein. Zbo hatte nach dem Überfall des Pharmazeuten aus Philadelphia eine ganze Reihe weiterer Bilder verkauft, andere Amerikaner kamen nach Paris, fragten nach diesem Soutine, sein Wert stieg rasch, Zbo setzte jetzt drei, noch lieber vier Nullen hinter die alten Kaufpreise. Und er lebte eine Zeitlang in einem Zustand grandioser simulierter Wohlhabenheit.

Es ist die Zeit eines Triumphs. Marcellin und Madeleine Castaing tauchen wieder auf am Horizont, umwerben ihn, nachdem sie sich bei der ersten Begegnung gleich überworfen hatten. Anfang der Zwanziger trafen sie sich in einem kleinen Café an der Rue Campagne Première, einer ihrer Malerfreunde hatte ihnen geraten, ein Bild von ihm zu kaufen, weil er ohne Brot sei, überhaupt nichts zum Leben habe. Er ging viel zu spät hin, um zu prüfen, ob es ihnen ernst war, ob sie auf ihn warten würden. In jeder Hand hatte er ein Bild hingetragen, er weiß nicht mehr welches, wahrscheinlich ein Stück aus Céret oder Cagnes. Marcellin Castaing hat es eilig, er ist ungeduldig nach dem langen Warten, zieht einen Hundertfrancschein heraus, ohne die Bilder auch nur anzusehen, und streckt ihn dem Maler entgegen.

Hier, nehmen Sie, eine Anzahlung, Ihre Bilder schauen wir uns ein andermal an.

Der Maler steht da wie erstarrt, ungläubig und empört über die hochmütige Ungeduld der Reichen. Er packt den Schein und wirft ihn Castaing vor die Füße. Die blinde Arroganz, die sie glauben macht, es gehöre ihnen ohnehin schon alles, sie müssten nur ein paar lumpige Scheine hervorkramen. Der verbissene Stolz der Hungerkünstler. Es waren noch immer seine Bilder, er konnte mit ihnen tun, was er wollte. Er greift energisch nach ihnen und läuft weg.

Und dann kaufen sie irgendwann nach der Mitte der Zwanziger bei Zborowski den großen roten Chorknaben für … dreißigtausend Francs! Das weiße Kittelchen über dem Chorrock mit den tausend farbigen Schlieren. Als ob er das Zusammenspiel der Blutkörperchen hätte festhalten wollen, rot und weiß, die große Paarung von Tod und Leben im menschlichen Blut, laut Doktor Bog. Die Reichen stammelten nur: *magnifique!* Zbo hat es ihm erzählt. Sie hatten um ihn gebettelt, und er hatte gnädig nachgegeben.

Der Maler ist halb von Sinnen, er glaubt sich endlich am Ziel nach all den Jahren, kauft sich Anzüge und Hüte bei Barclay, Seidenkrawatten, elegante Schuhe von Hannan, getüpfelte Hemden, von denen er schon immer geträumt hatte. Sein rotweißer Messdiener hat ihn neu eingekleidet. Jetzt schwingt er gern auch ein Stöckchen. Er ist noch einmal in Paris angekommen, ein Dutzend Jahre später, er hatte es geschafft, und Zbo wollte immer mehr Bilder von ihm. Vorbei die Zeit, als in seinen Augen zu lesen stand: Du bist nicht Modigliani!

Er war jetzt in der blanken Zukunft, der Amerikaner Barnes hatte es schließlich ausgerufen: Ich kaufe die Zukunft!

Was sollte er mit einer Tochter und einer Frau aus der Vergangenheit, er war doch jetzt längst in Le Havre eingeschifft, er residierte in Merion bei Philadelphia, all die schäbigen Orte sind von einem zornigen und schmutzigen Jackenärmel weggewischt worden von der Leinwand, Bienenstock und Cité Falguière, alle diese Maler-Miseren und Wanzenburgen, die billigen leeren Rotweinflaschen, alle lausigen Leinwände. Ich bin in der Zukunft, *los mich zu ru!*

Sie kam aus der Welt, die er längst verlassen hatte, was war das ziegelfarbene Wilna jetzt für ihn. Es liegt auf einem anderen Stern, das Jerusalem Litauens, die Kunstschule, wer weiß, wen es dort noch gibt. Eines Abends kommt sie in die Avenue du Parc Montsouris gelaufen, schlägt heftig gegen die Tür, die er nicht aufmachen will, und schreit:

Verräter! Verräter! Ich weiß, dass du da bist! Sie ist von dir!

Sie lebten in zwei verschiedenen Träumen. Er hört noch jetzt im Heizungskeller eines blendend weißen Paradieses, wie ein Händepaar gegen die Tür schlägt und wie eine laute Frauenstimme schreit:

Verräter! Verräter!

Die Krankenschwester, die ihn ruhig und traurig anblickt, wie er dasteht mit seinen farbverschmierten Händen, hat Deborahs Augen, ihre Blässe, ihren Mund. Und sie sagt nichts. Sie ist es, sie ist es nicht. Sie schaut ihn nur stumm an und vergrößert schweigend seine Scham. Er denkt nicht an die verleugnete Tochter Aimée, sondern an die Verbote von Doktor Bog.

Auf keinen Fall dürfen Sie hier in der Klinik wieder malen. Hören Sie, auf gar keinen Fall! Es wäre entsetzlich für Sie.

Und der Gott in Weiß hatte ihn durch seine winzigen Brillengläser fixiert und gleichsam auf das Bett genagelt. Jetzt steht der Maler Sutinchaim im Heizungskeller, unter den weißen Rohren, und in den Augen der Krankenschwester gellt ein lautloser Schrei:

Verräter!

Sie sagt nichts, aber in diesen Augen leuchtet plötzlich etwas, das vorher nicht da war. In Deborahs Augen leuchtet der Verrat. Sie sollte endlich Genugtuung bekommen für alle Demütigung und Verleugnung. Sie dreht sich leise um, geht langsam aus dem Heizungsraum wie aus seinem Leben, und er hört noch ihre Schritte auf der endlosen Treppe nach oben, die schwach und schwächer werden.

Verräter!

Das Wort hallt in seinen Ohren, doch es gibt nichts mehr zu verhandeln mit dem Vergangenen, er ist hier, es gibt nur Leinwand und Pinsel, der Rest der Welt ist verschwunden. Aber die Krankenschwester mit den Augen Deborah Melniks, die ihn im untersten Geschoss des Heizungskellers beim verbotenen Malen überrascht hat, bleibt nicht untätig und meldet den Vorfall der Klinikleitung. Jeder Verrat ruft nach einem weiteren Verrat, jede Verletzung erzeugt eine neue, nächste. So bleibt die Erde am Drehen.

Doktor Bogs Gesicht verzerrt sich zu einer bitteren Grimasse, in der ein enttäuschtes Lächeln zuckt, dann ruft er, überwältigt vom Zorn, aus:

Der Undankbare! Der Verräter! Warum musste er noch malen? Wozu hat er das gebraucht? Er war doch geheilt! Geheilt! Er hätte für immer in der Klinik bleiben dürfen, für immer! Jetzt aber weg mit ihm!

Und er bestätigt mit seiner rasch hingeworfenen Unterschrift Chaim Soutines Vertreibung aus dem weißen Paradies. Zwei menschenähnliche Riesenschränke kommen ins Zimmer getrampelt, sie können sich kaum gerade halten vor lauter Muskelpaketen um ihre Beine. Sie gleichen den Michelin-Männchen von der Reifenwerbung, zwei weißgekleidete *Bibendums* aus Muskelreifen, riesenhaft aufgeschwollene Glatzköpfe mit blitzenden Augen, die ihn streng fixieren und dann froh lächeln, dass sie endlich in Aktion treten dürfen.

Sie erinnern den Maler an die Ausflüge zu Catch-Kämpfen in die Winterradrennbahn, die er mit Michonze, Benatov und Henry Miller und manchmal auch Mademoiselle Garde gerne samstags unternahm. Wie er erregt auf die zupackenden, kneifenden, wie Schraubstöcke die geröteten Hälse pressenden Muskelmassen starrte, auf denen der Schweiß helle Spiegelflächen malte. Soutine nahm sein Opernfernglas, um die verkeilten Muskelpakete genauer zu betrachten. Die Catcher machten das rohe menschliche Fleisch deutlich sichtbar, und der Maler dankte es ihnen. Nach diesen Kämpfen war er erschöpft, schlich mit Garde zurück in die Villa Seurat, konnte kein Wort hervorbringen und trank nur Kamillentee.

Jetzt kamen sie also hereingelaufen zum geheilten Maler, rissen die schneeweißen Laken von seinen Beinen, hakten ihn unter, rissen ihn hoch, stellten ihn schnurstracks aufrecht, zerrten ihn auf den Flur hinaus und dann die Treppen hinunter. Er brauchte kaum zu laufen, sie trugen ihn mit Riesenschritten fort, die eine Hand unter seine Achselhöhlen gepresst, die andere wie ein Schraubstock um das Handgelenk. Sie laufen schnell die Treppen hinunter, die auch er genommen hatte während seiner nächtlichen Ausflüge in den Heizungskeller, zum Ort seiner Sünde, wo er zu seinem letzten Glück die gequetschten Maltuben gefunden hatte.

Die Flügel der Hintertür eines Lieferwagens wurden aufgerissen, der Maler las klar und deutlich FRÜCHTE UND GEMÜSE in schwungvollen Lettern. Es war das Modell *Corbillard* von Citroën, er hatte das Auto schon einmal gesehen, aber ganz in schwarz. Jetzt war es offensichtlich frisch gestrichen.

Grün! Endlich Farbe! seufzte der von den robusten Michelin-Männern Gepackte.

Er wurde ruppig in den Wagen gestoßen, auf die Ladefläche gepresst und mit breiten Gurten festgeschnallt. Die glatzköpfigen Catcher warfen mit einer kräftigen Bewegung die beiden Flügel der Hintertür zu. Ein scharfes Klicken wie von einer Waffe, ein trockenes Einschnappen ins wartende Schloss. Ein Ruck ging durch das Auto, aufgeschreckte Tauben flogen voller Panik über das Dach der weißen Klinik ins Blaue hinauf. Ja, das Weiße begann zurückzuweichen, das Blaue nahm überhand an diesem neunten Augusttag. Und schon fuhr der Fahrer los. Der zürnende Doktor Bog hatte den Catchern zugerufen:

Ihr wisst, wohin!

Ja, sie wussten es. Und auch der Maler kannte alle Wege dieser Stadt, wie oft war er nachts, wenn er nicht schlafen konnte, nach quälenden Stunden vor der unbezwingbaren Leinwand, allein mit dem Schmerz im Oberbauch, mit Riesenschritten durch die Straßen gelaufen, die Boulevards meidend, durch finstere Gassen hastend, um Erschöpfung zu finden, um das Herz von aller Malerei zu leeren. Um dann keuchend zurückzukommen und sich entkräftet auf die Matratze zu werfen.

Marie-Berthe hatte an seinem Bett gewacht nach der Operation. Sie war erschöpft von der endlosen Fahrt im Leichenwagen. War es ein voller Tag gewesen, waren es zwei? Jetzt kippte ihr Kopf zur Seite auf Soutines Bett, er lag bei seinen Füßen auf dem Laken. Sie schlief fest. Als sie erschrocken auffährt, ist der Maler schon gestorben.

In der Nacht war er in der Lyautey-Klinik im 16. Stadtbezirk operiert worden. Keiner erinnert sich an die Ankunft des Leichenwagens. Es gibt kein schriftliches Zeugnis, das die Operation belegen könnte. Niemand weiß, ob sie stattfand. Sie bedeutete ein Risiko während der Besatzungszeit, nicht nur medizinisch. Eine geheime Operation an einem unsichtbaren Maler.

Die beiden Bestatter und Fahrer des Leichenwagens sind nie identifiziert worden. Sie waren plötzlich verschwunden. Der Maler stirbt am 9. August 1943, um sechs Uhr morgens, ohne das Bewusstsein wiedererlangt zu haben. Gemeldet wird der Exitus am 11. August 1943 um 10 Uhr im Rathaus des 16. Stadtbezirks durch Monsieur René Magin, vierzig Jahre alt, Angestellter, Rue Mesnil 3, Paris. Sterbeakte Nr. 1799. Es erfolgte keine frühere Meldung, um eine Überprüfung auszuschließen. Die Besatzer brauchten nicht zu wissen, dass ihnen der unsichtbare Maler doch noch entwischt war. Jedenfalls wurde er zu keinem der Bahnhöfe gebracht, von denen die Züge nach Osten fuhren.

Die ungarische Fotografin Rogi André alias Rosza Klein, die viele Künstler vom Montparnasse porträtiert hatte, wurde von Marie-Berthe in die Klinik gerufen. Es eilt, wir müssen ihn schnell wegschaffen.

1. Foto im feingestreiften Schlafanzug, Gesicht unrasiert, zusammengelegte Hände, gekreuzte Finger, ein Strauß Gladiolen auf dem Laken.

2. Foto im Schlafanzug, Großaufnahme des unrasierten Gesichts, unfrisiert.

3. Foto im schwarzen Anzug, Schuhe an den Füßen, ein Strauß Gladiolen auf den Beinen.

4. Foto im schwarzen Anzug, mit Krawatte, Großaufnahme des Gesichts, rasiert und frisiert.

Die Finger waren nicht mehr sauber zu bekommen, sie waren unwiderruflich gekennzeichnet. Die Farbe, die seine Fingernägel ränderte, war tief in Haut und Nagelbett eingelassen und verkrustet. Seine Hände bleiben für immer verschmutzt. Buntes Brandzeichen für das weiße Jenseits. Keine Reinheit mehr, nie wieder. Soll jeder erkennen, wer er war, der abwesende Gott als Erster. Mag er die Nase rümpfen über den Schmutz. Jerome Klein schreibt 1936 in der *New York Post:* Van Gogh entblößte sein Herz. Soutine entblößt seine Eingeweide.

Der Maler entblößte auf dem Totenbett seine für immer farbigen Finger. Kleiner Nachtrag für Doktor Bog.

Das Begräbnis findet zwei Tage nach dem Ableben des Malers statt. Am Mittwoch, 11. August 1943, 14 Uhr. Selbst die Todesanzeige ist ein Vertuschungsversuch. Marie-Berthe hatte sie drucken lassen, im letzten Moment »Friedhof Père-Lachaise« von Hand durchgestrichen und »Montparnasse« darübergeschrieben. Noch ein Mittel, die Besatzer und ihre Spitzel zu narren, Spuren zu verwischen, das Begräbnis geheimzuhalten. Anwesende: Pablo Picasso, Jean Cocteau, Max Jacob. Und zwei Frauen: Gerda Groth-Michaelis und Marie-Berthe Aurensche. Es war zunächst ein anonymes Grab, nicht unpassend für einen unsichtbaren Maler. Erst nach dem Krieg bekommt es einen Namen, in falscher Schreibung: Chaïme Soutine.

Es war der Nordeingang, den seine Malerseele durch die Fensterluken des Gemüsetransporters deutlich wahrnahm. Ja, sie kamen vom Boulevard Edgar Quinet her. Als eine weißrote Schranke aufgehoben wurde, wusste er, dass er in die Totenstadt einfuhr, in den Friedhof Montparnasse. Da geschah etwas, was er sich nie hätte träumen lassen.

Die Flügel des grünen Lieferwagens öffneten sich leise, kein Klicken mehr, kein Geräusch. Seine Seele glitt scheu hinaus, flog erleichtert hinauf, alle Schrecken der Besatzungszeit, alle Verstecke und blutenden Magenwände hinter sich lassend. Ein Dichter und Landsmann wird es einmal so beschreiben:

Sag Seele ... sag mir wie das Leben denn ... so aussah aus der Vogelperspektive ...

Sie flog hoch hinauf und drehte genießerisch ein paar Runden über den Prachtstraßen dieses großzügigen Friedhofs. Fliegen, das war es, was seine Seele immer gewollt hatte, als sie eingeschlossen war im engen Gefängnis seines mageren Körpers. Fliegen, immer nach oben, in einem starken, die Seele durchlüftenden Sog. Zu den Spitzen der Bäume und darüber hinaus, wie damals, als er in seiner vergessenen Kindheit am Rücken den sandigen baltischen Waldboden spürte und unverwandt nach oben schaute, bis der Hunger ihn nach Hause trieb.

Seine Seele sah den ganzen Friedhof sich verbiegen und verzerren, wie er einst die Hügel von Céret in einem gewaltigen Aufruhr, inmitten eines allumfassenden Be-

bens gemalt hatte. Sie sah sich um und sah sie hinter sich fliegen: die Konditor- und Metzgerjungen, Kochlehrlinge, Pagen, Grooms, Chorknaben und Messdiener, die Erstkommunikantin, die Bauernkinder. Und auch der kleine Charlot hatte sich angeschlossen. Sie gaben seiner Seele das rebellische Geleit von Verschwörern.

Weit, weit unten sah er Doktor Bog seine Fäuste schütteln und ihm drohen. Seine Seele hörte ihn deutlich. Er schrie, er brüllte geradezu an den Himmel hinauf:

Ringsum wandeln Gottlose … während Gemeinheit emporkommt bei den Menschenkindern …

Doch Soutines Seele war sorglos und ließ sich von Drohungen und geballten Fäusten nicht einschüchtern. Es gab für sie kein Malverbot mehr, kein Flugverbot. Sie fühlte sich endlich frei. Ja, sie schien zu lachen. Soutines Seele lachte in einem hellen Rausch. Keiner am Montparnasse kann das glauben. Jeder hielt ihn dort noch immer und auf ewig für den unglücklichsten Maler. Die Erde aber war ein unermessliches, zurückgelassenes Magengeschwür.

Von weit oben erkannte seine Seele jetzt drei Männer, die zweifellos lebendig waren. Keine Begräbnisbruderchaft, keine Chewra Kaddischa. Sie hatten ihre schwarzen Hüte abgenommen, standen um Soutines Sarg herum. Seine Seele verlangsamte ihren Flug, zog eine schöne Kurve und fand sich einige Meter genau über dem Sarg ein.

Drei Männer also standen um ihn her. Pablo Picasso, Jean Cocteau, Max Jacob. Und Chaim Soutines Seele war freudig erregt, wie in einem leichten Rausch, ohne Exzess. Picasso stand da wie ein Sonnenkönig, das grelle Zentralgestirn, das alle andern zum Verblassen brachte. Dann ein Zwillingsbruder von Orpheus, Jean Cocteau, der Hitlers Bildhauerliebling – Soutines Seele konnte seinen Namen nicht aussprechen – im Mai 42 freundlich in Paris empfangen hatte, als die Vichy-Regierung ihm einen Staatsakt bescherte. Und jetzt soll er trauernd am Grab des Malers Soutine stehen? Sein Gewissen war ungehalten mit ihm, nachdem er mit irgendwelchen schwarzen Marionetten rauschende Feste gefeiert hatte. Auch der thrakische Sänger hatte mit dem Tod geschachert. Der schillernde Orpheus ließ seine Hüllen zurück auf dem Weg aus der Unterwelt. Er wollte ans Licht.

Und wer steht da noch, dem Grab Baudelaires schräg gegenüber, der bei seinem verhassten Stiefvater hausen muss, dem General Aupick? Der engelhafte Max Jacob, der nur ein paar Monate später, am 24. Februar 44, von der Gestapo in Saint-Benoît-sur-Loire, unweit von Orléans verhaftet wird, wo er sich im Kloster unter den Mönchen versteckt hält. Und zwei Wochen später – die Seele des Malers sah es zu ihrem Erschrecken voraus – im Lager Drancy, nordöstlich von Paris, auf den Abtransport nach Auschwitz wartend, an der Lungenentzündung sterben wird. Picasso fand es unnötig, sich für ihn zu verwenden.

Es gibt da nichts zu machen. Max ist ein Engel. Er braucht unsere Hilfe nicht, um dem Gefängnis zu entkommen.

Max hatte in der frühen Zeit im Bateau-Lavoir das Zimmer mit ihm geteilt und den Ankömmling aus Malaga durchgefüttert. Jetzt war der Sonnenkönig um sein Ansehen bemüht. In Drancy entschuldigte sich Max bei den andern Juden, dass er zu einem christlichen Gott betete. Mit vierzig hatte er sich taufen lassen, Picasso war sein Taufpate. Verzeihung, es ist keine Verwechslung, nur eine Frage der eigenen Geschichte. Dann starb er. Doch die Lungenentzündung, das weiß sein abwesender

Sonnenkönig, war besser als die Fahrt im vollgepferchten Waggon zur Endstation an der Rampe in Polen.

Soutines über dem Friedhof Montparnasse kreisende Seele sieht sie dort unten Seite an Seite am Grab des Malers stehen, in dessen Körper sie bis vor kurzem gewohnt hat. Pablo, Jean und Max, der vor Glück berstende Sonnenkönig, der schillernde Orpheus und der arme Lungenjakob, der bald verlöschen wird.

Und zwei Frauen stehen am Grab, die Vorletzte und die Letzte. Sein Schutzengel aus Magdeburg, Gerda Groth-Michaelis, die ihm wieder zu essen beibrachte, als er es längst aufgegeben hatte. Mademoiselle Garde! Wie bleich sie jetzt war. Sie hatte aus dem Lager Gurs entkommen können und hielt sich in Carcassonne versteckt. Den Maler hat sie seit ihrem Aufbruch in die Winterradrennbahn am 15. Mai 1940 nicht wiedergesehen. Als sie von Madeleine Castaing in Carcassonne erfährt, dass Soutine mit einer anderen Frau zusammenlebe, weint sie nicht. Sie müssen jetzt tapfer sein, Gerda. Sie lebte noch dreißig Jahre und setzte keinen Fuß mehr auf deutschen Boden. Sie wird, Soutines Seele hörte es verwundert, in den Siebzigern einem Journalisten ihre Erinnerungen in die Feder diktieren. Gerda! Mademoiselle Garde!

Marie-Berthe Aurenche wird dann schon dreizehn Jahre nicht mehr unter den Lebenden sein. Die entlassene Muse der Surrealisten, die Ex-Frau von Dadamax, Soutines unglückliche Begleiterin, die Verstecke gesucht und den endlosen Transport nach Paris beschlossen hatte. Siebzehn Jahre nach jenem Augusttag, 1960, wird sie sich das Leben nehmen, nicht so legendenschön wie Modiglianis Muse, die zarte Jeanne Hébuterne, die aus dem Fenster gesegelt war, um nie mehr auf dem dunklen Asphalt aufzuprallen. Marie-Berthe wird zu Chaim Soutine ins selbe Grab gelegt werden, sie wollte es so. Wie sie schon im Leichenwagen den verfluchten Weg von Chinon nach Paris zu zweit auf sich genommen hatten.

Unvergesslich bleibt Elenis Anruf mitten in der Nacht, weil sie wütend war über das Bild, das sich alle von Marie-Berthe machten. Was ist, wenn irgendwann ein Schreiben auftaucht, in dem die Ärzte in Chinon ihre Kollegen in Paris darüber unterrichten, dass sie die Operation nicht riskieren wollen, weil sie zu spät käme, zu gefährlich wäre? Eine Art Überweisungsschein, in dem sie die Verantwortung für den Eingriff den Kollegen überlassen?

Nehmen wir an, sie hätten den Patienten einfach aufgegeben. Was blieb Marie-Berthe anderes übrig, als den letzten, verzweifelten Transport nach Paris zu wagen? Eleni schnaubte am Hörer:

All das Gerede vom störrischen Todesengel, von der taumelnden Frau, von falschen Entscheidungen. Eine reine Spekulation! Was hätte sie denn tun sollen? Ihm beim Sterben zusehen? Sie hat also über Bekannte in Paris mit einem Chirurgen der Lyautey-Klinik telephonisch Kontakt aufgenommen, der versprach, den Eingriff trotz aller Risiken zu wagen. Sie wollte doch nur, dass Soutines Leben eine allerletzte Chance bekam! Und entschied sich für den gefährlichen Transport.

In einem Zeitschriftenartikel von 1952 schreibt Marie-Berthe über Soutines letzte Jahre, und darin tatsächlich, dass die Ärzte in Chinon den Eingriff verweigert hätten. Und wenn das nur ein hilfloser Rechtfertigungsversuch gewesen wäre von jemandem, der sich schuldig fühlte für eine Entscheidung, die nicht die erwünschte Wirkung hatte, die nicht zur Rettung führte? Klüger ist man immer nachher.

Keinerlei Einwände, dass sie hätten aufgegriffen werden können, dass der Weg des Malers dann nach Drancy und in den Osten geführt hätte, ließ Eleni gelten. Ohne die zermürbend lange Irrfahrt wäre der Maler in einem Klinikbett in Chinon verstorben, der Mohnsaft hätte ihn wegdämmern lassen. Keine peinigende, angstvolle, viel zu lange letzte Fahrt …

Eleni blieb unversöhnlich:

Du weißt eben nicht, wozu eine liebende Frau fähig ist! Sie hat nur diese eine, letzte Chance gesehen.

Eleni hängte auf.

Marie-Berthe wird noch den Taumel der Befreiung ihrer Stadt erleben, fast genau ein Jahr nach dem Begräbnis, am 25. August 44, einem anderen, diesmal glücklichen Augusttag. Aber ihr Leben wird allmählich zerfallen. Die großen Maler waren nicht mehr da, Dadamax war längst für sie gestorben, auch wenn er sie um sechzehn Jahre überleben sollte. Montparnasse bedeutete trotz des Jubels der Befreiung nur noch einen Abglanz der früheren Erregung.

Sie trug ein irres Lächeln durch die Straßen und weißblond gebleichtes Haar. Thea sagt, sie sehe jetzt aus wie eine der tausend banalen Huren. Man warf ihr vor, sich Soutines Bilder angeeignet und verhökert zu haben, aber sein unglückliches Töchterchen nicht zu unterstützen. Gegen alle, mit denen sie früher bekannt gewesen war, hegt sie nur noch Hass. Und wehe, einer erwähnte den Namen Max Ernst. Alle wandten sich ab, wenn sie auftauchte. Betrat sie das Zimmer, füllte der blanke Wahnsinn es bis in den letzten Winkel aus.

Schließlich sprach sie mit sich selber, schleuderte den Passanten plötzlich ihre konfusen Sätze ins Gesicht:

Ich bin an seinem Tod schuld! Wäre ich nicht eingeschlafen, wäre er nicht gestorben …

Und sie fragte die erstaunten Fußgänger:

Gibt es ein Weiterleben, gibt es ein Jenseits?

Keiner antwortete ihr, sie warfen sich nur spöttische Blicke zu. Und noch etwas sagte sie ihnen:

Ich will ins Kloster gehen!

Sie vereinsamte, wurde schrullig und böse, keifte und fauchte nur noch. Ihre irren Hände konnten nur zerreißen, nicht bewahren. Sie bewahrte nur ihre Art, mit allen und jedem zu streiten, alles zerstört zurückzulassen, mit einem Zucken um die Wahnsinnslippen und einem kurzen lauten Auflachen abzuziehen. Dann erhängte sie sich an der Zimmerdecke, am Haken für die Lampe. Zwei Kofferschnüre hatten genügt. Und hinterließ keine Nachricht über ihre Gründe. Das geht euch nichts an. *Cela ne vous regarde pas.* Ihr Leben war schon lange davor zu Ende gegangen.

Die Allierten lösen die Operation Overlord aus. Die Schlacht in der Normandie beginnt am 6. Juni 44, nicht einmal ein Jahr nach Soutines letzter Fahrt ins weiße Paradies und zum Friedhof Montparnasse. An den westlichen Stränden des Calvados, an den östlichen der Halbinsel Cotentin findet die Landung statt. Es ist der längste Tag. In jedem Leben gibt es einen längsten, für Soutine war es jener 6. August 43, als er im Leichenwagen versteckt in die Hauptstadt des Schmerzes fuhr. Am 19. August 44 rief das Pariser Befreiungskomitee die Bevölkerung zum Aufstand gegen die Besatzer auf, Paris wurde am 25. August 44 befreit, General de Gaulle hält seinen triumphalen Einzug. General Leclerc zieht mit Panzern von Süden her durch die Porte d'Orléans in die Stadt ein, bejubelt von den Massen. Er fährt an jenem Hotel an der Avenue d'Orléans vorbei, wo in der Nr. 25 der unsichtbare Maler im zugeknöpften Regenmantel schwitzend tagelang auf dem Bett gelegen und zur Decke gestarrt hatte, um den Ermittlungsbeamten zu entwischen, die ihn in der Villa Seurat suchten.

Das Reichskommissariat Ostland zerfällt schon 1943, als die baltischen Länder Zug um Zug von der Roten Armee zurückerobert werden. Smilowitschis Einwohner sind längst von den Einsatzgruppen B massakriert. Das Minsker Ghetto wird am 21. Oktober 43 von Hauptscharführer Rübe liquidiert. Rübe? Die Bestie Rübe? Der. Von den fünfundsiebzigtausend Insassen ist keiner mehr übrig. Ausgetötet. Es gibt keinen mehr, den er zur Jama schicken könnte. Und Doktor Knochen? Wird schon bald Versicherungsvertreter. Lebensversicherungen? Gern. Sie wollen ihr Leben ruhig und unbehelligt leben. Nein, das hatte Soutines Seele nicht voraussehen können bei ihrem Flug über den Friedhof Montparnasse. Wo sind Solomon und Sarah, Jankel, Ertl, Nahuma und die andern?

Es wert mir finster in di ojgen, flüstert seine Seele.

Der Schmerz des Peruaners

Die Wahl des Fahrzeugs trifft das Leben. Verwechslungen gehören zu seinen beliebtesten Manövern. Eine Ambulanz, ein Heuwagen, ein Gemüsetransporter, ein Leichenwagen oder auch nur eine Schubkarre, auf der eine zarte Madonna, die kleine Jeannette, von einem Straßenkehrer in die Rue de la Grande Chaumière geschoben wird – alle bringen das Leben ans Ziel. Es ist nicht wählerisch. Nur Bewegung will es, Bewegung braucht es wie ein Rauschmittel. Ein Gefährt sucht es, irgendeines. Mit Blaulicht oder Heuhalmen, die es hinter sich verstreut.

Das Gefährt mag das falsche sein, die Richtung stimmt immer. Die Reise mag über schreckliche Umwege führen, das Ziel ist bekannt. Wie sagte Doktor Bog zu den heftig zupackenden Muskelmännern:

Ihr wisst, wohin!

Jede Fahrt führt zur finalen Operation, unaufhaltsam zum Schlussstück der Strecke. So wie Brieftauben in ihren Schlag heimkehren, fährt das Leben im zufällig zur Verfügung stehenden Fahrzeug zum längst nicht mehr geheimen Ziel. Nur zügig hin zur Toreinfahrt, die rotweiße Schranke hochgehoben und dann über die fatale Linie gerollt, nur hindurch und hinein. Es will ans Ende.

Nehmen Sie Tschechow. Am 22. Juli 1904 stirbt er in Badenweiler, und sein erloschenes Leben sucht jetzt ein passendes Gefährt. Es verbündet sich mit Feinkost und Luxusprodukten, als hätte es ihn verhöhnen wollen, denn der perlige Überfluss der Reichen war Tschechow verhasst. Der gekühlte grüne Güterwaggon, der den Leichnam nach Moskau brachte, transportierte außer ihm Meeresfrüchte aus Frankreich. In großen Lettern stand darauf: FÜR AUSTERN. Da gleichzeitig der Sarg eines Generals aus der Mandschurei in Moskau ankommt, erklingt Militärmusik im Bahnhof. Die Leute wundern sich. Tschechow wird mit militärischem Pomp empfangen? Das Leben ist ein Missverständnis. Es arbeitet mit Verwechslungen. Ein anderer war gemeint. Es wählt manchmal das falsche Gefährt, manchmal die falsche Musik. Tschechow mochte keine Austern.

Soutines Leben wählt den Leichenwagen für die Fahrt ins besetzte Paris. Da, nimm das weiße Laken. Deck dich zu. Spiel eine Leiche. Er selber hatte es in Wilna zu Kiko gesagt. Das müsste man malen können. Er hat ein Leben gebraucht, um endlich den Tod malen zu können. Mit den Reifen des falschen Gefährts.

Die absurdesten Umwege sind dem Leben eine Zeitlang ein nutzloses Vergnügen, Zerstreuungen eines Übersatten und Verwöhnten, den auch das nicht mehr stört. Es lässt sie zu, ohne ihnen viel Aufmerksamkeit zu schenken. Trotz aller Umwege ist es immer ein gerader Weg. Links und rechts gibt es Leben zuhauf.

Chaim heißt Leben, und in der Sprache der Bibel gibt es das Wort nur in der Mehrzahl. Nur die Mehrzahl des Lebens? Nichts Einzelnes, es hat im Ganzen aufzugehen – und zu verschwinden. Der Friedhof heißt Beth-Chaim: Haus des Lebens. Montparnasse ist sein Name in einem Leben, das die Verwechslungen liebt, unbekümmert und schamlos. Der Ort, wo die Musen wohnten. Ein griechischer Gebirgsrücken, der sich in eine französische Großstadt verirrt, ein heidnischer Ort mitten in Paris, voller lebensgieriger Dämonen. Ein luxuriöser Friedhof, voller Maler und Admirale.

Ich wohnte damals ganz in der Nähe, in einer winzigen, nur ein paar Meter langen, in die Rue Daguerre mündenden Seitengasse, deren Name einen General oder Admiral, irgendeinen hohen Militär ehren sollte. Jedenfalls einen der Armen der Welt, die zur Bezeichnung kurzer enger Gassen taugen. Und irgendwo auf dem riesigen Gottesacker voller steinerner Zeugen lauert eine schwarze anonyme Grabplatte mit der Aufschrift: *La vie ne meurt pas.* Das Leben stirbt nicht. Ich habe es tausendmal gesehen, dieses anonyme Leben in der Einzahl, den kurzen Spruch, das Fehlen der Lebensdaten, des Geburtsjahres, des Todesjahres. Es war die Zeit, als die ersten Aids-Toten in den Friedhof Montparnasse einzogen.

Chaim stirbt nicht. Er ist in der Mehrzahl. Jeden Tag ging ich über den Friedhof, kannte seine verschlafenen Katzen, ging aus und ein im Haus des Lebens, wo der Tod verlorengeht. Chaim stirbt nicht. Chaim stirbt. Chaim.

Vor der Revolution hatte das Gelände einem Kloster gehört, der Bruderschaft der Barmherzigkeit. Eine Windmühle ohne Flügel steht einsam noch immer zwischen den Toten, vom Efeu überwachsen, von einfallsreichen Vögeln geschätzt. *Le Moulin de la Charité:* Die Mühle der Barmherzigkeit gehört den Verstorbenen. Hier wird das luftige Korn gemahlen, Zigtausende von Körnern sind es, jedes Korn ein Menschenleben, die Mehrzahl des Lebens. Ein plötzlich weltlicher Ort, von dem die Seelen auffliegen in ihrem leichtsinnigen Rausch, in ihrer Lust auf Luft und Raum. Im Jahrhundert der Geburt des Malers gab es hier das »Rübenfeld«, *le champ des navets,* in der Sprache der Strafkolonien eine Armengrube, ein Gemeinschaftsgrab, wo man die Leichen derer hineinkippte, die zur Todesstrafe verurteilt und hingerichtet worden waren. *La vie ne meurt pas.* Chaim stirbt nicht. Ob du es glaubst oder nicht.

Ich habe jahrelang versucht zu verstehen, was mich an seinen Bildern überwältigt. Seit dem Augenblick, als Eleni in der Metro hinter meinem Rücken das Plakat sah mit der taumelnden Kathedrale von Chartres, die auf mich niederzustürzen drohte. Es war 1989, wir fuhren kurz darauf nach Chartres, knapp hundert Kilometer westlich von Paris, und übernachteten in einem winzigen Hotel. In der Nähe hörten wir Züge vorüberrattern, als wir uns stammelnd liebten und nicht mehr wussten, wo wir waren. Nichts als zitternde Fingerkuppen im Gedächtnis. Wie ein Dichter schrieb: Und die Lippen, die nichts mehr sagen können, bewahren den Umriss des zuletzt gesprochenen Wortes. Als wir die Ausstellung im ehemaligen Haus des Bischofs sahen, brauchten wir nicht mehr zu sprechen.

Es ist die Fixierung des einzigen Bildes, des alles entscheidenden Augenblicks. Die unermessliche Scham, die anwachsende Befremdung, auf der Welt zu sein. Die Verwaistheit aller Figuren, das Taumeln der Dinge in einer heillosen Welt. Lakonische Lyrismen. Der genau fixierte, farbig schillernde Tod am Werk. Und die unfehlbare Vitalität desselben Augenblicks.

Es war kurz nach dem Jahr 2000, als ich wieder zum Friedhof Montparnasse ging. Ich lebte längst anderswo, war eines Tages mit allem, was mir lieb war, in einem verbeulten und staubigen roten Renault 5 weggefahren. Ich hatte vor Jahren in einem Gedicht geschrieben, was mir auf demselben Friedhof immer wieder einfiel:

So lange hältst du auf dein Glück zu / bis es dir in den Rücken fällt.

Und ging mehrmals zurück, um zu verstehen, warum alles so und nicht anders gekommen war. Es gab keinen andern Ort, wo mir die furchtbare Einzigkeit des Lebens so klar vor Augen stand. Und die Mehrzahl des Lebens im schlichten Vornamen Chaim.

Ich hatte den Ort in den achtziger Jahren fast täglich besucht, als ich mit Eleni in der Nachbarschaft wohnte, in der erwähnten kleinen Seitenstraße der Rue Daguerre. Wie oft war ich auf dem Friedhof herumgekreist, wenn die Dinge stockten oder wenn ich Luft brauchte. Es war eine Oase voller Stille mitten in der Großstadt, die ich damals liebte. Eine klingende Stille, der Friedhof ist ein Stimmenchor, und meine Antennen waren auf Empfang gestellt. Ich ging also wieder zu dem Grab mit dem falsch geschriebenen Vornamen, stand eine ganze Weile vor ihm. Erste Division, fast am Ende der *Avenue de l'Ouest*, linkerhand. Und fühlte mich beobachtet.

Ein alter Herr mit schwarzem Hut, Halstuch und Stock schaute mir aus der Entfernung von einigen Grabreihen unverwandt zu. Und wollte nicht weggehen. Da schaute ich zurück, ihm direkt ins Gesicht, ohne mich abzuwenden, gleichsam eine Auskunft fordernd. Ich dachte, es sei die letzte Möglichkeit, ihn loszuwerden.

Da kam er endlich auf mich zu, nicht trippelnd, aber mit spürbarer Erleichterung und Ungeduld, und fragte, ohne zu grüßen, ohne jede Höflichkeitsfloskel:

Wie haben Sie ihn entdeckt?

Warum wollen Sie das wissen?

Ich bin oft hier. Und ich will Ihnen etwas verraten: Ich war schon bei seinem Begräbnis hier.

Jetzt wurde ich wütend, sagte nichts, aber meine Kopfbewegung besagte nichts anderes. War das wieder so ein Verrückter oder Wichtigtuer, der mit der halben begrabenen Prominenz auf du war? Wie viele Wahnsinnige gibt es auf den Friedhöfen dieser Welt! Die Nähe der Toten erleuchtet und inspiriert sie. Blitzschnell versuchte ich sein Alter einzuschätzen. 1943: unwahrscheinlich. Völlig unmöglich war es nicht. Es gibt so viele guterhaltene, frisch und vergnügt durchs Leben hüpfende Achtzig- bis Neunzigjährige, man sollte sich auf seine Schätzungen nichts einbilden. Ich sagte also:

Es waren doch nur Picasso, Cocteau und Max Jacob am Grab. Und dann natürlich die beiden Frauen, Gerda Groth und Marie-Berthe Aurenche.

Nein, ich war auch da.

Und sind nie wieder weggegangen, bemerkte ich sarkastisch und versuchte, ihn damit zu provozieren.

Nein, aber ich komme oft hierher. Ich beobachte manchmal, wer vor ihm steht. Sie habe ich noch nie gesehen, Sie sind wohl neu hier.

Sie täuschen sich, ich stand nicht selten hier, als ich ganz in der Nähe wohnte. Sie müssen mich oft verpasst haben. Warum beobachten Sie die Leute? Was bringt Ihnen das? Ist es nicht auf einem Friedhof besonders geschmacklos, Menschen zu beobachten? Sie weiden sich wohl an ihrem Unglück, ihrer Trauer? Spazieren dann hinaus, freuen sich, dass Sie noch am Leben sind und trinken am Boulevard Raspail ihren Apéritif?

Ich war auf der Beerdigung. Am Mittwoch, 11. August 1943, 14 Uhr.

Wie konnten Sie davon erfahren? Marie-Berthe Aurenche hatte doch auf der Todesanzeige »Friedhof Père-Lachaise« drucken lassen, vermutlich um die Besatzer und ihre Helfer zu täuschen, und dann im letzten Moment »Père-Lachaise« durchgestrichen und von Hand »Montparnasse« daneben geschrieben.

Oh, wir haben unsere eigenen Informationen. Ob Sie es glauben oder nicht: Ich war da. Nicht direkt am Grab, aber ganz in der Nähe. Ich stand unauffällig bei dem Baum dort.

Und er zeigte mit seinem Stock streng auf den Ort.

Und Picasso stand hier, und Cocteau dort. Die beiden Frauen standen dem Grab zunächst.

Er zeigte genau auf die Stellen. Max Jacob erwähnte er nicht. Tatsächlich war dessen Anwesenheit zweifelhaft. Er versteckte sich zu dem Zeitpunkt bei den Mönchen in Saint-Benoît-sur-Loire, und in so kurzer Zeit hätte er es nicht zum Begräbnis nach Paris geschafft. Der Weg von der Loire bis Paris war im besetzten Land für einen wie ihn unendlich lang, auch Soutine hatte für seine letzte Fahrt den beinah gleichen Weg genommen. Aber vielleicht hatte Picasso ja recht, als er sagte: Max ist ein Engel. Das Geschäft des Fliegens wäre ihm vertraut gewesen, und er hätte sich somit tatsächlich am 11. August 1943 rechtzeitig auf dem Friedhof Montparnasse einfinden können.

Was haben Sie dort getan? Warum haben Sie die Szene verfolgt, wenn Sie nicht zu den Trauernden gehörten?

In einem gewissen Sinne gehörte ich ja zu ihnen. Aber ich kann Ihnen das nicht erklären. Ich halte nur fest: Ich war 1943 hier.

Wollen Sie mir nicht wenigstens Ihren Namen verraten?

Unnötig. Sie können mich nicht kennen.

Sagen Sie ihn mir trotzdem, Namen erfreuen das Gedächtnis.

Armand Merle.

Der Name sagte mir nichts. Aber ich freute mich, einer Amsel begegnet zu sein. Warum nicht? Vogelnamen haben immer etwas Luftiges, sofort springt Gesang ins Ohr.

Wer sind Sie? Zu welcher Polizei gehörten Sie damals?

Doch dieser Merle fuhr mit einem deutlich frechen Unterton fort:

Machen Sie sich nicht lustig über Menschen, die andere Menschen beobachten. Sie haben ihre Gründe, wenn sie bestimmte Akten anlegen, eine Ermittlung führen, ein Detail ums andere zum Mosaik fügen und es allmählich vervollständigen. Und Sie selber sind wohl nur einer dieser windigen Autoren, die ein paar nackte Fakten und zweifelhafte Anekdoten aufpicken und sich dann die Dinge aus den Fingern saugen. Und ihre schamlosen Erfindungen in die Welt setzen.

Ich wollte protestieren, doch er sprach schon weiter:

Bilden Sie sich nichts ein. Halten Sie sich nicht für etwas Besseres als die fleißigen Agenten der Geheimpolizeien der Welt. Nur die sind der Wahrheit verpflichtet, nicht Sie. Nur sie treiben die generelle Ermittlung voran. Die Welt ist dazu geschaffen, in einem großen, allumfassenden Prozess zu enden. Nicht in einem Roman. Schriftsteller sind nichts als Lügner.

Ich konnte mich nicht einmal beleidigt fühlen, er hatte ja vielleicht sogar recht. Und er wäre ohnehin durch keinerlei Einwände zu stoppen gewesen. Also redete er unaufhörlich weiter:

Wir versetzen uns in die Köpfe der Subjekte, über die wir ermitteln. Wir müssen alles von ihnen wissen. Auch wenn ich Ihnen gestehen muss: Es gibt keine Psychologie. Sie ist bloße Einbildung. Es gibt in den Köpfen keine Muster zu finden. Jeder Kopf ist anders. Der Mensch ist voller Widersprüche, nichts ist vorhersehbar. Jede Handlung ist bizarr und unerklärlich. Ich habe es erst am Ende meiner Karriere erkannt. Glauben Sie mir: Sie haben kein Recht, sich in den Kopf eines anderen zu versetzen. Er war es nicht. Er ist ein anderer. Sie werden vielleicht einmal ein ganzes Buch über die letzten Tages des Malers schreiben. Ich habe es ebenfalls versucht, doch bin ich bei meinen Mappen geblieben. Die Zeit ist zu kurz.

Sie waren wohl ein Spitzel, haben Soutines Beerdigung aus sicherer Distanz beobachtet, haben sich die Namen notiert, die Sie kennen konnten? Vielleicht gar Fotos gemacht? Kann ich sie sehen? Die drei Männer werden Sie erkannt haben? Aber die beiden Frauen? Doch vielleicht gab es von ihnen bereits welche in Ihrer Mappe, die Ihnen die Identifizierung erleichtern sollten?

Er ging mit keinem Wort auf meine Fragen ein, sondern fuhr kaltschnäuzig fort, als ein literarisch offenbar bewanderter Geheimagent:

Der innere Monolog bringt Ihnen nichts, Sie werden es erkennen. Sie werden sehen, dass er unzulässig ist. Es ist die falsche Perspektive. Und seine Entdeckung ist die größte Lüge im Lügenreich der Literatur. Sie können sich nicht in einen Menschen hineinbegeben und in seinem Namen losplappern, das wäre das größte Verbrechen. Und noch etwas: Er war ein großer Schweiger. Dichten Sie einem Schweiger nichts an. Er will es nicht. Wenn Sie von den Schnörkeln der Poesie nicht lassen können, suchen Sie sie anderswo. Sie werden Ihr Scheitern erkennen und werden das Buch noch einmal schreiben müssen. Von Anfang bis Ende. Nirgends ein Ich, nur ein Er. Nirgends reine Vergangenheit, nur unreine Gegenwart. Sie werden alle Ratschläge missachten und es dann bitter bereuen, weil Sie bei Ihrer Ermittlung wieder von vorne anfangen müssen. Das geschieht Ihnen recht. Sie werden sich an mich erinnern und sich selber verfluchen, dass Sie den Rat eines Praktikers missachtet haben. Ich halte fest: keinen inneren Monolog. Er schadet der Ermittlung. Keine Versetzung Ihrer Stimme in den Kopf eines Schweigers. Lassen Sie das.

Jetzt drehte er sich um, grüßte wieder nicht und verschwand beleidigt zwischen den Gräbern. Schon nach zehn Sekunden war er nirgends mehr zu sehen.

Aber ein Grab war mir immer das liebste, als ich damals auf meinen vertrauten Routen ging und die Stationen einer luftigen Totengeographie anlief. Ich wollte auch diesmal meine liebste Pariser Nekropole nicht verlassen, ohne es aufgesucht zu haben. Es musste sein, nach der seltsamen Begegnung mit dem alten Herrn. Es trägt den schönsten Grabspruch, den sich der gesamte Friedhof hat ausdenken können. Das Grab gehört César Vallejo, einem peruanischen Dichter, der aus einem Dorf in den Anden stammte und den es 1923 nach Paris verschlug. Er träumte von einem brüderlichen republikanischen Spanien und starb 1938 an den Spätfolgen einer Malariainfektion. Keiner hat mehr Poesie auf einen Stein geträumt: Ich habe soviel geschneit, damit du schlafen kannst. *J'ai tant neigé pour que tu dormes.* Schneien und Schlafen ... Das Ich als Witterungsverhältnis und ein zärtlich umhegtes Du, das in den Schlaf gewiegt werden soll. Weil es immerzu schlaflos ist.

Aber an jenem Tag fand ich das Grab nicht sofort, was mir noch nie passiert war. Ich war verwirrt und ärgerte mich über mich. War schon so viel Zeit vergangen? War ich auf dem falschen Friedhof? In den Achtzigern, als ich noch hier wohnte, hatte ich einen inneren Kompass, um in diesem Meer von Gräbern die richtige Stelle anzulaufen. War der Kompass verloren, die Nadel kaputt? Ich wandte mich an einen der uniformierten Friedhofsbeamten, die hier den Tod bewachen.

Und was, wenn der Schmerz nach dem Tod nicht aufhört?

Der an seinem ewigen Peru weltweiter Ungerechtigkeit leidende Dichter hat *Die neun Ungeheuer* geschrieben. Jetzt sind sie vereint in diesem Syndikat der Stimmen auf dem Friedhof Montparnasse, und der Peruaner des Schmerzes singt es dem Sohn des Flickschneiders aus dem weißrussischen Smilowitschi ins erschrockene große rote Ohr:

Und gnadenlos
wächst der Schmerz in der Welt mit jedem Moment,
wächst um dreißig Minuten mit jeder Sekunde,
Schritt um Schritt,
und die Natur des Schmerzes ist zweifach Schmerz,
und die Bedingung des Martyriums,
fleischfressend, heißhungrig,
ist der Zweifachschmerz,
und die Funktion des reinsten Grases – Zweifachschmerz,
und das Gute des Lebens schmerzt uns doppelt.

Niemals, ihr menschlichen Menschen,
gab es so viel Schmerz in der Brust,
im Knopfloch, in der Brieftasche,
im Glas, in der Fleischerei, in der Arithmetik!
Niemals so viel schmerzhafte Zuneigung,
niemals schlug das Entfernte so nah ein,
niemals spielte das Feuer
besser seine Rolle des kalten Toten!
Niemals, Herr Gesundheitsminister,
war die Gesundheit tödlicher,
niemals riss die Migräne soviel Stirn aus der Stirn!
Und das Möbel fand in seinem Verschlag – Schmerz,
das Herz in seinem Verschlag – Schmerz,
die Eidechse in ihrem Verschlag – Schmerz.
…
Der Schmerz packt uns, ihr Menschenbrüder,
von hinten, von der Seite,

und bringt uns um den Verstand in den Kinos,
nagelt uns auf die Grammophone,
lässt uns stürzen in unseren Betten, fällt steil herab
auf unsere Fahrkarten, auf unsere Briefe;
und es ist grausam zu leiden, mag einer auch beten …

Als ich endlich beim Grab des Peruaners angekommen war, kritzelte ich mit einem Bleistiftstummel auf die Rückseite zweier Einkaufscoupons aus dem nahegelegenen MONOPRIX. Ich hatte nichts anderes dabei, konnte die Hosentaschen noch so lange umdrehen. Babel, das nackte Jahr, Sertürners Mohnsaft. Keiner kann anders als er ist. Am Himmel über Montparnasse steht als geißelgetriebenes Gestirn *Helicobacter pylori.* Wer der Kindheit entkommt, darf kein Paradies erwarten. *A mentsch on glick is a tojter mentsch.* Die einzige Erlösung gibt es nicht. Die einzige Lösung ist die Farbe. Sie ist die letzte mögliche Religion. Nein, ich hatte mich verschrieben: Rebellion. Ihre roten Heiligen sind: Zinnober, Karmesin, Drachenblut, Roter Ocker, Indischrot, Marsrot, Pompejanischrot, Purpur, Amarant, Kirschrot, Krapprot, Rubin, Inkarnat. Wer aber ist Armand Merle?

Die 17 Kapitel von Soutines letzter Fahrt

Chinon, 6. August 1943	7
Ma-Be	24
Morphin	34
Milch & Bach	49
Buch der Richter	66
Ein Bienenstock in der Mitte der Welt	81
Das weiße Paradies	95
Der unsichtbare Maler	109
Doktor Bog	126
Modi und die fliegende Frau	140
Ein Pharmazeut aus Philadelphia	163
Das Ochsengerippe und Doktor Bardamus Brief	177
Die Verschwörung der Konditorjungen	189
Mademoiselle Garde und das nichtige Glück	206
Der Schrank	225
In Deborahs Augen leuchtet der Verrat	240
Der Schmerz des Peruaners	259